CJ CARVER

UM ARREPIANTE THRILLER PSICOLÓGICO

SEGREDOS OBSCUROS

Você confiaria sua vida ao seu melhor amigo?

TRADUÇÃO
UBK Publishing House

ubook ubk
Publishing House

Publicado mediante acordo com Bloodhound Books.
Edição original do livro, *Cold Echo*, publicada por Bloodhound Books.

ubook UBK
Publishing House

COPIDESQUE Fernanda Simões
REVISÃO Lígia Alves e Raquel Novais
DIAGRAMAÇÃO Know-how Desenvolvimento Editorial
PROJETO GRÁFICO Bruno Santos
CAPA Bloodhound Books
ADAPTAÇÃO DE CAPA Bruno Santos / Kseniya Ivashkevich/Shutterstock

Dados Internacionais de Catalogação na Publicação (CIP)
(Câmara Brasileira do Livro, SP, Brasil)

Carver, C. J.
Segredos obscuros / C. J. Carver ; tradução UBK Publishing House. -- Rio de Janeiro : Ubook Editora, 2020.

Título original: Cold Echo
ISBN 978-65-5875-042-0

1. Ficção de suspense 2. Ficção inglesa I. Título.

20-47345 CDD-823

Índices para catálogo sistemático:
1. Ficção de suspense : Literatura inglesa 823
Cibele Maria Dias - Bibliotecária - CRB-8/9427

Ubook Editora S.A
Av. das Américas, 500, Bloco 12, Salas 303/304,
Barra da Tijuca, Rio de janeiro/RJ.
Cep.: 22.640-100
Tel.: (21) 3570-8150

1
TRINTA ANOS ATRÁS

Quando o fogo começou, Harry estava agachado no chão do celeiro, os joelhos nus contra a pedra dura e fria. Ele ouvia as vacas ao lado e sentia o cheiro do feno mofado e seco dos fardos empilhados no fundo. Deu um pequeno grito quando viu uma chama minúscula tremulando com uma nuvem de fumaça.

— Shhhh — alertou Lucas. O garoto tinha nove anos, era o mais velho dos três e segurava a lupa sobre o ninho de palha e poeira.

— Assopre isso! — disse Guy. — Antes que apague!

— Cala a boca, seu idiota!

Harry olhou para Guy, mas ele estava vigiando o monte de palha. Suas orelhas começaram a ficar rosadas. Ele não olhou para Harry, que adivinhou que Guy não queria outra surra verbal.

Não seja um bunda-mole, Lucas tinha dito antes. *Seguindo Harry como um cachorrinho.*

Lucas aproximou a palha do rosto e assoprou suavemente. Guy e Harry assistiram ao gesto admirados. Aos poucos, a fumaça engrossou e, alguns segundos depois, a chama irrompeu.

— Simmmmm! — Guy deu um soco no ar.

— Mais gravetos — ordenou Lucas.

Guy e Harry ficaram tensos, esperando.

Então, Lucas se virou para Harry. Os olhos dele eram de um azul intenso e nítido.

— Você não — disse ele. Voltou-se para Guy — VOCÊ.

Guy correu até a lateral do celeiro e pegou um punhado de feno e poeira, mas, enquanto fazia isso, uma brisa pegou a poeira e a jogou na cara dele. Piscando desesperadamente com os olhos cheios de lágrimas, ele voltou depressa com o feno. Lucas olhou para os gravetos que Guy carregava e depois voltou os olhos para aquele ninho fumegante em suas mãos.

— Segure — disse Lucas, oferecendo o ninho para Harry.

O coração de Harry bateu forte. Ele estendeu as mãos. O ninho estava quente e fazia suas mãos formigarem. Lucas arrancou alguns fios de feno que Guy trouxera e os jogou dentro do ninho.

A chama ficou um pouco mais alta. O calor do ninho aumentou até queimar.

— Está quente — disse Harry.

— É um incêndio, seu idiota. Como deveria estar?

— O que estou dizendo é que está muito quente. — Um tremor surgiu na voz de Harry.

— Nunca pensei que você fosse uma bichinha — sibilou Lucas. — Pelo menos não igual ao Guy. Agora, fique quieto.

Lucas colocou mais gravetos no ninho. A chama cresceu. Harry mordeu o lábio quando sentiu a pele começar a se esticar.

— Não vá deixar cair — alertou Lucas. — Não *se atreva*. — Mais gravetos. Mais alimento para a chama.

Harry começou a sentir os olhos embaçarem.

— Por favor. Está doendo de verdade...

— Ah, abaixe essa merda então — rebateu Lucas. — Mas ei, com cuidado!

No instante em que colocou o ninho em chamas no chão, Harry puxou as mãos. Sua pele avermelhada continuou a arder e a latejar, mas ele não chorou. Isso só aconteceria mais tarde.

Guy e Harry se agacharam ao lado de Lucas enquanto ele cuidadosamente jogava mais gravetos na chama. Em pouco tempo, tinham um fogo em miniatura, uma chama tão pequena e forte que fez Lucas sorrir ironicamente. Apesar da apreensão de Harry — seus pais o advertiram veementemente a não brincar com fósforos e a nunca brincar com fogo —, ele sorriu de volta.

— Quem trouxe os hambúrgueres? — perguntou Lucas.

Guy parecia desnorteado.

— Não sabia que a gente tinha que trazer...

— Estava zoando, seu babaca!

Guy abaixou a cabeça, corando.

— Um hambúrguer seria bom. — Harry tentou redimir Guy. — Ou um pouco de salsicha.

Lucas lançou um olhar fulminante para Harry, mas depois cedeu.

— Sim. Devíamos ter trazido alguma coisa. Estou com fome.

— Estou faminto — disse Guy.

— Eu também — concordou Harry.

— Vamos para minha casa — disse Lucas. — Tem um monte de coisa de ontem que podemos comer.

Os pais de Lucas haviam dado uma festa no domingo para arrecadar fundos para alguma ONG ecologicamente correta — eles eram obcecados por direitos dos animais e por aquecimento global, salvar o planeta —, e, como de costume, a mãe de Lucas tinha exagerado na comida.

— Sobrou brownie de chocolate? — perguntou Guy, esperançoso.

— E cupcake? Estava muito bom.

— Tem um monte de coisa.

— Sua mãe é a melhor! — sorriu Guy. A mãe dele só fazia refeições muito saudáveis, aparentemente convencida de que o chocolate, o açúcar e todos os carboidratos brancos eram coisa do diabo. Harry se lembrou de ter recebido uma tigela de lentilhas pegajosas com espinafre, seguida de um bolo sem glúten que encolhera formando uma massa tão dura e seca que poderiam chutá-la pela rua.

Desnecessário dizer que não era surpresa que Guy roubasse coisas das casas de Harry e Lucas sempre que podia. Mas não tanto na de Harry, porque sua mãe enlouquecia quando ele pegava alguma coisa sem falar com ela. A mãe de Lucas não usava maquiagem nem vestia roupas hippies, mas o criava com liberdade. Ela era legal.

Todos eles moravam em Weston, um subúrbio de Bath que a mãe de Harry dizia ser "tolerável", mas pelo qual seu pai tinha carinho, já que gostava de passear pelos pastagens montanhosas atrás da casa, cheias de botões-de-ouro e rebanhos de gado no verão, e de colinas geladas e esterco congelado no inverno. Cada um dos meninos vivia a meio quilômetro das lojas em casas geminadas modernas com arquitetura idêntica à da Torre de Beckford, mas as semelhanças acabavam ali.

A casa de Lucas era colorida e caótica, com pelos de animais grudados nos sofás sem forma e nas mantas indianas de veludo, o som de galinhas do lado de fora, o cheiro de cachorro e ervas secas do lado de dentro. A casa de Harry cheirava a desodorizador de ambiente. Flores artificiais enfeitavam todas as janelas, panos de prato perfeitamente alinhados no puxador do forno e porta-copos dispostos com cuidado decoravam cada superfície. Secretamente, Harry achava que a casa de Guy era a melhor entre as duas, mas os pais do amigo não aprovavam o grupo de meninos, preferindo que o filho andasse com as crianças das grandes casas georgianas em Weston Lane. *Não quero ser esnobe*, Harry ouviu uma vez a mãe de Guy dizer, *mas desejo o melhor para Guy. Harry até que é bom, mas Lucas é uma péssima influência. E os pais de Lucas? Quanto menos falarmos a respeito, melhor.*

A mãe de Guy era médica no Bath Royal United Hospital, onde também trabalhava o pai de Harry. Eles conversavam de vez em quando, mas raramente com os pais de Lucas — sua mãe trabalhava meio período na pet shop e seu pai em uma loja de jardinagem.

— Vamos lá. — Lucas devolveu a lupa para Guy, um presente que o pai de Guy havia ganhado de um colega de trabalho, e que foi roubado pelo moleque de sua mesa de escritório. Guy enfiou-a na mochila. Lucas se levantou e pisou no fogo para apagá-lo. Harry e Guy se juntaram para ajudar.

Então Lucas fez uma pausa e virou a cabeça para a porta do celeiro.

Harry e Guy também pararam.

O som de um motor.

— Merda.

Lucas se virou para Harry, que olhou para trás, com o estômago embrulhado. Eles não deveriam estar na fazenda. Deveriam estar brincando em casa, mas rapidamente se cansavam de andar de bicicleta pelas mesmas ruas, rondando o mesmo velho parque de recreação.

Eles tinham sido banidos da Fazenda Highfield desde que deixaram acidentalmente os bezerros escaparem no início do ano, forçando um rodeio improvisado que tinha demorado quase a tarde inteira. Se seus pais descobrissem, eles ficariam de castigo durante o restante do verão.

Com o som do motor se aproximando, Harry desejou não ter mordido a isca de Lucas. *Duvido você ir.* Desejou não ter sido tão estúpido. Queria estar em casa. Em qualquer lugar, menos aqui.

— Mexa-se — disse Lucas. Ele foi até a porta do celeiro. Espreitou lá fora. — Vocês dois vão primeiro. Depressa! Não queremos ser pegos!

2

Harry correu com Guy até a porta e olhou para fora. Não viu nenhum carro, mas Harry ouviu o som dos pneus se aproximando sobre a pista acidentada. Parecia o Land Rover do sr. Evans.

— Vão! — forçou Lucas.

Harry saiu do celeiro frio e escuro para a luz do sol e correu pelo quintal para se abrigar no galpão do trator. De lá, eles poderiam correr pela trilha da fazenda de volta para a vila e ninguém saberia que estiveram ali. Ele ouvia o motor se aproximando, e Guy correndo atrás dele, ofegante.

Harry derrapou no canto do galpão do trator e se encostou na parede. Guy se juntou a ele. O motor estava muito perto. Onde estava Lucas? Então, eles o ouviram. Passos leves, deslizando pelo quintal. De repente, uma buzina soou. O motor acelerou, rugindo. Com a adrenalina em alta, Harry correu para a beira do galpão e olhou em volta.

Lucas corria como um louco. Peito erguido, pernas latejando, os pés quase sem tocar o chão. Mas, embora fosse um corredor veloz, nem mesmo ele conseguiria correr mais do que um carro.

O Land Rover avançou na frente de Lucas, interrompendo seu trajeto.

Corra para o portão, pediu Harry, silenciosamente. *Atrás de você.*

Lucas girou para o portão.

O Land Rover parou abruptamente, fazendo as pedras rolarem.

Harry sentiu o estômago embrulhar quando a porta se abriu e o sr. Evans, um homem alto e musculoso de cabelo encaracolado, saltou e correu atrás de Lucas.

Ele pegou o garoto em algumas passadas. Estendeu a mão e o puxou no ar antes de colocá-lo de volta em pé.

— Pelo amor de Deus, Lucas — disse ele. — Que diabos você está fazendo aqui? — Lucas tentou se esquivar, mas o sr. Evans o segurou firmemente. — Pensei que você havia jurado que não voltaria mais aqui. — Lucas manteve a cabeça de lado, o peito comprimindo-se em um respirar acelerado. — O que você estava fazendo no celeiro? — O garoto deu de ombros. — Lucas, não vou perguntar de novo.

— Brincando — murmurou ele.

— Brincando — repetiu o sr. Evans.

— Fiquei cansado da vila. É *chata*.

— E minha fazenda não é: é isso que você está dizendo?

Mais uma vez, o garoto deu de ombros.

— Acho que sim.

— Santo Cristo. — O sr. Evans meneou a cabeça como se não acreditasse. — O que eu preciso fazer para que você *fique fora da minha propriedade*? — Lucas continuou desviando o olhar. — Você até poderia me ajudar na fazenda se não fosse um risco tão grande. Você é da cidade, seu pai é da cidade, e nenhum de vocês entende muito do campo e de como ele funciona, e menos ainda sobre como preservá-lo. É por isso que você está *proibido de vir aqui*.

Lucas fez um risco no chão com a ponta do sapato.

O sr. Evans olhou para o celeiro e, depois, para o quintal.

— Os outros estão aqui? Guy e Harry?

— Não. — Lucas fez que não com a cabeça. — Só eu.

— Você não estaria mentindo para protegê-los, né?

— Não. Eles foram para o parque de recreação. Odeio aquele lugar.

— Muito *chato* para você, imagino.

Silêncio completo.

— Que inferno — O sr. Evans balançou a cabeça um pouco mais. — Acho melhor ligar para seu pai.

Aí, Lucas levantou a cabeça.

— Ele está no trabalho. Você não pode ligar para a minha mãe?

— Não.

Guy e Harry se entreolharam. Enquanto a mãe hippie de Lucas era um doce, seu pai era o extremo oposto, e bateria no garoto sem hesitar se achasse que ele merecia.

Ainda segurando o braço de Lucas, o sr. Evans seguiu até a casa da fazenda, abriu a porta da frente e o empurrou para dentro. Depois, fechou a porta. Tudo estava muito quieto, com exceção dos gritos tagarelas das andorinhas.

— O que a gente vai fazer agora? — Guy sussurrou.

Harry mordiscou o lábio.

— Esperar, eu acho...

Eles ficaram parados por um tempo, e, já que nada acontecia, se acomodaram no chão, encostando-se na parede do galpão. Não disseram nada, apenas pegaram um pouco de grama. O céu do final de agosto estava esbranquiçado e nublado, e o ar suave. Harry não conseguia pensar no que o pai de Lucas faria com o garoto. Colocá-lo de castigo, certamente, mas o que mais? Ele tinha ameaçado mandar Lucas para algum tipo de acampamento para crianças problemáticas se ele se comportasse mal novamente. Será que ele faria isso mesmo? Harry pegou uma pedrinha e a jogou pela encosta. Pegou outra, e a jogou também. Guy se juntou a ele. Eles jogaram pedras nos mosquitos nas rochas. Harry não tinha ideia de quanto tempo havia se passado. Sentiram uma brisa levantando poeira sob os pés e, ao mesmo tempo, sentiram o cheiro do fogo.

Subindo mais, eles espiaram o quintal. O estômago de Harry travou de vez.

O celeiro estava soltando fumaça. Não apenas fios, mas também grandes manchas pretas que surgiam pela porta e seguiam em direção ao telhado.

O garoto começou a gritar por dentro. Eles não tinham apagado o fogo direito.

Ele via as chamas em um vermelho vivo, chegando à altura da sua cintura. Guy fez um som ofegante. Harry sentiu os joelhos fraquejarem.

— As vacas — disse Harry.

Três vacas tinham sido trazidas para o celeiro para que o sr. Evans pudesse ficar de olho nelas. Estavam prestes a dar à luz.

Harry não olhou para Guy. Não hesitou. Ele correu para a casa da fazenda, e as vacas mugiram.

Harry estava a metros da casa, seguido bem de perto por Guy, quando a porta se abriu e o sr. Evans saiu correndo, Lucas logo atrás dele. Harry e Guy tentaram correr com eles, mas o sr. Evans se virou.

— Lucas! — gritou ele. — Volte para casa! Chame os bombeiros! Meninos, vão com ele!

— Mas eu quero... — respondeu Lucas.

— *Agora*!

Lucas correu para a casa, seguido por Harry e Guy.

Havia um pesado e antiquado telefone preto na mesa do corredor. Lucas o pegou. Ligou para a emergência. Harry ouviu Lucas falar, mas o som foi abafado pelos gritos histéricos das vacas.

— Eles vão chegar aqui em dez minutos — disse Lucas, ofegante. Ele correu para fora, e Guy e Harry foram bem atrás dele. — Onde está o sr. Evans?

Não conseguiam vê-lo em nenhum lugar.

— Temos que ajudar — disse Lucas.

Eles correram para encontrar baldes e uma torneira. Pareceu ter demorado uma eternidade para o balde encher, e, então, quando foram jogá-lo no fogo, não conseguiram chegar nem perto. Estava muito quente.

O celeiro fez um som parecido com um gemido e, depois, houve um estrondo e uma chama passou pela calha como se tivesse sido disparada por uma arma.

A boca de Guy estava tremendo. Harry se sentiu mal.

Ao longe, ouviram uma sirene.

E, então, pela fumaça, uma vaca marrom e branca saiu cambaleando. Sua pele estava chamuscada, e seus olhos arregalados. Ela estava tossindo, com a língua pendurada como um pedaço de fígado cru, e tinha manchas de sangue na parte da frente.

Outra sirene soou.

— Vocês — disse Lucas — têm que ir embora.

— Mas e você? — Harry hesitou.

— Ninguém sabe que vocês estão aqui. Acham que sou só eu. Não vale a pena nós três ficarmos em apuros.

— Mas eles não vão...

— Não, não vão. — Lucas ficou enfurecido. — Desde que vocês dois jurem dizer que estavam no parque de recreação.

— Mas...

— *Caiam fora daqui*!

Com um soluço, Guy se afastou. Parecendo tomar consciência de que tinha pernas de novo, Harry o seguiu. Atrás do galpão do trator, ele parou, olhou para trás e viu um carro da polícia estacionando no quintal. Um policial magricela de cabelo grosso e amarelo desceu.

Um gemido escapou dos lábios de Harry. Carrigan.

O guarda da vila, Carrigan, era apreciado por alguns porque era zeloso, mas outros não gostavam dele pela mesma razão. Ele bateu o olho em Lucas assim que chegou, e tinha sido Carrigan quem os pegara na fazenda no verão, avisando-os das terríveis consequências se eles pisassem novamente em Highfield: *Conheço o juiz do tribunal juvenil. Ele é meu amigo. Vou pedir que ele tire vocês dos seus pais e os mande para um abrigo para crianças delinquentes.*

O coração de Harry bateu forte quando Carrigan abriu o porta-malas do carro. Ele apontou um dedo para Lucas e, depois, para o porta-malas. Lucas deu um passo para trás. Rápido como uma cobra, Carrigan agarrou o braço de Lucas. Ele se abaixou e aproximou seu rosto do de Lucas enquanto falava. Sua cara foi ficando vermelha, e ele começou a cerrar os punhos. Lucas fez um esforço para manter a linguagem corporal desafiadora, mas Harry não podia deixar de notar a maneira como seu amigo se encolhia. Carrigan arrastou Lucas até a parte de trás de seu carro. Apontou para o porta-malas novamente. De cabeça baixa, Lucas entrou.

Antes de Carrigan fechar o porta-malas, Lucas virou a cabeça para olhar diretamente para Harry. Seu rosto estava branco, e seus olhos pareciam blocos de gelo. Ele colocou o dedo contra os lábios. *Shhh. Não diga nada a ninguém.*

Carrigan fechou o porta-malas com força.

Harry tremia. Sentiu ânsia de vômito.

Ele observou enquanto Carrigan entrava no carro. Ao ligar o motor, os bombeiros chegaram. Carrigan baixou o vidro, mas os bombeiros não pararam. Eles acenaram para ele, mas sua atenção estava voltada para o celeiro em chamas. Carrigan foi embora.

Harry se virou e correu para a borda do quintal, contorcendo-se pela cerca de arame farpado, e desceu a trilha. Só diminuiu a velocidade quando cruzou o último campo e chegou de novo ao asfalto — agora ele estava de volta à segurança da vila.

Não demorou muito para que a notícia de que o sr. Evans tinha morrido no incêndio fosse divulgada. Duas vacas sobreviveram, mas ele morreu tentando libertar a terceira, uma de suas favoritas, chamada Lucy. O celeiro tinha queimado até virar tocos de carvão e um tapete de cinzas, com ele e Lucy ainda lá dentro.

Quando Harry foi até a casa de Lucas no final do dia, o alívio de encontrar seu amigo a salvo quase o fez desmoronar. Lucas admitiu que Carrigan o havia liberado com uma advertência. Ele não iria ao tribunal nem para uma instituição de delinquentes juvenis. E seus pais nunca descobririam o que havia acontecido. Todo mundo já achava que tinha acontecido um acidente.

— Por quê? — Harry não conseguia entender o motivo pelo qual nenhum deles seria punido.

Lucas cutucou as unhas.

— Carrigan e eu temos um acordo.

— Que tipo de acordo?

— Do tipo que é particular.

— Não entendo.

Mas Lucas não disse mais nada. Ele disse a Harry para deixá-lo em paz — não queria mais ele por perto. E também não queria mais ver Guy.

A partir daquele dia, tudo mudou. Os três amigos não se viam mais. Harry fez novos amigos, mas às vezes, tarde da noite, ficava deitado na cama olhando para o teto e desejando ter ficado e assumido a culpa junto com Lucas, pois assim o sentimento triste que carregava no peito poderia desaparecer.

3

TRINTA ANOS DEPOIS

Depois do trabalho, Harry tomou uma cerveja com seu colega de profissão, Douglas King, no The Chequers, os dois sentados no canto e observando um grupo de executivos conversando e comprando bebidas.

Era bom relaxar com Doug de vez em quando, conversar sobre os casos com os quais estavam lidando e comparar anotações, mas naquela noite não falaram muito sobre trabalho: apenas se sentaram amigavelmente e tomaram suas cervejas. Os executivos foram para uma grande mesa rústica na outra ponta do bar. Todas as mulheres estavam bebendo vinho branco, e os homens, cerveja.

O telefone de Doug vibrou na mesa. Ele o pegou e deu uma olhada. Doug, um homem grande e rouco com a barba quadrada, não era apenas um colega de trabalho e o ouvinte mais constante de Harry: era também o padrinho de Tim, o segundo filho de Harry.

Doug checou o relógio. — Mais tarde do que eu pensava.

— Catherine? — perguntou Harry.

— Sim. — Doug tomou o restante da cerveja e se levantou. — Eu tinha que estar levando o Alex para a natação.

Harry assentiu. Esvaziou o copo e seguiu Doug na escuridão fria de uma noite de inverno. Quando saíram, sentiram um vento cortante, que fez Harry puxar o colarinho.

Doug levantou a mão.

— Até amanhã!

— Até!

Harry começou a subir a ladeira, para o estacionamento onde deixava o carro na Harley Street, mas parou quando sentiu o celular vibrar. Ele olhou para ver se havia uma mensagem de um de seus vizinhos. Ao ler, soltou um palavrão, chamando a atenção de uma senhora idosa que passeava com o cão e o encarou meio que com medo. Ele ergueu o telefone, dando a ela um meio sorriso para garantir que não era perigoso, ao que foi retribuído, transformando o rosto enrugado daquela mulher em algo bonito.

Normalmente ele se mostraria charmoso e talvez fizesse um comentário legal sobre o cachorro dela, mas não naquele dia. Estava na expectativa de uma noite tranquila sozinho em frente à lareira com um copo de uísque. Sem artigos para redigir. Nenhum paciente tendo um colapso nervoso. Apenas curry no micro-ondas e alguma besteira na TV. Mas havia Frank Plover esperando por ele na porta da frente.

Harry tinha ido tomar uma bebida com Doug na esperança de que Plover ficasse entediado e fosse embora, mas seu vizinho tinha acabado de mandar uma mensagem para avisar que ele ainda estava lá. Mais cedo, o vizinho havia confrontado Plover, que lhe dissera que queria fazer Harry "pagar". Sem dúvida iria sentir o peso de seus punhos. Não era a primeira vez que Harry tinha tido problemas com um marido zangado, e em alguns dias, como naquele, ele se sentia cansado de tudo, pois sabia que provavelmente aquele não seria o último.

Quando chegou em casa e olhou em volta, embora não visse Plover, Harry desconfiou de que o homem estivesse se escondendo; então, ele dirigiu até a parte de trás. De lá, caminhou rapidamente até a porta dos fundos. Ele não tinha lanterna, nenhuma luz externa para guiar seu caminho. Em segundos, seus sapatos ficaram encharcados, e, ainda que não tivesse um cachorro, teve certeza de que havia acabado de pisar num monte de bosta de cachorro. O labrador do vizinho, sem dúvida. Que ótimo.

Apesar da situação ridícula, Harry decidiu não chamar a polícia. Se brigasse com Plover e este fosse acusado, sua raiva, atualmente dirigida a Harry, mudaria imediatamente para um alvo mais frágil: sua esposa.

Harry gritou quando se chocou contra alguma coisa. O carrinho de mão. Ele o pegara numa manhã de novembro, com a intenção de usá-lo para transportar as folhas mortas para o canto do jardim e queimá-las, mas algo havia acontecido — não conseguia se lembrar de jeito nenhum, provavelmente algo a ver com as crianças — e não tivera tempo de guardar de volta no galpão.

Ele foi até o quintal. Quando estava tentando encaixar a chave na fechadura, uma voz de homem rosnou:

— Dr. Hope.

Harry não respondeu.

— Você...

Harry ouviu passos pesados começando a correr, vindo em sua direção, mas não olhou em volta. Não podia perder nem mais um segundo.

— Filho da puta intrometido! — A voz de Plover estava baixa e trêmula de raiva. — Você sabe o que fez?

Harry rangeu os dentes, procurando o buraco da fechadura. Estava muito escuro, caramba. Ele não conseguia ver.

— Vou pegar você e arrancar sua...

Finalmente, a chave deslizou no buraco. Harry a empurrou para a direita, girou a fechadura, abriu a porta e se jogou para dentro.

— Ei! Espere!

Harry bateu a porta, fechando-a com força. Ele rangia os dentes e havia cerrado os punhos. Fez um som gutural de raiva quando o feixe de luz de uma lanterna iluminou a cozinha.

— Desgraçado! Assustado demais para me encarar?

Harry respirou fundo e, mentalmente, tentou reduzir a raiva a uma chama tranquila. Se não fosse pela esposa de Frank, Julie, Harry se sentiria tentado a sair e deixar Plover cumprir a ameaça, mas o bom senso prevaleceu graças a um pequeno problema: Plover era ex-boxeador profissional. Ainda que Harry costumasse ser bastante habilidoso em brigas, ele não se envolvia em uma fazia muito tempo — pelo menos desde os vinte anos — e estava definitivamente fora de forma.

Bam-bam-bam. Sentiu punhos batendo na porta.

— Vamos! Fale comigo!

Harry ouviu Plover se afastar. Quando viu um feixe de lanterna percorrer sua sala de estar, começou a andar pela casa puxando as cortinas e persianas até que todas as janelas fossem fechadas. O telefone tocou. Ele puxou o fio da tomada. Qualquer um que importasse tinha seu número de celular. Olhou para a secretária eletrônica e viu o quadro de mensagens piscando loucamente. Como não estava mais na lista telefônica, poderia apostar que cada uma delas era de Plover. Ouviu três recados para descobrir que estava certo, e, em vez de escutar outra dúzia de mensagens abusivas, apagou o lote inteiro sem escutar o restante.

Na metade do corredor, ele se lembrou da merda do cachorro. Parou, levantando primeiro o pé esquerdo, depois o direito. Uma mancha laranja arenosa enfeitava a sola do pé direito. Olhando ao redor, viu que havia conseguido deixar o rastro da merda por praticamente toda a casa.

Sentindo-se pressionado e com muita pena de si mesmo, decidiu deixar para Kristina resolver na manhã seguinte — afinal, ela é paga para manter a casa limpa —, mas, quando chegou à cozinha, em vez de ir ao armário de bebidas como havia planejado, viu-se embaixo da pia, pegando uma esponja, um balde e um frasco de desinfetante.

Vinte minutos depois, com o balde limpo e esvaziado pela porta dos fundos, manchas úmidas espalhadas pelos tapetes, ele finalmente se serviu de uma bebida. Um ritual que seu pai chamaria de "saudação de dois dedos". Harry ficou de costas para o fogão, embalando o copo contra o peito e aproveitando o calor que irradiava.

— Cuzão! — gritou Plover do lado de fora da porta dos fundos. — Eu sei que você está aí!

Graças a Deus as crianças não estavam em casa. Lottie estava com a mãe, segura em Cotswolds, e os meninos em uma excursão escolar para a França. Harry respirou fundo e depois repetiu o exercício. Deveria ligar para a mulher de Plover? Não conseguia se decidir. Se Julie ligasse para o celular de Frank, isso acalmaria o marido ou simplesmente colocaria mais lenha na fogueira?

Bam-bam-bam.

Plover estava na porta da frente e gritava um monte de injúrias que a maior parte do bairro devia estar ouvindo. Harry sentiu um pico de fúria no estômago. Ele caminhou até a porta da frente.

— Vá embora ou eu chamo a polícia.

— Vocês são todos iguais, seus parasitas. Se não fosse por você, minha mulher ainda estaria comigo. Mas ela foi embora...

— O quê? — Era a primeira vez que Harry ouvia falar sobre isso.

— Porra, ela me deixou. — A voz de Plover falhou.

A raiva de Harry esvaiu-se.

— Sinto muito. Não sabia.

— Se não fosse por você... — O homem de repente parecia estar à beira das lágrimas.

Harry suspirou. — Só porque ela foi embora, não significa que seu relacionamento acabou.

— Porra, é claro que significa. — A raiva voltou.

— Tente fazer um esforço para mudar — disse Harry, cansado.

— Que droga isso significa?

— Tente comprar flores para ela. Tente dar um abraço nela quando chegar em casa em vez de se sentar imediatamente na frente da TV. Tente perguntar como foi o dia dela. Tente elogiar a aparência dela. Se ofereça para fazer o jantar. Se ofereça para lavar a louça. Diga que a ama pelo menos duas vezes por dia...

— Merda. Quem é que...?

Sua voz silenciou. Outro homem estava falando. Harry foi até a sala de estar e espiou pelas cortinas para ver Theo McCannon conversando com Plover. Seu amigo, três anos mais novo que Harry, que tinha 35, estava usando uma jaqueta impermeável com o colarinho virado e botas pretas de cano alto. Sua expressão era de paciência cansada quando enfiou a mão no bolso da jaqueta e tirou sua carteira de identificação.

Harry correu até a porta da frente, mas, quando a abriu, Plover já estava na metade do seu quintal. Seus ombros estavam caídos. Quando chegou à rua, virou à direita e aumentou o ritmo. Ele não olhou para trás.

— Pode me agradecer — disse Theo. Harry revirou os olhos. — Qual é, vai dizer que queria que ele ficasse socando a sua porta a noite toda!

— Ele já tinha parado — disse Harry.

— Sim, até encontrar um tijolo para jogar na janela.

Harry sabia que Theo estava se referindo à mulher de um de seus pacientes, uma alcoólatra violenta que fizera exatamente a mesma coisa dois anos antes. Quando o marido foi ao tribunal requisitar uma ordem de restrição contra ela, ela não o culpou por ter feito aquilo. Ela culpou Harry. Quando ela atirou o tijolo pela janela da sala de estar dele, no entanto, não esperava que uma mulher sairia da casa. Aparentemente, Nicole tinha aberto a porta, furiosa, com seu cabelo loiro e seus olhos prateados pegando fogo. A esposa do homem não disse uma palavra, deu meia-volta e foi embora. Harry desejou ter estado lá. E apostava que Nicole estava maravilhosa.

— O que você disse a ele? — Harry estava curioso. A linguagem corporal de Plover tinha ficado um tanto intimidada.

— Ah, o de sempre. — Theo deu de ombros. — Que, se não fosse por você ser tão bacana, eu o jogaria direto na cadeia.

Harry tinha certeza de que Theo havia falado mais do que aquilo, mas decidiu que não queria saber.

— Quer uma bebida? — ofereceu Harry.

— Pensei que nunca fosse me perguntar.

Theo tirou a jaqueta impermeável antes das galochas. Havia um buraco em uma das meias, e a outra estava gasta no calcanhar. As meias eram diferentes. Ele seguiu Harry e entrou na cozinha, onde foi direto para o armário à esquerda da pia e pegou uma garrafa de cerveja Black Sheep.

— Preciso te pedir um favor — disse Theo. Ele não estava olhando diretamente para Harry, e sim pegando um abridor de garrafas de uma gaveta e tirando a tampa da cerveja.

— De que tipo? — Ele sabia que Theo quase nunca pedia favores, por achar que isso o faria parecer inconveniente.

Theo encontrou um copo e se serviu. Tomou um gole.

— Gostaria que você desse uma olhada em um caso para mim. Queria ouvir uma opinião de especialista.

Harry franziu a testa.

— Que tipo de caso?

— A cabeça decepada e esfolada de um homem.

4

Harry ficou boquiaberto.

— Você está de brincadeira.

— Foi encontrada no Bosque Rainbow hoje cedo. Quem achou foi um passeador de cães. Ainda não encontramos o corpo. O legista disse que foi cortada com algo parecido com uma serra de jardim. O que isso significa, Harry?

— Que o assassino é um jardineiro experiente? — Harry levantou as mãos. — Não sei, Theo. Pergunte a um psiquiatra forense. É para isso que eles existem.

— Não temos orçamento para um desses. — Theo ergueu seu copo de cerveja dourada contra a luz como se estivesse avaliando a cor da bebida. — Mas você, por sua vez...

— Sou mais barato — concordou Harry —, mas não sou qualificado. Sou um terapeuta normal, Theo. Lido com pessoas que sofrem de baixa autoestima, ideias suicidas e depressão. Ajudar a prender assassinos não faz parte do meu currículo.

— Mas você sabe o que faz as pessoas agirem. — Theo não se dava por vencido. — Veja o caso do Watkins, o sujeito que atirou naqueles velhinhos ano passado. Você só ouviu algumas notícias, mas imediatamente diagnosticou que ele tinha guardado anos de ressentimento pelo irmão gêmeo um pouco mais velho...

— Eu estava supondo — disse Harry.

— Você passou a "supor" que a mãe de Watkins havia morrido recentemente. Você "supôs" que Watkins estava furioso pelo fato de a mãe ter deixado tudo para o irmão, de quem ele se ressentia, quando atirou nele. Então, ele percebeu que estava tudo acabado mesmo e começou a matar qualquer um que o lembrasse da sua mãe, que, naquele momento, era odiada por favorecer o filho mais velho mesmo depois de morta. Todos os seus "palpites" foram na mosca, Harry.

— Já tratei muitas famílias com irmãos gêmeos, então é fácil reconhecer alguns sinais. Só isso.

— Mas esse é o *ponto*. — Theo largou o copo e olhou para Harry com uma expressão exasperada. — Não me passou pela cabeça que Watson estivesse matando velhinhos porque estava descarregando a raiva que sentia da mãe. Mas você enxergou isso imediatamente.

— É fácil fazer suposições quando você está sentado na frente da TV. — A voz de Harry estava seca. — Especialmente quando não faz diferença se você está errado.

— Mas você não estava errado, não é? Olha, você poderia ser um trunfo na minha equipe. Você iria ver e ouvir coisas que não conseguimos e daria outra perspectiva para nós trabalharmos. Pela primeira vez Libby Harding está concordando comigo. — O rosto de Theo se anuviou brevemente. — Mas não posso dizer que Decker esteja tão entusiasmado quanto.

— Você conversou sobre mim com eles? — Harry foi pego de surpresa. Libby Harding e Paul Decker eram os dois detetives que trabalhavam com Theo.

— Libby disse que você vai ser o nosso vidente. — O rosto largo de Theo se iluminou. — Capaz de enxergar o que se passa na mente das pessoas por nós.

— E Decker, sem dúvida, acha que eu deveria estar em um museu de curiosidades.

— Decker tem zero perspicácia. Já Libby é diferente. Ela disse que todo mundo poderia aprender alguma coisa com você.

— Theo, me desculpe, mas nenhuma bajulação vai funcionar. Não é a minha praia.

— Você simplesmente não quer sair da sua zona de conforto.

— Não é isso — protestou Harry. — Eu não quero ficar enchendo linguiça na sua investigação.

— Você não iria encher linguiça nenhuma neste momento. Ainda nem sabemos quem é a vítima. — Theo passou a encará-lo de maneira astuta. — Por que você acha que a cabeça foi cortada e esfolada?

Harry pensou em várias possibilidades, que incluíam execução, seitas secretas e o desejo de alguém de criar um clima de medo.

— Não — respondeu ele.

— Ah, vamos lá. Vai me dizer que está feliz em tratar donas de casa neuróticas de meia-idade?! Você precisa ser desafiado, Harry. Desde que a Nicole te largou, você está estagnado. Não está na hora de fazer alguma coisa diferente, arriscar um pouco?

— Ah, se manda, Theo. — Harry tentou um tom carinhoso, porém ligeiramente cansado, que saiu mais duro do que pretendia.

— Não posso dizer que não tentei. — Theo bebeu o restante de sua cerveja em quatro longos goles antes de colocar o copo na pia. — Se você mudar de ideia...

— Não vou.

Na porta, Theo fez uma pausa.

— Tenho certeza de que você sabe que esta conversa foi...

— Confidencial. Achei mesmo que fosse.

— Estou tentando manter o controle o máximo de tempo possível, pelo menos até ter o relatório preliminar do legista.

— Não vou ligar para o *Daily Mail* — assegurou Harry —, se a sua preocupação for essa.

Depois que Theo saiu, Harry se serviu de outro uísque e o bebeu sentado no sofá, olhando para a TV, sem ver as imagens ou ouvir o que estavam dizendo. Será que Theo estava certo? Será mesmo que ele estava estagnado? Ele achava que não. Sua agenda estava cheia, com uma lista de espera de seis meses. Estava com vários eventos marcados, desde uma conferência de prevenção ao suicídio em Brisbane até um simpósio de sexologia em Palm Springs. Escrevia para periódicos da área, além de ensaios e artigos de pesquisa que iam ser publicados. Não sobrava tempo para se envolver no mundo obscuro dos criminosos de Theo, mesmo que quisesse. E ele não queria. Em vez disso, entrou cambaleando na cozinha e se serviu de um terceiro uísque.

Quando finalmente foi para a cama, já passava de uma da manhã, e ele estava bêbado. O único som que se podia ouvir era de um uivo distante de raposa, lembrando-o da primeira noite que passaram em casa. Tim tinha ficado petrificado, como se aquele fosse um monstro que viria pegá-lo. Harry ficou sentado na cama do filho mais novo, lendo *O coelho e o urso* em voz alta até ele adormecer.

Harry rolou para o lado. Estava sendo arrastado para o sono pelo álcool. Ele estava feliz por ter ficado com a casa. Theo dissera que ele tinha enlouquecido, que era grande demais para uma pessoa morar sozinha, que o jardim era um pesadelo para manter, mas aquela era a casa das crianças também. Eles tinham amigos na vila, conheciam a maioria dos moradores locais. Sempre que as crianças voltavam para casa, tinham os mesmos quartos, as mesmas camas, estantes e pôsteres nas paredes, e conseguiam se encaixar em suas antigas rotinas, como se nunca tivessem se afastado delas.

Se ele vendesse a casa e se mudasse para um belo apartamento de solteiro em Bath ou Bristol, eles não viriam com tanta frequência. Ele tinha tanta certeza disso quanto do sol que nasceria no dia seguinte. Theo havia sugerido redecorar ou reformar a casa, mas ele resistira. Theo disse que ele estava vivendo no túmulo da família com a personalidade de Nicole em cada canto, suas escolhas de cores e tecidos, mas Harry não se importava.

Ele ainda era apaixonado pela ex-mulher. E morar no túmulo da família não era um problema para ele.

5

Quando Harry saiu de casa na manhã seguinte, seu carro não estava lá. Por um segundo, pensou que tivesse sido roubado, e, então, se lembrou de que o tinha estacionado nos fundos na noite anterior, numa tentativa de se esconder de Frank Plover.

Gemendo por dentro, Harry caminhou para seu jardim encharcado, pisando com cuidado, tentando localizar qualquer monte de merda de cachorro, algo quase impossível naquele tapete de folhas marrons e vermelhas.

Depois de chegar ao carro, checou as solas dos sapatos para ver que — felizmente — tudo o que havia coletado tinha sido um pouco de umidade e duas folhas. Decidido a conversar com os vizinhos sobre a invasão de propriedade do labrador, abriu o carro e entrou, meio que se perguntando se deveria deixar um pacote de saquinhos plásticos na porta deles.

Ele dirigiu para o trabalho ouvindo a Rádio 4 com o volume alto e lutando contra o barulho do desembaçador. Um vento oeste soprava do Atlântico e a chuva batia no para-brisa. Ele ligou os limpadores. Clima típico do sudoeste da Inglaterra. Na época em que se mudaram para a região vindos de Londres, Nicole apelidou o lugar de chuvoeste da Inglaterra, reclamando que nunca parava de chover.

— É isso que a deixa tão verde no verão. — Harry dizia, defendendo a região, pela qual já havia se apaixonado.

— ... e uma lástima no inverno.

Harry não se importava com a chuva. Também não se incomodava com o trânsito, aproveitando a oportunidade para retornar as ligações que havia perdido no dia anterior ou simplesmente para ouvir rádio. Ele não via sentido em ficar com raiva de algo que não podia controlar.

Ao chegar à rotatória do desvio de Batheaston, os carros estavam parados. Um ônibus havia bloqueado o tráfego, impedindo a entrada de veículos na cidade pela A4. A hora do rush em Bath em um de seus piores momentos.

Harry se reclinou no banco, suspirando, mas ficou alerta alguns minutos depois, quando o locutor disse "*notícia de última hora*" e "*decapitado*". Checou o relógio do painel. Oito e meia. Era a tal cabeça decepada de que Theo falara? Se fosse, ele não ficaria tão satisfeito por não ter conseguido guardar sigilo por muito tempo.

A polícia identificou o homem como Guy Bowman, de Lansdown, Bath. Guy Bowman foi eleito deputado pelo partido liberal democrata em Bath há sete meses. A cena horrível foi descoberta por um passeador de cães ontem...

Harry sentiu a mente congelar em estado de choque. Guy estava morto?

Por um momento, ele não conseguiu se mover. Então, estendeu a mão e aumentou o volume.

... A polícia de Somerset e Avon confirmou que uma busca detalhada da área está em andamento...

Uma buzina soou raivosamente atrás dele, fazendo-o pular de susto. Harry não tinha notado que o caminho à frente estava livre. Engatou a marcha, mas, na pressa, tirou o pé da embreagem muito rápido e fez o carro morrer.

A buzina voltou a berrar. Harry ligou o carro, mas o semáforo ficou vermelho antes que pudesse passar. O motorista de trás segurou a mão na buzina por dez segundos, mas Harry já estava concentrado novamente no rádio. Para sua frustração, a notícia tinha terminado.

Finalmente, ele passou pelo semáforo, e, enquanto dirigia pela cidade, tudo pareceu ter um brilho surreal. Guy estava realmente morto? Poderia ser outra pessoa? Mas Harry já sabia que não havia engano. Havia apenas um político chamado Guy Bowman, e era seu amigo de infância de Weston, que havia se mudado para Lansdown quando se casou.

Ele deveria contar para Theo que conhecia Guy? Não precisaria mencionar o que aconteceu na Fazenda Highfield porque, até onde sabia, não se tratava de algo relevante. Além disso, nenhum deles jamais havia contado a ninguém sobre o incêndio. Harry não tinha contado aos seus pais ou a qualquer amigo. Nem mesmo a seu próprio terapeuta, Thomas

Hall, um psicólogo de aconselhamento que havia submetido Harry a um curso de psicoterapia como um requisito básico para a graduação.

Embora Thomas tivesse sondado a infância de Harry, este nunca sequer considerou confiar nele. Do ponto de vista intelectual, ele sabia que guardar aquele segredo fazia sentido quando era criança — incapaz de admitir o terror de um incidente tão horrível —, mas e como adulto? Por que nunca havia confessado? Seu treinamento lhe mostrara que o evento precisava ser resgatado, mas o que ele ganharia com isso? Ainda era praticamente a mesma pessoa, não era?

Harry pegou o sentido noroeste, correndo pela Camden Road e contornando uma A4 entupida. As ruas estavam encharcadas, e os pedestres caminhavam com dificuldade, lutando para controlar seus guarda-chuvas.

Será que ele tinha ficado em silêncio porque Guy e Lucas também se calaram? Ou era por que ele tinha medo de arrastá-los para algo do qual eles teriam dificuldade para escapar? Eles poderiam ser forçados a enfrentar uma acusação de homicídio culposo. A vida deles mudaria. Com o passar dos anos, Harry tinha arranjado pretextos e, toda vez que o assunto surgia em sua mente, ele pensava: *deixe tudo como está.*

Harry diminuiu a velocidade para deixar passar um carro que se aproximava ao longo do trecho estreito que levava a Camden Crescent enquanto ele estava pensando em Guy. Harry o tinha visto pela cidade ocasionalmente, andando pela Milsom Street com a mulher, ou tomando um café, mas os dois nunca conversaram. Não até terem sido forçados a se encontrar em um jantar beneficente antes do Natal. Guy estava muito elegante e meticulosamente arrumado, usando black tie. Cabelo escuro e perfeitamente cortado. Um sorriso charmoso.

— Que bom te ver. — Guy cumprimentou Harry em tom profissional e caloroso, mas Harry percebeu a cautela no rosto dele. A mesma cautela que, sem dúvida, ele também deve ter mostrado.

Harry apertou a mão de Guy do outro lado da mesa antes de sentar-se ao lado da mulher de Guy, Fianna, uma morena alta e sexy com pernas elegantes e boca carnuda. Ela estava usando um vestido vermelho decotado que mostrava os seios fartos e as pernas longas, o cabelo caindo pelas costas quase até a cintura. Pela maneira como Guy a olhava continuamente, Harry sabia que seu velho amigo tinha um duplo sentimento: orgulho de ter conquistado aquele troféu e ciúme por saber que cada homem no salão babava por ela. *Havia*, pensou Harry ironicamente, *algo a ser dito por Guy ter casado com uma beldade sem cérebro*, mas não podia negar que formavam um casal deslumbrante.

Ele começou uma conversa cordial com Fianna — onde eles moravam, quanto tempo haviam levado para chegar até lá — e não demorou muito até que descobrissem um conhecido mútuo: Nick Lewis. Nick tinha dezessete anos e era o protegido de Guy, o que Harry sabia porque o garoto era seu paciente. Não que o sigilo da profissão lhe permitisse contar a Fianna, mas ele gostou de ver Nick da perspectiva de Fianna. *Brilhante, aprende rápido, entusiasmado*, foi como ela o descreveu, e, se ela tivesse visto Nick quando Harry o conhecera, ao mesmo tempo bravo, violento e desesperado, ela provavelmente não acreditaria que era o mesmo garoto.

Embora Fianna e a mulher à sua direita — Harry não se lembrava do nome dela — fossem boas companhias, ele sentiu a pressão da presença de Guy à sua frente, e, no momento em que foi educado fazê-lo, saiu da festa e foi para casa.

Naquela noite, ele havia sonhado com o incêndio e a expressão de Lucas antes de o policial Carrigan fechar o porta-malas do carro. Ecos gelados do passado assombraram seu inconsciente.

Quem tinha matado Guy? Por quê? Como Fianna estava lidando com o assassinato do marido? E os filhos? Ele não conseguia se lembrar da idade deles. Nove? Dez?

E o paciente de Harry, Nick? Poderia ser a primeira experiência do garoto com a perda de alguém próximo. Guy havia ganhado destaque na vida de Nick depois que este conseguira um emprego de verão, e o rapaz seria duramente atingido. Harry fez uma anotação mental para ligar para o garoto mais tarde e marcar uma sessão extra para os próximos dias.

Ele pegou um cappuccino no caminho para o trabalho, além de um doce dinamarquês açucarado, e, quando chegou ao Centro de Bem-Estar de

Bath, já se sentia quase normal. Embora fosse psicoterapeuta profissional, sabia que às vezes nada funcionava melhor que uma dose decente de cafeína, coberta com um pouco de açúcar.

— Não vou atender nenhuma ligação — disse a Jagoda. Ela ergueu as sobrancelhas. — Só o de sempre — voltou atrás — Ex-mulheres, filhos, emergências. E mantenha Frank Plover distante, se possível. Ele esteve na minha casa ontem à noite e aprontou...

— Não! — Todo o corpo de Jagoda enrijeceu em um horror dramático, como se Harry tivesse anunciado a queda de um ônibus espacial no fim da rua. Ela era da Lituânia e não sofria da clássica falta de emoção engomada dos britânicos. Se estava chocada, alegre ou chateada, ela deixava isso bem claro. Harry achava isso estranhamente tranquilo em comparação com a reticência da maioria de seus pacientes. — Não dei seu endereço a ele — Jagoda declarou. — Eu juro.

— Claro que não — ele se apressou a tranquilizá-la. — É fácil me achar na internet. Nós dois sabemos disso.

Eles haviam tentado um dia. Pesquisaram "Harry Hope, endereço" no Google e o mecanismo de busca lhes deu facilmente o site 192.com, que listava a vila onde ele morava — Batheaston — e as três primeiras letras do seu código postal. Assim que chegou lá, tudo o que Plover precisou fazer foi perguntar a alguém onde Harry morava, sem dúvida inventando também alguma história qualquer sobre ser seu melhor amigo.

— Então — Jagoda lhe passou uma mensagem em um floreio teatral —, o inspetor McCannon ligou há dez minutos.

— Theo. — Harry deixou escapar.

— Ele é um paciente? — Ela estava cheia de curiosidade. — O policial?

— Jagoda... — O tom de Harry era de repreensão.

— Desculpe. — A mulher deu um suspiro dramático. Ela sabia que tudo o que tinha a ver com os pacientes era confidencial, mas também era jovem e curiosa. Ele deu uma piscadela de perdão. Ela sorriu de volta.

— Não é um paciente — cedendo pela segunda vez. — Ele mora na mesma vila que eu, só isso.

— Ah... — Ela assentiu de maneira decidida. — É um amigo.

Harry não corroborou nem negou a dedução dela. Jogando o cappuccino e a embalagem do doce no lixo, seguiu até a sua sala.

O corredor cheirava levemente a lavanda, ou era manjericão? Ele era incapaz de identificar cheiros. Tudo o que sabia era que tinha um aroma inofensivo e bastante reconfortante que, obviamente, emanava de algum óleo essencial que Trisha estava usando naquele espaço. Cinco profissionais compartilhavam o prédio georgiano reformado que ficava próximo à Praça St. Catherine's. O Centro de Bem-Estar oferecia uma variedade de terapias alternativas, incluindo acupuntura e aromaterapia, além de psicoterapia. Era um lugar agradável para trabalhar, na esquina dos Edifícios Margaret, uma rua feita para pedestres repleta de lojas bonitas, cafés e restaurantes, embora estacionar fosse um pesadelo. Ele tivera sorte por ter encontrado uma vaga para alugar nas proximidades, mesmo que o custo o deixasse de cabelo em pé.

Ele espiou pela janela e para a praça embaixo para ver as árvores se agitando freneticamente com o vento. Parecia bastante comum no inverno — dois canteiros de grama e três árvores sem folhas cercadas por grades de ferro —, mas, na primavera, se transformava quando a cerejeira florescia e os narcisos e açafrões surgiam.

Tinha acabado de puxar as persianas em um ângulo que evitasse que Frank Plover olhasse para dentro — nada como começar o dia com uma sensação de paranoia — quando Doug enfiou a cabeça pela porta aberta.

— Meu Deus, Harry. Jagoda acabou de me contar que Plover foi à sua casa ontem. Você está bem?

— Theo estava lá.

— Que alívio! Ele o prendeu?

— Não. — Harry contorceu a boca. — Mas ele teria gostado. Ele acha que sou muito mole.

Doug mudou de assunto.

— Catherine mandou te convidar para jantar hoje lá em casa. Ela quer que você conheça uma amiga.

Harry tentou manter o sentimento de tristeza longe do rosto.

— Eu, é... tenho quase certeza de que tenho um compromisso. — Tentou desesperadamente pensar em uma desculpa. Normalmente, ele adoraria ir — Catherine era uma cozinheira fantástica e uma excelente companhia —, mas não queria entrar naquilo que poderia ser um embaraçoso encontro às cegas.

— Ela é muito bonita — disse Doug. — E está solteira. Sem filhos. Sem histórico. Pelo menos não pelo que sabemos.

— Acho que tenho uma reunião na igreja. — O tom de Harry não foi convincente o suficiente, e Doug meneou a cabeça.

— Vamos, Harry. Você não pode se esconder para sempre. Você não foi feito para ficar sozinho. Você é uma pessoa sociável, lembra? Seria bom sair, se divertir um pouco. Tem que parar de se esconder.

— Não estou me escondendo — protestou Harry. O que acontecera com Doug e Theo? Da maneira como estavam agindo, parecia que ele tinha se transformado em um eremita.

— Vejo você às oito.

Depois disso, Doug desapareceu.

Suspirando, Harry digitou o número do celular de Theo.

— E aí? — perguntou.

— Temos uma identificação.

— Eu ouvi no rádio.

— O que não foi divulgado é que cortaram a língua dele.

6

Harry se sentou de modo abrupto.

— Jesus Cristo!

— O legista disse que parece ter acontecido depois da morte. Por que alguém faria isso, Harry? — A fala de Theo foi suspensa e, ao fundo, Harry ouviu sons de uma equipe operando à toda velocidade; telefones tocando, vozes chamando.

— Preciso te contar uma coisa — disse Harry.

— O quê?

— Eu conhecia Guy.

— Conhecia? — repetiu Theo.

— Quando éramos crianças, nós moramos na mesma rua. Mas fiquei sem vê-lo por... — Harry fez uma conta rápida. — Quase trinta anos.

— Não vejo problema nisso. E você?

— Também não. — Harry mentiu.

— Conhecendo o passado dele, você pode até ver algo que não conseguimos enxergar. Um ponto de vista diferente. — Harry ficou quieto. — Então — continuou Theo —, por que alguém cortou a língua de Guy Bowman?

Harry tentou pensar de forma impessoal.

— Eles podem estar comunicando alguma coisa sobre o discurso dele. Talvez Guy estivesse falando demais, dizendo a coisa errada, algo de que o assassino não gostou. Por quê? Qual é a sua opinião?

— Não sei o que pensar, Harry. Continue, por favor.

— A Bíblia diz que a boca dos justos traz sabedoria, mas uma língua perversa será cortada. — Harry esfregou a testa. — Guy é um político. Desculpe, *era* um político. Talvez fosse fazer um discurso que o assassino quisesse evitar? Sugeriria que vocês verificassem todos os compromissos dele em que iria falar, tanto os recentes quanto os próximos, e checar alguém que ele pudesse estar enfrentando. Além disso, qualquer importunador ou fanático que pudesse tê-lo perseguido.

— E o que mais?

Harry se recostou na cadeira, pensando.

— Guy pode ter mentido sobre alguma coisa. Ou voltou atrás em sua palavra. Quebrou uma promessa, pessoal ou profissional. Pode ser qualquer coisa nesse sentido.

— O que deixa tudo em aberto. — Theo parecia frustrado.

— Desculpe.

— Alguma outra ideia sobre por que alguém o mataria?

— Não faço ideia — disse Harry, com honestidade.

— Tem certeza? — Theo rebateu.

— Ciúme, ganância, medo, vingança, ódio. Pode ter sido um aviso para os outros. Para acabar com a competição. Uma punição. Pode escolher.

— Nada que já não tenha escutado antes.

— Se você diz.

— Até mais tarde, Harry. — Theo desligou.

Harry colocou o telefone no gancho. Ele se sentiu zonzo e um pouco trêmulo. Mesmo que a língua de Guy tivesse sido cortada depois que morreu, o ato ainda insinuava uma linha insensível que fazia Harry tremer por dentro. Ele preparou uma xícara de café forte, que bebeu enquanto enviava um e-mail para Fianna, dando a ela seus números de celular e de casa e dizendo que ficaria feliz em ajudar se precisasse de aconselhamento sobre o luto. Era o mínimo que ele podia fazer pela esposa de seu velho amigo de infância.

Em seguida, Harry ligou para Nick Lewis, mas não teve resposta. Deixou uma mensagem que sabia que os pacientes achavam irresistível: *Ligue para mim. Tenho uma coisa muito importante para te contar.* Então, Harry se voltou para as mensagens. Uma era de Tim, implorando por dinheiro para ir a um show quando voltasse da França, dizendo que era imperdível e que seria incrível, e ficaria lhe devendo muito se o ajudasse. Harry rapidamente digitou uma resposta, dizendo que conversariam sobre o assunto quando ele voltasse. Tinha acabado de pressionar *enviar* quando seu telefone tocou, fazendo-o pular da cadeira.

— Harry.

Uma palavra, e suas pernas congelaram. Ele se sentiu grato por estar sentado. Fazia seis meses que não ouvia a voz dela. *Seis meses* e ela ainda tinha aquele poder sobre ele.

— Harry? Você está aí?

— Sim.

— Ouvi falar do Guy.

— Sim.

— Você está bem?

— Tudo bem, obrigado — ele mentiu.

— Eu queria saber. Sei que você e ele...

— É muito gentil da sua parte, Nicole — interrompeu Harry —, mas tenho uma sessão agora.

Ele afastou o telefone do ouvido quando ela disse rapidamente:

— Que tal tomar alguma coisa mais tarde? Só nós dois. Eu quero conversar.

— Desculpe, vou sair hoje. — Ele se contorceu. Não queria que ela soubesse que tinha marcado um encontro às cegas.

— Com quem? — A voz dela estava casualmente curiosa. — Alguém que eu conheça?

— Desculpe, Nicole. Tenho que ir.

Ele desligou. E encarou o telefone. Nunca esperaria reagir daquela maneira. Com medo de falar com ela. Defensivo e rude. Ele fantasiava o momento em que Nicole ligaria para ele, pedindo para vê-lo, confessando que tinha cometido um erro terrível e queria voltar. E o que ele fez quando ela finalmente ligou? Entrou em pânico e desligou. Patético.

— Dr. Hope.

Inferno... Jagoda apontou para o casal que esperava e ele nem mesmo tinha aberto a pasta deles. Ele deu um passo à frente para apertar as suas mãos. A mulher estava sorrindo, o marido constrangido e infeliz, com as mãos nas costas. Harry os direcionou para duas cadeiras perto da janela. Então, ele abriu a pasta em sua mesa e rapidamente examinou suas últimas anotações, numa tentativa desesperada de se atualizar.

Sr. e sra. Parslow. Derek e Shirley. Casados há 21 anos. Dois filhos, ambos em idade escolar. Shirley queria deixar Derek. *Ele nunca está disponível quando preciso dele. Ele se tornou um estranho. Não mostra nenhum interesse em mim ou no que faço. Ele fica sentado na frente da televisão quando poderia estar conversando comigo. Só presta atenção quando quer transar.*

Derek tinha ficado perplexo com as reclamações dela. *Eu pago todas as contas. Eu montei uma casa bonita, férias no exterior. Tudo o que faço é por ela e pelas crianças, mas é impossível agradá-la.*

Era a terceira sessão deles. Eles devem começar a progredir hoje. Do nada, Harry foi tomado por uma onda de dúvida. Que direito ele tinha de aconselhar aquelas pessoas quando não tinha conseguido ficar com a própria esposa?

Ele ocupou a cadeira em frente ao casal. Dobrou as mãos no colo e olhou entre os dois.

— É bom ver vocês. Como estão indo?

Harry os ouviu debatendo as tarefas que havia pedido a fim de melhorar o relacionamento, o que envolvia tentar evitar que Shirley se sentisse excluída, fazendo Derek integrar a mulher em todos os aspectos de sua vida, em vez de mantê-la metaforicamente trancada na cozinha.

Nicole se sentira excluída da vida de Harry? Ela nunca havia dito nada sobre isso. Ele ainda não sabia o motivo de ela ter ido embora. Ela dissera que a culpa era sua mesmo, não tinha nada a ver com ele, mas como isso aconteceu? Ele era seu *marido*. Deveria ter sido capaz de fazê-la feliz, mas ela tinha se apaixonado por outra pessoa.

— Dr. Hope?

Harry voltou para a sala de terapia. Meu Deus, ele não estava ouvindo.

— Hum-hum — disse calmamente, fingindo que estava analisando tudo com muita atenção.

— Ele me deixou falando sozinha ontem — disse Shirley. — Eu queria conversar, mas ele se virou e saiu da sala. — Harry ergueu as sobrancelhas em direção a Derek.

— Eu precisava de um pouco de espaço — murmurou Derek.

Acontece que Shirley interpretou mal a reação de Derek e, se ela tivesse se aproximado dele em outra ocasião, teria conseguido ouvir sobre os sentimentos dele. Quando Shirley percebeu que também era responsável pela infelicidade no casamento, e que não era tudo culpa do marido, ela começou a chorar muito. Eles passaram o restante da sessão discutindo como poderiam se apoiar mutuamente sem precisar mudar. Foi uma das melhores sessões de Harry, e, pelo resto da manhã, seu pensamento se dividiu entre o completo esquecimento e a lembrança do pobre Guy morto.

Depois do almoço, Harry estava prestes a buscar o próximo paciente na sala de espera quando o telefone de sua mesa tocou.

— Nick Lewis — anunciou Jagoda rapidamente. — Ele parece preocupado.

Harry não ficou surpreso. Nick parecia ter encontrado um mentor em Guy, alguém que ativamente o encorajara a compartilhar seus pensamentos e sentimentos, e, agora que Guy estava morto, o garoto precisaria do melhor apoio de Harry.

— Nick. — Harry falou ao telefone.

— Ah, Deus. — A voz do garoto falhou. — Me ajude. Por favor...

Harry endireitou-se na cadeira.

— O que está acontecendo?

— Não sei o que fazer. — Nick começou a chorar, com soluços barulhentos e incontroláveis que fizeram o coração de Harry disparar.

— Onde você está agora?

— Em ca-casa.

Harry sentiu um momento de preocupação pelo fato de o garoto não estar na escola, mas depois se lembrou que ele estudava meio período.

— Onde seus pais estão? — perguntou Harry.

— Os do-dois estão trabalhando.

Harry checou rapidamente sua agenda para ver se, depois do primeiro paciente da tarde, teria mais um, também em crise, esperando. No entanto, estava tão alarmado com Nick que queria vê-lo imediatamente.

— Você pode vir até aqui? Tenho um horário às quatro.

— Não-não posso ir agora? Estou tão assustado, Harry...

— O que está te assustando?

— Recebi uma mensagem no ce-celular. — Os soluços se intensificaram.

— De quem? — Harry pensou que eles poderiam conversar um pouco, para ajudar o garoto a se acalmar.

— Não sei! — lamentou ele, em pânico. — Por favor, Harry! Preciso falar com você!

A mente de Harry disparou.

— Venha agora mesmo e a Jagoda vai cuidar de você até que eu esteja liberado.

— E-estou indo.

Mas Nick não chegou. E, quando Harry ligou para os pais dele mais tarde, descobriu que o garoto havia desaparecido.

7

Harry dirigiu até a casa de Nick corroído pela culpa. Será que poderia ter evitado o desaparecimento do garoto se o tivesse visitado imediatamente depois de terem conversado? Não havia como adivinhar, e, embora Harry soubesse que não adiantava se concentrar no "e se", não pôde evitar fazer isso durante todo o trajeto. Nick estava muito assustado e, ainda que tivesse feito o possível para estar com ele e aliviar seu pânico, mantendo-o seguro, Harry falhara.

Já estava escuro quando Harry chegou, e a temperatura estava caindo rapidamente. Dois carros de patrulha estavam do lado de fora, junto com o carro não identificado de Theo. Tochas de ferro fundido iluminavam a calçada de cascalho. Ele nunca estivera lá antes — sempre atendera Nick em sua sala de terapia — e olhou em volta com curiosidade. Grandes casas georgianas, árvores antigas, a vista de Bath cintilando no vale. Os carros estacionados nas calçadas eram todos de alto nível: um Porsche, dois Range Rovers e um Mercedes. Não era à toa que Nick repelisse qualquer tipo de ostentação.

O dinheiro é uma merda, ele dissera uma vez. *As pessoas acham que é muito importante, mas tudo o que faz é te arruinar. As pessoas só pensam nisso.*

Harry passou entre dois pilares de pedra imponentes e tocou a campainha. Não ouviu nenhum sinal, mas um policial abriu a porta. Harry mostrou-lhe o seu cartão de identificação.

— O detetive McCannon está lá dentro — disse o policial — esperando por você.

Harry pisou em hectares de mármore branco e preto até chegar aonde o Theo estava. Ele estava usando camisa e gravata, e uma jaqueta que deixava seus ombros volumosos mais proeminentes.

— Obrigado por ter vindo.

Como se Harry tivesse escolha. Quando ligou para Theo mais cedo para contar sobre o desaparecimento de Nick, o detetive não havia mostrado muito interesse até Harry mencionar que Nick conhecia Guy. Nesse momento, Theo exigiu que Harry o encontrasse na casa da família. Imediatamente.

— Você já encontrou o corpo de Guy? — perguntou Harry.

— Não. — Theo esfregou o rosto. — Está bem, me conte o que o garoto disse.

De forma obediente, Harry fez o que lhe foi pedido.

— Ele estava preocupado e com medo. Tinha recebido uma mensagem, mas disse que não sabia de quem.

— Não sabia? Ou não queria te contar?

— Não sabia. — Harry podia estar bastante seguro sobre isso porque tinha regras para todas as suas reuniões com pacientes, e tinha deixado claro desde o início que Nick só falaria na sala de terapia se quisesse. Isso desencorajava Nick de se esquivar atrás de um *não sei* mal-humorado e o incentivava a encontrar outras maneiras de seguir essa regra. Não demorou muito até que Nick aprendesse a substituir o *não sei* por algo do tipo *não sei, prefiro falar sobre isso em outro momento*, dando a Harry a oportunidade de retornar a algo que era obviamente doloroso ou difícil — tudo parte do processo.

— Tem certeza? — Quando Theo insistiu, Harry explicou a regra.

— Inteligente. — Theo ergueu um saco plástico transparente para que Harry pudesse ver o que estava dentro: um iPhone.

— Por favor, me diga que não é do Nick.

— Desculpe.

Harry foi tomado por uma sensação de pavor. Nenhum adolescente sai de casa sem celular.

— Adivinha o que encontramos nele — questionou Theo.

— Uma mensagem desagradável?

— Sim.

— O que dizia?

— *Fique calado e não vou precisar te matar.* — Theo deixou a mão cair. — Foi enviado do telefone de Guy Bowman hoje de manhã.

Harry sentiu o estômago revirar.

— Mas Guy está morto.

— E o telefone dele sumiu...

— Você acha que o assassino está com o telefone de Guy? — O tom de Harry mostrava pânico. — E que eles o usaram para ameaçar Nick porque ele testemunhou o assassinato de Guy?

Theo o encarou solenemente.

— É possível.

Harry engoliu em seco.

— Me diga que estou certo: por que mandar uma mensagem para Nick hoje de manhã, e não ontem à noite?

— A mensagem foi enviada à noite. Acho que o garoto só leu hoje.

O assassino tinha cortado a língua de Guy como um aviso para Nick ficar quieto? Quando Harry sugeriu isso, Theo disse:

— Talvez. Vou falar com o pai de Nick e, se não se importar, pode dar uma palavrinha com a mãe dele? Ela está... — Theo hesitou por um momento, mas parecia incapaz de encontrar as palavras certas. — Você deve se sair melhor com ela.

Harry encontrou a sra. Lewis sentada em uma pequena sala de estar, fumando. Uma policial estava sentada ao seu lado. Sobre a mesa havia uma cópia do *Daily Mail* e uma variedade de revistas de moda brilhantes. Harry só tinha visto a mãe de Nick uma vez, quando ela e o marido foram à clínica com o filho, depois que ele deu perda total em seu Mercedes com quatro de seus amigos dentro. Felizmente ninguém ficara gravemente ferido, mas, como aquela era apenas a mais recente de uma série de farras perigosas, seus pais decidiram que era hora de ele "ver" alguém para mudar de comportamento.

Naquele primeiro encontro, Harry não vira muito de que pudesse gostar na mãe de Nick. Ela era uma mulher magra e bonita, parte cegonha, parte falcão, e cada uma dessas partes com um bico afiado e avarento. Harry ficara paralisado pelo modo como ela andava com sua bolsa de mão, deixando à mostra o logotipo da grife, antes de mostrar a etiqueta do lenço, bem como do casaco e as luvas caras. Ele havia ficado um pouco surpreso por ela não ter tirado os sapatos para que também pudesse ver a etiqueta. Insegura, gananciosa e obstinada, ela era firme em uma coisa: seu grande amor pelo filho.

— Ele não foi fazer escalada indoor hoje — disse a sra. Lewis, batendo o cigarro na ponta de um cinzeiro de laca e ouro. — Ele tem praticado todos os dias desde o início do semestre. Ninguém sabe para onde ele foi. Ninguém o viu.

Parte da mente de Harry se desconectou, feliz em saber que Nick havia encontrado uma maneira interessante de lidar com sua atração por aventuras de alto risco, mas a outra estava quase doente de ansiedade pelo garoto.

A sra. Lewis lançou um olhar vazio para Harry.

— Onde ele está?

Sem saber se o olhar vazio dela se devia ao choque ou à simples confusão quanto à interrupção de sua rotina, Harry lhe respondeu gentilmente que a polícia estava fazendo tudo o que podia, antes de voltar sua atenção para perguntar sobre a longa experiência de verão de Nick com Guy.

— Ele gostava de ir lá — disse ela, dando uma tragada no cigarro e exalando um fino jato de fumaça azul pelo brilho perolado perfeito de seus lábios pintados. — Embora eu não entenda o motivo. Eles o tratavam feito lixo. Pagavam menos de quatro libras por hora, usando a desculpa de que esse é o salário mínimo dos estudantes. — Um lampejo de aborrecimento dominou seu rosto. — Uma exploração!

— Que tipo de trabalho ele fazia? — Harry já sabia, mas queria ver o que ela diria e o quanto estava informada.

— Ele era uma espécie de estagiário. — Ela meio que deu de ombros de forma elegante. — Ia ao correio. Fazia o chá. Atendia o telefone, entregava panfletos. — Sua expressão de repente ficou intrigada. — Mas ele nunca ficava entediado. Muito estranho, realmente. Não perdia um dia de trabalho.

Depois de garantir a ela que a polícia faria tudo o que estivesse ao seu alcance para trazer seu filho de volta, Harry localizou Theo em outra sala, muito maior, onde o pai de Nick andava de um lado para o outro em frente a uma lareira.

— Não o levei a sério. — Ele passou as mãos pelo cabelo. — Achei que ele estivesse tentando parecer importante porque conhecia o cara que morreu. Eu disse a ele para parar de ser melodramático. *Disse a ele para crescer.* — Sua voz ficou trêmula.

Harry examinou a sala. Um piano de cauda em um canto, coberto de molduras prateadas mostrando fotos do sr. e da sra. Lewis no dia do casamento, Nick em idades variadas, fotos de férias ensolaradas em algum lugar tropical — talvez no Caribe. O carpete era profundo e macio, a iluminação difusa. Havia vasos e ornamentos chineses antigos em caixas de vidro, livros encadernados em couro cobrindo as paredes.

Harry pôde ver a razão pela qual o sr. Lewis se sentia tão perplexo com a raiva aparentemente irracional do filho. O pai do sr. Lewis havia sido um estivador e sua mãe uma faxineira, mas o sr. Lewis quebrou o padrão familiar. Ele era um homem que fizera fortuna sozinho, um homem esforçado que se tornara um dos maiores construtores do Reino Unido, que dera à família uma casa espetacular, para que, ainda assim, o filho o acusasse de negligência.

Harry se lembrou do que Nick havia dito sobre o pai na sala de terapia. *Ele está sempre trabalhando. E quanto a mim? Não me importo com o dinheiro. Só quero o amor dele.*

— Ele levou alguma coisa para ele? — perguntou Harry.

— O saco de dormir, escova de dentes, passaporte... — Uma sensação de alarme tomou o rosto do sr. Lewis. — Você não acha que ele foi para o exterior, acha?

— Ele tem algum amigo no exterior? Algum parente a quem possa recorrer?

O sr. Lewis passou a mão trêmula pela cabeça.

— Na verdade não. Estão todos aqui. Moram na região. Em Bath e pelos arredores. Um casal em Shropshire.

— Espero que ele ainda esteja na área — disse Theo. — Poderia fazer uma lista dos amigos dele para mim, especialmente aqueles a quem você acha que ele pode recorrer? Agora — continuou Theo —, me diga novamente o que Nick disse hoje de manhã, quando soube da notícia. Sobre o homem que morreu, Guy Bowman.

Ainda andando de um lado para o outro, o sr. Lewis disse que, quando Nick ouviu sobre o assassinato no rádio, ficou pálido e correu para o banheiro.

— Eu estava fazendo torradas. Achei que ele estivesse de ressaca e o cheiro o tivesse enjoado. Não percebi. Não *achei* que pudesse ser importante.

— Ele tem estado de ressaca nos últimos tempos? — perguntou Harry.

O sr. Lewis parou de andar e olhou para Harry. O rosto dele estava tenso e pálido, assombrado.

— Depois que ele começou as sessões com você, não. Ele diz que beber é coisa de perdedor. — O sr. Lewis cerrou os punhos ao lado do corpo. — Eu não queria ter acusado o meu filho daquela maneira. Fui injusto. Mas não estava pensando direito. Eu estava atrasado para o trabalho e... veja o que aconteceu.

Harry decidiu que não era o momento para uma sessão de psicoterapia que ajudasse a aliviar a culpa do homem.

— Ele já tinha fugido antes?

— Nunca. — O sr. Lewis meneou a cabeça.

Harry olhou ao redor da luxuosa sala e ouviu um som de granizo batendo nas janelas. A temperatura lá fora era congelante.

A voz de Nick ecoou em sua mente.

Estou com tanto medo, Harry.

Harry lançou um olhar rápido a Theo, apontando o queixo para o teto.

Theo não perdeu tempo.

— Você se importaria se Harry olhasse o quarto de Nick? — ele perguntou ao sr. Lewis.

— Não, não. — Ele esfregou o espaço entre as sobrancelhas. — Pode ir.

8

A primeira reação de Harry ao ver o quarto de Nick foi de surpresa por ser tão arrumado. Sem meias ou cuecas no chão. Nenhuma comida ou embalagem de doce espalhada. Ele deu uma olhada rápida na lixeira perto da escrivaninha, mas estava vazia. Cama de casal, mesa, computador, som e alto-falante, pôsteres de bandas de rock nas paredes com uma foto de alguns porcos e a imagem cativante de uma ruiva curvilínea usando nada além de um fio dental e com uma expressão de "chegue mais perto". Os livros da escola estavam empilhados na escrivaninha, um manual de física aberto ao lado de um caderno de exercícios.

Harry se lembrou de ter falado sobre as notas baixas de Nick no verão anterior. Um garoto inteligente, Nick podia se sair muito bem se se esforçasse um pouco, mas no começo do ano ele tinha começado o padrão de entregar as tarefas no último minuto ou simplesmente não as entregar, ganhando no máximo notas D. Seus pais faziam sermões incessantes sobre o que ele estava fazendo de errado e como deveria se comportar, depois tentaram forçá-lo a estudar mais em casa, e Nick tinha reagido de um jeito agressivo, saindo como um furacão e voltando mais tarde, muito embriagado. Seus pais o colocavam de castigo, mas ele os ignorava. Foi por volta dessa época que ele começou com a obsessão por correr riscos.

Durante sua primeira sessão de aconselhamento, Nick exigiu saber se Harry seria como seus pais, pegando em seu pé o tempo todo.

— Se eu der sermão ou exigir que você mude — Harry disse a ele —, tenho certeza de que vou ser ignorado. Então, a resposta é: não, eu não vou pegar no seu pé.

Quando Harry perguntou o que Nick queria de todos ao seu redor e o que o fazia continuar a quebrar regras e desafiar a autoridade, Nick acabou explicando que era tratado como uma criança. Ninguém o respeitava ou o apoiava.

— Meus pais nunca me ouvem. — O rosto do garoto se contorceu, e Harry conseguiu ver a dor da rejeição. — Eles não estão nem aí.

Harry tentou fazer os pais de Nick participarem de sessões familiares com Nick, mas eles recusaram. O pai estava sempre muito ocupado, e a mãe era uma mulher desligada e relutante. Harry assumiu o papel de pai, o que incluía abordar as péssimas notas de Nick.

— Então — disse Harry —, entramos em acordo no semestre passado que, se suas notas não fossem todas B, ou mais altas, durante o verão, iríamos incluir regras mais formais para o estudo em casa. Estou certo?

— Humm... Sim, acho. — Nick encolheu os ombros estreitos.

— Você quer propor algumas regras para os estudos em casa, ou eu faço isso?

— O quê? — Nick pareceu chocado. — Você não é meu pai. Não pode fazer isso!

— Um acordo é um acordo, e, na época, eu falei para você estar preparado para sugerir algumas ideias, lembra?

— Poxa, mas qual é o problema? Fui reprovado. Vou me esforçar mais no ano que vem. — Nick voltou sua atenção para pegar um fio solto de seu moletom. Seu cabelo castanho estava bagunçado, espetado em todas as direções e parecendo não ser penteado havia dias, mas Harry ficou contente ao ver que o jeans e o moletom estavam limpos, assim como os tênis, o que mostrava uma melhora em sua autoestima.

— Imagino que você prefira colocar em prática as suas próprias ideias e não as dos seus pais — disse Harry. — Na verdade seria bom se eles estivessem aqui, mas...

— Eles não dão a mínima.

— Mas você e eu podemos trabalhar em algumas práticas novas. — Harry optou por ignorar a interjeição de Nick, sem querer se desviar do assunto. — E então, alguma ideia?

Um longo silêncio. Harry deixou os minutos passarem, mas começou a duvidar se Nick iria se envolver. Ele estava tentando descobrir o que dizer a seguir quando Nick de repente disse:

— Só não quero que eles tirem meu telefone. Minha mãe me deu esse ultimato, mas isso me mataria. Não estou brincando, Harry. Odeio fazer lição de casa, mas ela fica melhor com o celular e meus amigos me ajudando.

— Tudo bem. — Harry assentiu. — Então, o celular e o contato com os seus amigos são muito importantes, especialmente quando você está fazendo a lição de casa, uma coisa que você odeia, certo? — Harry mostrou empatia, algo que os pais de Nick não conseguiam fazer.

— Certo. — Nick assentiu várias vezes.

— Então, que tal, em vez de ficar sem telefone de vez, fecharmos um acordo de ficar sem falar com ninguém por noventa minutos depois do jantar?

Nick deu um suspiro dramático e sofrido, depois gemeu.

— Que se dane! Vai ser uma tortura, mas é melhor do que ficar sem ele a noite toda, eu acho. Você vai fazer minha mãe obedecer às regras? Não vai tirar o celular de mim a noite toda? Promete?

— Prometo.

Harry ficou satisfeito porque, ao convencer Nick sobre a nova prática, as coisas tinham começado a voltar aos trilhos. Gradualmente, Nick percebeu que precisava de mais de noventa minutos de estudo ininterrupto, e aumentou o tempo sem precisar ser cobrado. Suas notas melhoraram consideravelmente.

Harry passou algum tempo analisando a foto emoldurada ampliada acima da cama de Nick. Não era uma escolha comum para um adolescente normal, já que mostrava dois porcos de tamanho médio, cor-de-rosa com manchas cinza. Seus focinhos estavam levantados, as orelhas projetadas para a frente, seus olhinhos de porco fixos no fotógrafo. Ele não conseguia se lembrar de Nick ter mencionado um porco. Por que aquela foto estava em um lugar de destaque? Quando a foto foi tirada? Ele tirou a foto cuidadosamente e a virou para ver um adesivo na parte de trás. Esquina do Enquadramento, Bath. Harry a levou até o andar de baixo.

— Sra. Lewis — disse ele. — Encontrei isto no quarto do Nick.

Ela apagou o cigarro antes de erguer os olhos.

— Ah, isso... — Harry esperou. Ela fez um gesto de desprezo. — Guy Bowman o apresentou à Fazenda do Eddie. Uma comunidade de bons samaritanos. Você conhece?

Harry assentiu. Ele tinha ouvido algumas coisas bem legais sobre essa instituição beneficente, que transformava crianças difíceis e lhes dava o gostinho de ter uma vida diferente por meio da agricultura e do esforço físico. Antes se chamava Comunidade Juvenil Green Team, mas Eddie mudara seu nome no ano anterior, optando por um mais amigável. Harry não sabia que Guy estava envolvido com a fazenda, ou que Nick tinha ido para lá, mas por que deveria? Ele só via Nick uma vez por semana e eles nunca falavam sobre amenidades, preferindo se concentrar em questões emocionais e de apoio.

— Ele ia até lá com frequência? — Harry perguntou. — Ou foi só uma vez?

— Ele passou vários finais de semana lá.

— Obviamente ele gostou — disse Harry.

O olhar vazio voltou.

— Não faço a menor ideia.

Ela estendeu a mão, abriu um exemplar da *Vogue* e começou a folheá-lo. Harry voltou ao quarto de Nick e, antes de colocar os porcos de volta ao seu lugar, pegou o celular e tirou uma foto deles.

No andar de baixo mais uma vez, Theo se juntou a ele por um momento.

— Eu gostaria que você visitasse a esposa do Guy.

— Ela não pediu para me ver. — Harry estava cauteloso em se impor a Fianna. Nem todos querem acolher um psicoterapeuta em sua vida, especialmente quando estão traumatizados, querendo ficar sozinhos.

— Perguntei se você poderia dar um pulo lá — prosseguiu Theo. — Ela disse que sim.

— Tudo bem. Vou ligar para ela hoje à noite.

Theo pegou o celular e leu o número de Fianna enquanto Harry o digitava em seu próprio telefone.

— Alguma coisa? — Theo ergueu o queixo incisivamente escada acima.

— Acho que você deveria falar com os colegas de trabalho de Guy. E dar uma olhada na Fazenda do Eddie. Nick passou algum tempo lá recentemente.

— Você acha que eles podem estar escondendo o garoto?

Harry fez que não com a cabeça. — Não intencionalmente, mas pode ter algum apelo para ele. Meu palpite é que ele se sentiria confortável lá, protegido entre os garotos da mesma idade.

— Vou mandar uma equipe para lá agora.

9

Quando Harry saiu, deu uma olhada no relógio para ver se dava tempo de ir em casa tomar um banho e se trocar antes do jantar. Ele hesitou um pouco. Precisava se refrescar, mas também queria analisar suas anotações sobre Nick e ver se conseguia encontrar alguma pista a respeito do lugar para onde o garoto poderia ter ido. Tendo Nick como prioridade, Harry foi para o escritório.

Sua primeira anotação tinha sido feita em abril do ano anterior.

Pais invasivos demonstrando um controle psicológico rígido. Nick Lewis mostra padrões de culpa, agressão, alienação, isolamento social, baixa autoestima e sentimentos depressivos. Uma luta por poder dentro da família já está acontecendo.

A nota seguinte era de uma semana depois.

Nick bravo e violento. Muitos palavrões, tentando me irritar.

Harry tinha começado a perguntar a Nick sobre a batida com o Mercedes de seus pais.

— O que aconteceu?

— Bati o carro, foi isso.

— Fale comigo sobre isso. Quero entender pelo seu ponto de vista. — Nick parecia surpreso. Harry completou: — Quando você teve a ideia de dirigir o carro dos seus pais?

Sob o questionamento sem julgamento de Harry, o garoto foi contando a história aos poucos, e o terapeuta ficou aliviado quando Nick mostrou um remorso genuíno por ter colocado seus amigos de escola em risco. Tinha sido um caso de um adolescente inteligente fazendo uma coisa realmente idiota, e, depois de reconhecer a gravidade daquele acontecimento, Nick ficou atento durante as semanas seguintes. Porém, ele voltou com outra aventura: roubou uma scooter, que ele acidentalmente tombou na estrada e que em seguida foi esmagada por um ônibus. Mais uma vez ele teve sorte, pois ninguém se machucou, mas foi outro delito estúpido que Harry ajudou Nick a enfrentar.

Enquanto Harry relia suas anotações, podia ver todo o processo desorganizado de aprendizagem de Nick e seu cérebro emocional começando a se ligar ao cérebro pensante, algo que continuaria durante sua adolescência à medida que suas conexões neurais aumentassem.

Onde Nick estava?

Harry fez uma lista de todas as pessoas que Nick havia mencionado e a enviou por e-mail para Theo. O que fez Harry se lembrar de que ainda não tinha ligado para Fianna. Então ele se deu conta da hora.

Droga. Não havia mais tempo para ir em casa, não se quisesse evitar se atrasar para o jantar. Ele deveria se esforçar um pouco, considerando que estaria num encontro às cegas com uma moça muito bonita, solteira e sem filhos, mas a calça de veludo cotelê e a camisa com o colarinho desabotoado eram o que estava à mão. Será que ele tinha uma camisa de reserva? Poderia jurar que havia uma muda de roupa limpa no escritório, para emergências.

Vasculhou rapidamente o armário e encontrou um casaco de tweed velho, cuja lã tinha a cor de um pântano galês, e, aleluia, um casaco de algodão macio feito sob medida que Nicole tinha comprado há dois Natais e que ele havia lutado para caber. Ele o vestiu e descobriu que servia perfeitamente. Suspirou. Não estar casado era ótimo para a cintura.

Recostando-se em sua mesa, ligou para Fianna. Ele meio que esperava uma secretária eletrônica, mas ela atendeu após três toques.

— Alô! — A voz era suave, e o tom de lágrimas pesadas era inconfundível.

— É o Harry — disse ele. — Harry Hope. Nós nos conhecemos no jantar de Natal para arrecadar fundos. Por favor, me avise se eu estiver sendo inoportuno...

Fianna garantiu que estava tudo bem e concordou em vê-lo na manhã seguinte, às nove. Ela disse que queria conselhos sobre as crianças, como ajudá-las durante a investigação do assassinato do pai, seu eventual funeral e tudo mais. No íntimo, Harry elogiou sua força de espírito e resiliência emocional, o que era um bom presságio para ela e para as crianças. Ele foi cem por cento sincero quando disse que ficaria feliz em ajudar. Rapidamente, Harry mandou uma mensagem a

Theo avisando que a encontraria de manhã, antes de pegar as chaves do carro e de decidir parar na *Great Western Wine* na Wells Road para comprar uma garrafa de vinho tinto. Harry estava prestes a apagar as luzes quando, para sua surpresa, ouviu uma batida na porta.

— Sou eu — uma mulher disse, suavemente.

Então, para sua surpresa, Nicole entrou. Ela estava usando sapatos pretos com tachas e um vestido de jérsei preto, transparente nos lugares certos.

— Querido — disse ela —, vi que a luz estava acesa e pensei em passar por aqui.

Ele a encarou, perplexo.

— Não fique bravo. Sei que me pediu para devolver minha chave, mas nunca tive tempo para fazer isso...

Ela rapidamente cruzou a sala e colocou uma sacola de presente sobre a mesa, de onde se podia ver uma garrafa de vinho despontando.

— Pensei que poderíamos tomar um copo do seu tinto favorito antes de você sair...

Ele a observou enquanto ela se movia até a sua mesa e abria a parte inferior da gaveta, pegando um abridor de garrafas. Em seguida, ela foi até o armário e pegou dois copos. Ela se mexia de maneira econômica, fluida, com seu cabelo liso e loiro balançando, brilhando sob a luz. Ele amava acariciar o cabelo dela, apertando suavemente o punho na nuca, quando a penetrava pela primeira vez. Alguma coisa dentro dele acendeu com a memória do gemido suave que ela fazia, o que o obrigou a se afastar apressadamente, para evitar que ela percebesse o desejo que sentia.

Sem dizer nada, ela abriu a garrafa de Rioja e serviu o vinho, passando um copo para Harry. Ficou tão perto que ele pôde sentir seu cheiro. Não do perfume, mas da pele. Do nada, ele sentiu uma vontade quase irresistível de beijá-la. Em vez disso, deu um passo para trás e colocou o vinho sobre a mesa.

— O que está acontecendo? — perguntou ele.

Ela o olhou por cima do copo e tomou um gole lento da bebida.

— Não posso beber com meu ex-marido?

— Não, Nicole. Não pode.

A brilhante efervescência que a seguiu para dentro da sala diminuiu.

— Só queria dizer "oi".

Ele continuava estarrecido.

— "Oi?" — repetiu.

— Bem, sim. Já faz tanto tempo. Estava me perguntando como você estava. Especialmente com a morte de Guy. Foi horrível. — Ela estremeceu delicadamente.

Ele não gostou do fato de a cabeça decepada de Guy parecer representar uma reflexão tardia. Ela tinha alguma intenção. Harry não queria saber o que era.

— Estou bem, Nicole. Agora, por favor. O dia foi longo e eu tenho um compromisso.

— Onde você vai jantar?

— Eu sinceramente acho que não é da sua conta — disse ele, sem se alterar.

Os olhos dela brilharam. O estômago dele embrulhou. Eram lágrimas?

— Achei que você ficaria bem com ele. — A voz dela diminuiu enquanto gesticulava em direção ao casaco que tinha comprado. — Mas você nunca usou.

Ele não ia dizer para ela que o casaco só havia servido porque tinha perdido muito peso graças ao estresse do seu abandono.

— Nicole... — ele começou.

— Estou com saudade, Harry — ela disse.

Seu coração vacilou. Ouvir essas palavras depois de tanto tempo. Mas ele não diria o mesmo, não importa quão verdadeiro fosse. Precisava manter a dignidade. Tinha que permanecer calmo e no controle e não pensar como ela estava perfumada, como ela ficaria se ele levantasse seu vestido, se a colocasse em cima de sua mesa, tirasse sua calcinha e a fodesse lentamente.

— Harry? — ela respirou.

— David sabe que você está aqui? — Harry torceu para que ela não tivesse visto sua crescente ereção.

— Não — ela sussurrou.

— Então é melhor você ir para casa. E eu ir jantar. — Ele foi até a porta e pegou o casaco e o guarda-chuva. — Eu te acompanho até lá fora. — Por Deus, agora ele estava agindo como um maldito porteiro.

Nicole parou no meio do escritório, linda, elegante e vulnerável. Ela disse baixinho:

— Você ainda gosta de mim, né?

Ele não seguiria por esse caminho. De jeito nenhum. Ela quase o matou quando disse que não o amava mais e que queria o divórcio. Eles estavam casados fazia dezesseis anos, tinham três filhos, passavam as férias em razoável harmonia entre a França e a Cornualha e, em sua opinião, tudo estava perfeitamente bem até que ela soltou a bomba: estava apaixonada por David Gardner.

Ele conhecia Dave desde a universidade. Os dois fumavam maconha juntos, pegavam garotas juntos, iam assistir às partidas de rúgbi juntos, ficavam bêbados juntos. Dave foi seu padrinho de casamento. Dave sempre gostara de Nicole, mas Harry nunca deu muita importância para isso. No mínimo, ele ficava lisonjeado com a atenção que Nicole recebia de outros homens, incluindo seu melhor amigo. Quem não ficaria?

"Por que ele?" Harry podia sentir o choque percorrendo-o como se fosse ontem. "Por que *Dave*?"

"Não foi nossa intenção. Juro. Simplesmente nos apaixonamos. Realmente, verdadeiramente, apaixonados. Sinto muito. Não conseguimos evitar."

Harry se recusou a acreditar que seu casamento tinha acabado. Ele havia levado Nicole para fazer compras em Nova York — algo que ela sempre quis — e patinar no gelo em Viena. Ele bebeu e jantou com ela e tentou reconquistá-la, mas, não importava para onde fossem ou o que ele dissesse, Nicole estava inflexível. "Eu te amo", ela disse. "Mas não estou mais apaixonada por você."

Ele implorou para saber o que tinha feito de errado.

"Nada, Harry." Nicole tocou o rosto dele, parecendo triste. "Honestamente, a minha paixão por você acabou, simples assim. Não é culpa sua."

Ele implorou para que procurassem um terapeuta, e ficou em êxtase quando Nicole concordou. No entanto, isso rapidamente se revelou como um desejo de Nicole para que ele tivesse ajuda profissional para fazê-lo "seguir em frente" e "deixá-la ir".

O terapeuta, um homem chamado Julian, era um amigo de Doug que Harry e Nicole não conheciam. Quando Nicole se recusou a ver Julian uma segunda vez, Harry foi sozinho.

"Sou psicoterapeuta", disse ele a Julian. "Deveria ser capaz de lidar com isso. Mas não consigo."

Julian falava sem rodeios. Ele disse a Harry que, até aquele momento, Nicole tinha todas as cartas. Era ela quem estava no controle e a razão pela qual Harry se sentia um merda — e, sim, Julian tinha realmente usado a palavra *merda*, assustando Harry —, porque ele era simplesmente um pedaço de cocô que ficava atrás dela. Ele precisava assumir o controle imediatamente.

Harry sabia que aquele homem estava certo, mas ainda assim foi preciso um grande esforço para empacotar as coisas de Nicole e levá-las até a casa de Dave. Para parar de atender as ligações dela — *querido, estou ligando para saber se você está bem, só isso; estou preocupada com você* — e não ligar de volta. Para se afastar dela. E, por incrível que pareça, quanto mais ele se afastava, mais ela vinha atrás dele, querendo ser amiga, para tentar ajudá-lo a "esquecê-la", mas ele persistiu tanto que, finalmente, ela recuou.

Ele olhou para sua ex-mulher, as curvas que conhecia tão bem, a suavidade nos olhos, e disse:

— Preciso ir, Nicole.

— Se você está dizendo. — Ela mordiscou o lábio. — Você se importaria de me acompanhar até o meu carro? Está depois da esquina. Na Circus. — Ele não via razão para se recusar.

Eles estavam atravessando a Brock Street quando o celular de Harry tocou. Sem reconhecer o número e consciente de que alguns de seus pacientes sofriam de depressão e poderiam se suicidar, ele decidiu atender.

— Provavelmente é um paciente — ele sussurrou para Nicole. Ela assentiu e o deixou ficar um pouco para trás, como costumava fazer.

— Oi, Harry. — Uma voz feminina alegre o cumprimentou.

— Ei, Libby. Já encontraram Nick Lewis?

— Não. Mas espero que você possa ajudar.

— Como?

— Quer visitar uma fazenda? Conhecer alguns bebês ovelhas e cabras?

— Agora?

— Sim. Você pode vir?

— Eu tenho um jantar daqui a... — Ele virou o pulso para captar o brilho de um poste de luz. — Vinte minutos.

— Cancele — disse a sargento Libby Harding, animadinha. — Sou muito mais divertida.

Mais à frente, Nicole fez uma pausa.

— Harry — chamou ela. — Estou logo ali. — Ela apontou para um elegante BMW conversível preto, algo que ela sempre desejara, mas Harry nunca tinha feito nada a respeito, e apertou o controle para o carro abrir.

— Quem é? — perguntou Libby, com uma voz aguda.

E ele escolheu mentir. Por quê? Seria, talvez, porque quisesse uma vida tranquila? Queria evitar as mil perguntas que Libby faria? Libby tinha ficado tão zangada com a maneira como Nicole tratara Harry que ameaçara criar um manequim de Nicole em uma sala na delegacia para usar como alvo de dardos.

— Uma paciente — respondeu ele. Por alguma razão, não conseguiu se conter. — Vim fazer companhia para ela pegar o carro. Ela fica nervosa no escuro.

— Ah — disse Libby. — Então, quando você pode chegar à Fazenda do Eddie?

Harry ficou confuso. Doug e Catherine iriam ficar furiosos com ele. Assim como, sem dúvida, o alvo do seu encontro às cegas. Mas e quanto a Nick? Ele era um adolescente, um garoto vulnerável, motivo pelo qual tinha prioridade sobre quase tudo.

— Me dê meia hora — disse a Libby.

10

— Parece que o departamento de patologia está tendo trabalho com a cabeça da vítima — disse Libby a Harry. Ela manteve o tom baixo para que Eddie, o administrador da fazenda, que estava andando à frente, não conseguisse ouvi-los. — Não só tem um afundamento de crânio como está com lama, folhas e vestígios de pó de tijolo, que indicam que o cara pode ter sido morto em um canteiro de obras.

Enquanto cruzavam o pátio da fazenda, saía vapor de suas bocas. Harry apertou o cachecol, desejando ter sido avisado com antecedência de que circularia ao ar livre, pois nesse caso teria vestido algo muito mais quente. Estava *um frio de rachar.*

Harry olhou para a sargento.

— Continue.

— Eles acham que a vítima foi decapitada logo depois do assassinato. Então, a cabeça foi esfolada, e a língua, cortada.

Harry olhou para o lado. Flocos de neve minúsculos, não muito maiores do que partículas de poeira, chegavam a seus rostos trazidos por uma brisa gelada. À frente, Eddie abriu a parte de cima de uma porta de estábulo e iluminou com sua lanterna antes de recuar.

— Me pergunto se a mesma pessoa que matou Guy o decapitou — considerou Harry. — Ou se foi outra pessoa...

— Você acha que eram dois?

— Talvez. — Ele apertou os dedos dentro do bolso do casaco, tentando aquecê-los. — Seja lá quem fez isso, tem estômago. Não é algo que eu gostaria de fazer. Além disso, como aconteceu? — Abruptamente, lembrou-se de algo que havia lido recentemente. — Os islandeses comem cabeças de ovelha — acrescentou. — Mas mesmo assim...

— Por favor, não me diga que está pensando que o nosso assassino estava em um evento culinário. — Libby riu.

Tentando tirar flocos de neve do rosto, Harry tentou se lembrar do rosto de Guy Bowman, mas as feições do homem estavam borradas em sua memória e ele se sentiu estranhamente envergonhado porque imaginou Guy como o garoto que havia conhecido, como se o tivesse visto no dia anterior.

Adiante, Eddie abriu a porta de um celeiro, deu uma olhada e, depois, entrou. Harry o ouviu dizer:

— Que merda você está fazendo aqui?

— Limpando o chiqueiro. — A voz da garota era combativa, como se quisesse dizer: *e daí?*

Um pouco de neve havia caído sob a porta do celeiro, mas por dentro não parecia muito frio. Uma única lâmpada pendia em uma das vigas, iluminando pilhas de fardos de feno, ferramentas e dois currais. Um grunhido urgente veio de um e, respirando superficialmente contra o fedor, Harry espreitou dentro do cercado para ver dois porcos cor-de-rosa e cinza piscando para ele, narizes fungando, orelhas em pé. Ambos estavam cobertos de resíduos de excrementos e a palha gotejava mais sujeira.

— Normalmente não é bagunçado desse jeito — disse Eddie, e, olhando incisivamente para a garota, acrescentou: — De quem é a culpa? — A garota deu de ombros. — Tilly deveria ter limpado mais cedo — continuou ele —, mas ela achou que escaparia sem fazer isso porque é a primeira semana dela, né, Tilly?

A garota, por volta de seus catorze anos, novamente deu de ombros. Ela tinha feições marcantes e uma boca que parecia não sorrir muito. Como todos os demais, ela usava um macacão azul e botas de borracha. Seu cabelo estava preso em um rabo de cavalo, o rosto limpo. O ressentimento transparecia de todos os poros.

— Não sabia que estava em um campo de prisioneiros — disse ela, fingindo fazer uma saudação. — *Herr* Comandante!

Sem parecer notar a insolência, Eddie se virou para Harry e Libby.

— Normalmente os porcos ficam fora o dia todo e são trazidos à noite, mas o tempo está muito frio e úmido. Eles odeiam defecar onde dormem. Em geral, fazem isso do lado de fora.

Algo mudou na cara de Tilly.

— Eles são domesticados?

— Na verdade, não. Simplesmente gostam de estar limpos. Do jeito que estão vivendo agora, é como se você fosse forçado a fazer xixi e cocô na sua cama porque não consegue chegar até o banheiro, e, depois, ser forçado a ficar lá até que alguém se decida a limpar o lugar.

— Ah! — A surpresa pareceu tomar conta dela. — Pensei que eles fossem para onde quisessem e não se importassem.

— Bem, agora você sabe.

A garota mordeu o lábio.

Se eu os limpar agora, posso ir jantar?

— Não. Você conhece as regras.

— Mas isso não é justo! Estou morrendo de fome!

— Você está três horas atrasada, Tilly. — Eddie se virou para Harry, que observava Tilly com uma paciência silenciosa. — Peço desculpas por isso.

— Não se preocupe com a gente. — Libby começou a caminhar pelo celeiro, olhando em volta. — Por favor, continue.

Harry assistiu a Tilly analisando Libby com cautela.

— Oi, Tilly — disse ele. — Meu nome é Harry Hope. — Ele estendeu a mão. Tilly a apertou, relutante. Seu aperto foi surpreendentemente firme. — Pode me chamar de Harry, tá?

Ela deu de ombros, mas não disse nada.

Harry acenou com a cabeça para Libby.

— Esta é a sargento Harding. Nós estamos procurando um jovem que desapareceu. — A expressão de Tilly parecia inocente agora. — Sério?

— Sim. — Harry lhe mostrou a foto.

— Onde ela foi tirada? Você sabe? — perguntou ela.

— Não tenho ideia, desculpe.

— Ele não parece muito feliz.

Harry virou a fotografia. Embora a foto tivesse sido tirada em algum lugar ensolarado, Nick estava carrancudo, como se odiasse quem estava atrás da câmera.

— Não, ele não parece — Harry concordou.

Libby caminhou até a parede de fardos de feno e deu uma olhada em todo o celeiro.

— O que ele fez? — Tilly quis saber.

— Ele não fez nada de errado — respondeu Harry —, se é isso que quer dizer. Ele desapareceu de casa hoje à tarde. Os pais dele estão muito preocupados. Queremos levá-lo para casa, são e salvo, de preferência hoje à noite.

— Ele parece meio grandinho para fugir.

— Ele tem dezessete anos. Ainda está na escola e mora com os pais. Estamos muito preocupados com ele. — Harry manteve as mãos soltas e relaxadas sobre os joelhos. Nada ameaçador. — Você já o viu?

Ela manteve o olhar no mesmo nível, absolutamente límpido.

— Não, não vi. Sinto muito.

— Se você o vir... — Ele tirou um cartão da carteira e deu a ela. — Por favor, ligue para mim ou para a detetive Harding na mesma hora.

— Não posso — respondeu Tilly.

Ele franziu a testa.

— O quê?

Um sorriso se espalhou pelo rosto dela por causa de sua óbvia confusão.

— Telefones são proibidos aqui.

— Ah... — Ele sorriu. — Entendo.

— Tilly — Eddie interveio —, basta me procurar ou a outro membro da equipe e nos avisar, e nós ligamos para as autoridades, tá?

— Tudo bem. — Tilly lambeu os lábios. Harry viu que Libby estava se aproximando da pilha menor de fardos de feno.

— O que é isso? — disse Libby, abaixando-se para pegar algo. Ela olhou para Tilly. Libby estava segurando um monte de guardanapos de papel.

— Não é nada — disse Tilly rapidamente, mas, quando os lábios da policial se estreitaram, ela acrescentou apressadamente —, quero dizer, roubei uma batata assada e trouxe para comer aqui. — Ela lançou um olhar desafiador a Eddie. — Isso significa que não vou comer amanhã também?

— Gostaria de dizer que você pode ir jantar agora por ter sido tão honesta — respondeu Eddie. — Não é sempre que alguém confessa um roubo. Mas, se eu fizer isso, vou estar te recompensando por ter agido errado, percebe? — Tilly considerou a fala dele, e depois assentiu. — Mas parabéns pela sinceridade. Estou muito orgulhoso de você. — A voz de Eddie era acolhedora.

Um rubor tomou conta das bochechas de Tilly, fazendo Harry pensar com que frequência a garota recebia elogios.

— Agora — acrescentou Eddie — precisamos ir; você inclusive, Tilly. Sugiro a sala de convivência. Tem uma lareira lá e muitos livros para escolher.

Enquanto saíam, para surpresa de Harry, estava caindo uma neve fina. Que não tinha sido prevista, pelo que ele sabia. Uma poeira branca cobria a expansão dos prédios da fazenda, os telhados e as paredes, criando uma atmosfera festiva. O rosto de Tilly se iluminou.

— Eu adoro neve — disse ela, que passou a pisar com delicadeza enquanto atravessava o pátio.

— E a pequena Tilly, que tal? — Libby perguntou a Harry quando a garota desapareceu da vista.

Harry pensou nas expressões da garota, nas palavras que havia usado e no fato de ter se recusado resolutamente a olhar para Libby quando a detetive estava andando pelo celeiro, e disse, de maneira neutra:

— Acho que ela vai se dar muito bem aqui.

— Não foi isso que eu quis dizer.

— Eu sei. — Ele manteve a atitude branda.

— Harry... — O tom de Libby era ameaçador.

— Bem... — Harry tentou pensar no que e como dizer. O problema de ser psicoterapeuta é que às vezes você vê além da pessoa com quem está falando.

— Ah, Harry. — Libby chutou uma pedra no pátio.

Harry suspirou. Ele não queria que Tilly sofresse qualquer consequência pelo que dissesse. E precisaria escolher as palavras com cuidado.

— Acho que ela está acostumada a mentir e a se safar.

— Ela mentiu para você? — perguntou Libby.

— Não posso dizer com segurança — ele se esquivou.

— Digamos que eu acredite em você — ela disse, ironicamente. — Acha que ela sabe alguma coisa sobre Nick?

— Não tenho certeza. — Ele olhou para o rosto da sargento, seu perfil imaculado, nenhum fio de cabelo fora do lugar. — Mas vou falar com ela mais tarde, quando estiver menos estressada. Ela não vai dizer uma palavra agora, posso te garantir.

— Ela não parecia tão estressada assim.

— Você também não parecia quando pensou que seria dispensada durante a última onda de cortes. Se não a conhecesse, teria pensado que nem se importava.

Ela lhe lançou um olhar rápido.

— Sim, bom argumento. Você conversa com a pequena Tilly quando achar que ela pode estar mais receptiva e me reporta tudo.

Mais à frente, Eddie abriu a porta da casa da fazenda. Dois policiais uniformizados saíram. A mulher tinha ombros largos e um rosto aberto, amigável, mas a expressão do homem se transformou em escárnio quando viu Harry. Um homem atarracado de cerca de 35 anos com o cabelo milimetricamente cortado e queixo duplo, que havia engordado desde a última vez que Harry o vira.

— Você se lembra do Paul? — Libby perguntou a Harry.

— Sim. — Dado o conjunto tenso dos ombros de Paul Decker, Harry não cometeu o erro de estender a mão para que o homem a apertasse.

— Não vejo necessidade de ele estar aqui — disse Decker a Libby.

— Foi o chefe que pediu.

— Por quê?

— Foi o Harry que comentou que Nick poderia estar aqui.

Decker murmurou algo que soou como um *completo idiota*, provocando na policial ao seu lado uma risadinha envergonhada que ela imediatamente engoliu quando Libby lhe deu um olhar gelado.

— O garoto deve estar na cidade — prosseguiu Decker. — Aprontando alguma. Ele tem histórico.

— As coisas mudaram — respondeu Harry calmamente. — Ele não bebe mais e...

— Não me diga — Decker o interrompeu de maneira sarcástica. — Você também acredita em fadas?!

— Cala a boca — disparou Libby. — Nossa prioridade é vasculhar este lugar. De cima a baixo. Continue.

Ela não esperou para ver os policiais se afastarem e caminhou até Eddie, que os esperava na porta. O homem havia tirado as botas, e

Harry e Libby limparam seus sapatos antes de segui-lo para uma cozinha tradicional e aconchegante, com piso de pedra e uma enorme mesa de pinho que podia acomodar uma dúzia de pessoas. Havia uma TV em um canto com duas poltronas e uma mesa coberta de jornais.

Harry gesticulou para o fogão a lenha, que emitia calor.

— Você cozinha para as crianças aqui?

— Meu Deus, não. — Eddie pareceu surpreso. — Tem uma cozinha industrial no prédio ao lado. Aqui é só para os funcionários.

— Deve custar muito, né? — Harry apontou para o fogão.

— Felizmente não é a óleo, e sim elétrico. O consumo é alto mesmo assim, mas não conseguiríamos sem ele. — Ele olhou para a neve caindo sobre os paralelepípedos do lado de fora. — Especialmente no inverno.

Eddie lhes ofereceu chá e café, ambos recusados. Libby foi para a frente do fogão. Harry se sentou à mesa de pinho, e Eddie ao seu lado.

— A mãe de Nick disse que ele trabalhou com Guy Bowman — Libby disse a Eddie. Harry presumiu que ela queria conhecer a dinâmica entre a fazenda, Guy e Nick.

— Sim. — Eddie apoiou os cotovelos na mesa. — Guy trouxe Nick para cá no verão. Fiquei muito impressionado com ele, e, quando ele se ofereceu para ser voluntário nos fins de semana, nós aceitamos na mesma hora.

— Quando você viu Nick pela última vez?

— Quando Guy deu uma palestra aqui antes do Natal. Foi sobre um tipo de agricultura sustentável. Nick teve algumas boas discussões com os garotos, e não apenas sobre questões ecológicas. Eles conversaram sobre engenharia social, viagens espaciais, um monte de coisa. Eles gostavam muito dele.

— Com que frequência Guy visitava a fazenda?

— Não muito. Veio aqui uma ou duas vezes.

— Ah — disse Harry —, achei que ele estivesse mais envolvido do que isso. — Eddie fez que não com a cabeça.

— Na verdade, não. Foi Nick quem se envolveu. Ele gostava dos animais.

Harry pegou seu celular e mostrou para Eddie a foto dos porcos que decorava o quarto de Nick.

— Mathilda e Marcus — confirmou Eddie.

Harry fez uma pausa para pensar um pouco.

— Guy sabia que Nick vinha aqui por conta própria?

— Provavelmente. Quero dizer, eles se davam bem, e não consigo ver nenhuma razão para que Nick não contasse isso para Guy.

— Mas Guy apresentou Nick à fazenda?

— Sim.

— Quem providenciou para que Guy viesse e desse a palestra? — Harry queria saber se a fazenda recebia visitantes de alto nível regularmente ou se aquele tinha sido um caso isolado.

— Foi por meio do nosso departamento de pesquisa e captação de recursos. Jessie pensou que seria bom ter um político local interessado em questões ecológicas.

De repente, um homem entrou na cozinha. Ele estava sorrindo, obviamente se divertindo.

— Ah, o que é isso, Eddie?! Não me diga que tem vergonha de mencionar o meu nome. A ideia foi minha, lembra?

Todos os pelos da nuca de Harry se arrepiaram.

A leveza do passo, a confiança, os olhos azuis penetrantes. Seus ombros estavam mais inflados desde a última vez que Harry o vira, mas ele ainda era uma figura invejavelmente esguia. Nenhum sinal de barriga saliente ou bochechas amolecidas. Ele parecia forte, como se pudesse correr uma maratona ou vencer um campeonato de luta-livre.

Seu velho amigo de infância.

Lucas Finch.

11

Por pura surpresa — choque, ele supôs —, Harry sentiu a boca ficar seca.

Eddie se levantou.

— Desculpe, Lucas. — Sua voz ficou áspera e ele tossiu para limpá-la. — Mas nós estamos ocupados. — Ele fez menção de levar Lucas para fora, mas o homem passou por ele e caminhou em direção a Libby.

— Oi! — Ele lhe deu um sorriso encantador. — Meu nome é Lucas Finch. Sou amigo do Eddie. — Estendeu a mão para que ela a apertasse.

Libby retribuiu o cumprimento.

— Sargento Harding. E este é um colega, Harry Hope. Estamos investigando a morte de Guy Bowman.

A sala ficou em silêncio. Lucas virou a cabeça lentamente em direção a Harry.

— Harry. — Sua voz era suave.

— Lucas.

Harry sentiu o olhar surpreso de Libby para os dois, mas não tirou os olhos de Lucas.

— Quanto tempo — disse Lucas.

— Trinta anos mais ou menos — concordou Harry.

Lucas deu um passo à frente. Ele usava jeans e um casaco de lã, tinha o rosto bronzeado, como se passasse muito tempo ao ar livre. Cabelo escuro, levemente desgrenhado, cobrindo um rosto magro e perspicaz.

Harry se levantou e foi cumprimentá-lo.

Quando Harry colocou sua mão na de Lucas, este o puxou para a frente e o abraçou.

— Porra, cara. — Sua voz estava rouca. — Que saudade.

Uma onda de emoção pura cresceu em Harry.

— Eu também.

Lucas deu um passo para trás e bateu no ombro de Harry suavemente com o punho.

— Você parece bem. Pensei que poderia ter engordado, mas está magro e em forma.

— Eu me divorciei — disse Harry, em um tom seco. — Fez bem para a cintura.

— Mas não foi tão bom para o saldo bancário.

— Não liguei para o dinheiro.

Lucas amoleceu.

— Lamento por saber disso.

Harry deu de ombros. Não adiantava dizer que não se importava, porque se importava, como Lucas deve ter percebido instintivamente.

— Sinto muito por Guy. — Uma sombra cruzou o rosto de Lucas. — Que merda isso que aconteceu.

Um pequeno silêncio irrompeu.

Harry ia perguntar a Lucas quando ele tinha visto Guy pela última vez, mas a sombra de repente se dissipou e o comportamento do amigo mudou.

— Então, você também é detetive? — Lucas perguntou a Harry, com o rosto brilhando de curiosidade.

Harry havia esquecido quão inconstante Lucas poderia ser. Seu humor mudava rapidamente.

— Ou será que chutei errado? — Lucas bateu palmas de forma dramática. — Não me diga: você é o superior dela?

— Não — respondeu Harry, incapaz de evitar que surgisse um sorriso. — Não sou um oficial. — Antes que Libby pudesse dizer qualquer coisa, ele acrescentou: — Estou aqui só para observar.

— Observando? — Lucas repetiu. Ele virou a cabeça de lado enquanto analisava Libby. — Por quê? Ela fez algo errado que exija monitoramento? Não acredito nisso. A sargento Harding parece ser extremamente capaz. Duvido que ela faça algo errado.

Harry deu alguns pontos para Lucas por avaliar Libby tão rapidamente, mas ele sempre estava um passo à frente. Harry estudou seu velho amigo com interesse.

— Como você conheceu o Eddie?

— Eddie? — Lucas perguntou, falando alto. — Devo deixar você responder essa? — Eddie ficou em silêncio, de cabeça baixa, olhando para os pés.

— Como vocês se conheceram? — pressionou Harry.

Lucas segurou o queixo e olhou para o teto, brincando como se estivesse pensando profundamente.

— Humm. E agora? Eddie, você lembra?

Harry teve uma sensação de formigamento. Lucas estava atormentando Eddie. Por quê?

Sem deixar óbvio, Harry observou Eddie com atenção. Ele viu os olhos do homem piscando loucamente. Parecia estar pesando opções e descartando-as com a mesma rapidez. Embora não se movesse de forma alguma, Harry sabia que o homem estava sob imensa pressão.

— Nos conhecemos em julho... — Lucas começou devagar e fez uma pausa, obviamente esperando que Eddie o interrompesse. — Onde nós estávamos, Eddie? Você consegue lembrar?

Os movimentos dos olhos de Eddie cessaram, mas Harry poderia afirmar que ele não estava vendo nada. Estava imaginando algo, talvez percorrendo um cenário? As linhas de risada ao redor de sua boca e dos olhos se aprofundaram. Seus ombros caíram. Ele parecia derrotado, exausto. E disse calmamente:

— Por que você não conta para eles? Eu posso sair se você quiser.

Eddie fez menção de sair da sala. Seus movimentos eram lentos, como se estivesse andando debaixo d'água.

— Ei, cara. — Lucas olhou para Eddie e deu um tapinha em seu ombro. — Não fique assim. Desculpe, tá? Você sabe que às vezes não consigo me controlar. — Ele deu uma olhada rápida em Libby e Harry. — Fique aqui e responda às perguntas deles. Não vou mais incomodá-lo.

Enquanto Lucas saía, fez um sinal de positivo com o polegar para Harry e murmurou: *Bom te ver.*

Harry checou com Libby para ver se ela queria que ele impedisse Lucas de ir, mas a sargento meneou a cabeça em um gesto mínimo, indicando que pegaria Lucas mais tarde.

Eddie afundou na cadeira. Não tremia, mas estava perto de fazer isso, Harry adivinhou.

— Então, qual é o problema com o lugar onde Lucas te conheceu? — perguntou Libby.

Eddie suspirou.

— Fale com o Lucas sobre isso.

— Eu vou. Mas gostaria de ouvir de você.

— Não é nada, de verdade — disse Eddie, cansado. — Ele simplesmente gosta de brincar comigo.

Libby ergueu as sobrancelhas, deixando-o saber que não ia deixá-lo em paz.

Eddie suspirou.

— Nós nos conhecemos em um protesto. "Escalando o Shard". O arranha-céu em Londres.

— Ouvi falar... Não tinha algo a ver com salvar o Ártico?

— Sim.

— Você estava lá como um manifestante?

Harry podia afirmar que Libby estava tentando não deixar a desaprovação transparecer, mas não conseguia. Ela havia contado a Harry sobre uma vez em que foi atingida por uma lata de sopa jogada por um ativista que protestava contra o processo de extração do gás de xisto e acabou no hospital com um traumatismo craniano; então, não surpreendia sua expressão fria.

— Sim.

— Lucas também estava protestando?

Eddie assentiu. Ele não estava mais respondendo. Nada bom. Era óbvio que havia alguma coisa a mais naquela história, e Libby olhou rapidamente para Harry, erguendo uma sobrancelha inquisitiva como se dissesse: *devo continuar a pressioná-lo?* Harry sabia que Eddie continuaria em silêncio pela tensão em seus ombros. Harry deu uma pequena sacudida de cabeça para Libby, que mudou de assunto, conduzindo Eddie por várias outras perguntas, verificando se ele aparentemente não tinha visto Guy desde que ele havia dado uma palestra dois meses atrás, em um sábado, 15 de dezembro. Ele deu a palestra sem cobrar nada.

— O que você diria sobre a relação entre Guy e Nick? — perguntou Harry.

— Eles se davam muito bem — respondeu Eddie. — Uma das melhores experiências de trabalho que já testemunhei. Parecia combinar com os dois. Guy conseguiu alguém para ajudá-lo sem gastar muito, e Nick teve uma ideia do que era ser um político. Ele parece ser um garoto bem equilibrado, mas ainda é um adolescente, é claro. Têm certeza de que ele não está com amigos?

— Nós verificamos.

O rosto de Eddie se contraiu.

— Por Deus. Espero que ele esteja bem. É um bom garoto. Não gostaria que sofresse.

Depois que Libby encerrou suas perguntas, Harry se juntou a ela e à equipe de doze pessoas para vasculhar a fazenda. Ele cruzou várias vezes os mesmos pátios e caminhou ao redor dos celeiros, das estufas hidropônicas, do escritório da fazenda, da lavanderia, olhando para todos os lados enquanto andava.

As crianças foram acordadas e suas cabines, revistadas. Nada de Nick. Harry continuou a busca. Ele procurou em um estábulo que alojava um cavalo e algumas galinhas, depois voltou para o celeiro que abrigava os porcos, onde encontrou Libby conversando com Paul Decker.

— Acho que você deveria chamar a equipe que trabalha com cães — disse Harry.

— Como se isso fosse acontecer — comentou Decker, olhando para Harry com desprezo.

— O garoto conhece a fazenda — disse Harry. Quanto mais ele pensava sobre isso, mais achava que Nick poderia estar lá. — Ele pode estar escondido em qualquer lugar. Os cães vão encontrá-lo.

Libby disse:

— Vou perguntar para o chefe. — Decker parecia enojado.

Enquanto eles revistavam a cantina e a cozinha, Libby perguntou a Harry de onde ele conhecia Lucas. Ele contou a ela o que havia contado a Theo, mas a maneira como ela inclinou a cabeça e analisou Harry fez algo dentro dele vacilar.

— Por que você não manteve contato? — perguntou ela.

— Nós simplesmente nos separamos. — Ele foi propositadamente vago. — Como as crianças fazem.

Quando Libby abriu a boca para fazer outra pergunta, ele disse, apressadamente:

— Vou tentar falar com a Tilly agora. Ver se ela está mais receptiva.

Ele sentiu o olhar de Libby em suas costas até desaparecer na esquina.

12

Uns doze meninos e meninas, ou até mais, estavam na sala de convivência, jogando sinuca, lendo ou conversando. Ninguém reparou muito em Harry enquanto ele se dirigia para o canto oposto, onde Tilly estava sentada, espremida em uma poltrona estofada com outra garota, imersa em uma conversa.

— Oi, Tilly — disse ele.

Ela lhe deu um olhar superficial e continuou conversando.

— Preciso falar com você sobre Nick.

Tilly o ignorou. A outra garota olhou para Harry, depois para longe, obviamente desconfortável.

— Tilly. — Ele se agachou até o nível dela, que se recusou a olhar de volta. Ela estava se exibindo em seu novo ambiente, tentando mostrar quão durona era, mas a outra garota não parecia impressionada. Ela deu de ombros e foi embora com um "Até mais tarde".

Tilly mordeu os lábios.

— Até mais tarde — repetiu ela. Esticando-se no espaço que havia sido desocupado, ela inspecionou as unhas, roídas nas bordas, saindo-se muito bem em esconder sua apreensão por ter sido abandonada.

— Olha, Tilly. Eu sei que quer evitar problemas, mas preciso conversar com você sobre Nick.

Sem virar a cabeça, ela disse:

— Vai se foder.

Dois garotos que estavam por perto olharam de relance. Harry os ignorou.

— Como tenho quase certeza de que você sabe de alguma coisa — continuou Harry —, preciso saber se você está pensando sobre a responsabilidade que isso acompanha.

Ela não disse uma palavra, mas todo o seu corpo se enrijeceu com as suspeitas.

— Estou falando sobre consequências, Tilly.

Ela deu de ombros. E continuou a mexer nas unhas.

— Como as consequências que você vai sofrer se não falar. E o que pode acontecer quando a polícia descobrir que você mentiu.

— Eles não podem fazer nada comigo. Já estou na prisão. — Ela fez um gesto de raiva apontando para o seu redor.

Harry não mordeu a isca.

— Você precisa saber que Nick recebeu uma mensagem que o ameaçava hoje cedo. Provavelmente ele está correndo perigo de verdade. Preciso que você me ajude a encontrá-lo.

— Sim, bem... Tanto faz. — Ela fingiu indiferença enquanto se espreguiçava e simulava um bocejo, lutando para ficar em pé. — Vou dormir. Se você me seguir, vou dizer que deu em cima de mim querendo transar comigo.

Suspirando, Harry foi ao encontro de Libby.

— Tilly sabe de alguma coisa, mas não quer dizer.

O rosto de Libby foi tomado pela raiva.

— Vou falar com ela.

Harry não dissuadiu Libby, mesmo sabendo que seria inútil. Ela tinha que ver por si mesma como a garota era teimosa. Libby poderia implorar, adular e ameaçar o quanto quisesse, mas Tilly simplesmente cavaria mais fundo, aproveitando a atenção e os elogios que pensava que isso traria.

— Nossa melhor aposta é entrar com a equipe de cães — disse Harry.

— Você pode estar certo. Vou ligar para o chefe em um minuto. — Ela o examinou brevemente. — Vá para casa, Harry. Já passa da meia-noite e você parece exausto.

— Volto amanhã — ele prometeu.

• • •

Dirigindo para casa, ele olhou pelo para-brisa, sentindo a mente cansada enquanto se preocupava com os acontecimentos do dia. O corpo sem cabeça de Guy não saía de sua mente. A palidez do pai de Nick, atormentado pela preocupação com o filho. As memórias de Lucas na infância continuavam lhe invadindo, seus olhos assustados queimando os de Harry do porta-malas do carro de Carrigan.

Harry estacionou na garagem, esperando que o frio tivesse impedido Frank Plover de andar por ali. Cambaleando pelo caminho, ele parou quando a luz do sensor de movimento acendeu. Por um momento, Harry pensou que estivesse vendo coisas. Em sua porta, havia uma garrafa de conhaque e uma linda caixa de trufas artesanais. Levando-as para dentro, ele leu o cartão de presente anexado.

Doug me disse que Nick Lewis é um dos seus. Sinto muito. Agora vá se sentar e relaxe.

Nicole não tinha assinado porque obviamente não via necessidade. Ela costumava dizer exatamente essas palavras quando ele chegava tarde e exausto em casa depois de voltar de uma longa conferência ou de tratar pacientes difíceis, e às vezes ter que interná-los, o que odiava fazer. Ele raramente precisava dizer que necessitava de um tempo sozinho. De alguma forma, ela sempre sabia. Ela o colocava na frente da TV — geralmente o noticiário das dez — antes de lhe servir um conhaque e de trazer uma caixa de bombons debaixo do braço.

O que estava acontecendo?

Estou com saudade, Harry.

Ele não podia se dar ao luxo de deixar Nicole bagunçar sua vida de novo. Tinha que manter limites rígidos. Ele precisava devolver os presentes. Mas como? Não estava preparado para ir entregá-los — ele poderia dar de cara com Dave e bater nele — e não estava preparado para arcar com o custo de enviá-los. Às vezes ele sentia que era capaz de estrangular Nicole. De verdade.

Harry jogou os presentes na mesa do hall de entrada antes de entrar na sala de estar. Ligou a TV na *BBC News*.

Mais mortes em Mianmar. Mais mortes na Síria. Um homem mantido como escravo em Croydon fora torturado por meses até morrer. Um adolescente tinha sido morto a facadas por uma gangue violenta em Manchester.

Harry cedeu. Ele pegou a bebida e os bombons e os colocou na mesa ao seu lado. Em seguida, tomou um copo de conhaque em quatro goles rápidos.

A notícia seguinte afirmava que não havia qualquer pista aparente sobre quem havia cortado a cabeça de Guy Bowman. Nenhuma menção ao fato de sua língua também ter sido cortada. Theo estava obviamente mantendo esse detalhe em segredo para evitar falsas confissões.

Na mente de Harry, visões dele e de Lucas na infância — Lucas sempre desalinhado, sempre forçando os limites com algo arriscado — quando, então, seus pensamentos se voltaram para Nick, o pânico em sua voz.

Me ajude. Por favor, me ajude.

Harry abriu a caixa de bombons e comeu dois. Serviu-se de outro copo de conhaque e o bebeu. Comeu mais alguns bombons. Já se sentia melhor. Quase alegre, na verdade. Não é à toa que a polícia usa o álcool para aliviar o estresse. Ele se perguntou: será que também usavam chocolate?

Só depois de ter ido para a cama e começado a pegar no sono que ele se lembrou do encontro.

Era 14 de fevereiro.

Dia de São Valentim.

13

Harry acordou na manhã seguinte com o barulho do telefone. Era Theo. Harry estava tonto, não tinha condições para lidar com ele.

— O que você quer? — perguntou Harry. Só Deus sabia que horas eram. Parecia que estava no meio da noite.

— Não posso ligar para um amigo e agradecê-lo por ajudar?

— Não, não pode. — Harry afastou as cobertas e colocou os pés no chão, na tentativa de desanuviar a cabeça. — Já encontrou o Nick?

— Não.

— Alguma pista sobre Guy?

— Não.

— Então, por que está me ligando?

— Para lembrá-lo de me ligar imediatamente depois de visitar a esposa de Guy Bowman.

O olhar de Harry voou para seu despertador digital. Eram 7h55. Merda. Ele dormira mesmo com o alarme. Deveria estar com Fianna às nove. Era melhor correr. Apressadamente, desligou na cara de Theo, mergulhou no chuveiro, fez a barba, vestiu-se, pegou um velho casaco de esqui do armário da varanda e saiu aos tropeços.

Uma fina camada de neve havia caído de madrugada, transformando o mundo em uma branquidão brilhante e dura, tão intensa que fez Harry apertar os olhos. Seu antigo Rover demorou um pouco para ligar: o motor soltou um gemido de protesto antes de, relutantemente, girar. Ele dirigiu cautelosamente pela vila, agradecido pelo trânsito já ter transformado a neve em lama marrom, e, quando chegou ao final de Bannerdown, uma estrada íngreme e sinuosa em direção a Bath, seguiu um ônibus colina abaixo, mantendo os pneus nos mesmos trilhos e ouvindo as pedrinhas da estrada baterem contra os arcos das rodas.

Tentou não pensar em Nicole enquanto dirigia para Bath. Nem sobre o telefonema dela, sua visita e os presentes que havia deixado em sua porta. *Estou com saudade, Harry.* Ele deveria ter devolvido os presentes, de preferência sem abrir. Falando em falta de autocontrole, ela sempre conhecera suas fraquezas. Ela tinha dado a Dave uma garrafa de conhaque e alguns bombons também? Assim que imaginou o ex-melhor amigo beijando sua esposa, transando com ela, Harry sentiu maior firmeza em sua determinação. Não podia arriscar ser estripado por Nicole uma segunda vez. Ou será que poderia?

Ele voltou a atenção para Guy e para seu olhar invejoso sobre a esposa dele. Fianna tinha, aparentemente, acabado de voltar de uma viagem de negócios em Kentucky, nos Estados Unidos, quando Guy foi morto. Fora Fianna quem tinha relatado seu desaparecimento, e Harry supôs que felizmente ela não tinha visto a cabeça ou o corpo desmembrado do marido.

A casa de Fianna e Guy ficava em Lansdown, e Harry presumiu que morassem em um dos muitos prédios georgianos altos com vista para a cidade, mas a residência ficava ao norte do campo de golfe Approach, em uma rua repleta de residências modernas construídas nos anos 1960. A casa de Fianna tinha dois andares, com um caminho sombreado que se afastava abruptamente da estrada e reluzia quando tinha gelo. Harry tomou o cuidado de estacionar do outro lado da rua, ao sol, enquanto a neve começava a derreter.

Encolhendo-se em seu casaco, ele atravessou a rua, os sapatos escorregando a cada passo, forçando-o a manter os joelhos firmes para evitar perder o equilíbrio e cair. Ele passou por dois carros estacionados frente a frente na estrada — um Volvo e um BMW — e uma betoneira, todos polvilhados de neve. Limpou os sapatos no capacho e, depois, tocou a campainha. Nada aconteceu. Ninguém atendeu, ninguém disse "já vou" do outro lado.

Ele tocou novamente.

Nada.

Ele se afastou um pouco, examinando a casa. Uma das janelas do andar de cima estava entreaberta, mas Harry não tinha certeza se isso significava alguma coisa. Ele se afastou um pouco mais, e não viu nenhum movimento dentro da casa. Deu um passo à frente e tocou a campainha novamente. Nada ainda.

Harry pegou o celular e ligou para Fianna.

A distância, ouviu o chamado de um celular dentro da casa. Esperou até dar caixa postal e desligou. Ligou novamente e, quando começou a tocar, o telefone dentro de casa também tocou. Se Fianna tivesse saído, acabara esquecendo o celular. Ele olhou para os dois carros, cobertos de neve. Olhou dentro da janela lateral do Volvo e conseguiu enxergar um par de óculos de sol feminino no console central, um tubo de protetor labial e um elástico de cabelo com estampa de leopardo. Então, o carro dela estava ali, assim como seu celular. Nada dos filhos, mas tudo bem, porque ela havia dito que os tinha deixado com a irmã no dia anterior.

Com a ansiedade crescendo, Harry decidiu verificar cada janela enquanto ia até a parte de trás da casa. Se não conseguisse entrar, ligaria para Theo e faria a polícia invadi-la. Não seria a primeira vez que uma esposa cometeria suicídio após a morte do marido, e, embora Harry achasse improvável, pelo que conversaram, que Fianna pudesse se machucar, tinha aprendido ao longo dos anos a nunca presumir nada de antemão.

A janela esquerda mostrava uma sala de jantar com mesa de mogno, seis cadeiras e um par de castiçais altos prateados. Na sala à direita, um sofá, duas poltronas, uma TV de tela plana, estantes de livros nas paredes, fotos emolduradas da família. Ele notou uma mesinha coberta de lenços usados. Uma taça suja estava caída de lado, quebrada. Duas garrafas de vinho no tapete, ambas viradas de lado. Três frascos de comprimidos, todos sem tampa. Ele não conseguia ver se estavam vazios ou não. Um celular também estava no chão.

— Fianna. — Ele disse o nome dela como um murmúrio, mas, por dentro, estava mais para um grito. Correu até a porta da frente, mas estava trancada. Então, voltou para a parte de trás, olhando automaticamente para a janela da sala de estar enquanto passava. Imediatamente, ele parou. Um homem apareceu lá dentro.

Ele estava de costas para Harry. E estava olhando para os comprimidos no chão. Harry não conseguia ver o rosto dele. A cabeça do homem estava inclinada, como se estivesse estudando as pílulas, como se fosse alguém examinando uma obra de arte em uma galeria. Ele usava jeans e um casaco, e calçava tênis. Um gorro estava puxado sobre sua cabeça.

Cada célula do corpo de Harry mudou para alerta máximo, e, ao mesmo tempo, o homem assumiu uma postura tensa, como se pudesse sentir o olhar de Harry, mas não se virou e saiu da sala.

Harry caminhou até a porta dos fundos e bateu com força. Nenhuma resposta. Tentou a maçaneta, mas a porta estava trancada. Voltando para a frente, tocou a campainha e bateu na porta. Nada.

Com o coração disparado, Harry ligou para Theo, mas seu número estava ocupado. Deixou uma mensagem e depois ligou para Libby, que estava na Fazenda do Eddie com a equipe de cães.

Quando contou a ela o que viu, ela disse:

— Também não estou gostando disso. Vou ligar para a central agora e pedir para mandarem uma viatura.

— Você poderia mandar uma de emergência? Não estou preocupado só com o homem, mas com o vinho e os comprimidos...

— Pode deixar.

Harry esperava que houvesse uma viatura disponível na delegacia de Bath, na Manvers Street, a três quilômetros de distância; caso contrário, precisaria vir uma de Keynsham, a oito quilômetros dali. Ele rezou para que não houvesse trânsito nem atrasos, e que chegassem logo.

Harry voltou para seu carro. Embora não pudesse ver o homem o observando, não conseguia evitar a sensação de que cada um dos seus movimentos estava sendo examinado; então, desceu um pouco a rua. Ficou parado próximo de uma fileira de lixeiras de reciclagem. De lá, não conseguia ver a casa de Fianna, apenas o final da garagem. A neve fria cintilava. Tudo estava quieto, silencioso. Tentou falar com Theo novamente, mas sem sucesso. Começou a sentir os pulsos, mãos e pescoço doerem por causa do frio; então, se mudou para um ponto em que batia sol.

Ele deu um pulo quando seu celular tocou. Verificou a tela para ver se era algum número conhecido.

— Alô! — ele atendeu.

— Corra — disse uma voz masculina. Estava um pouco abafada, como se o homem estivesse resfriado.

— O quê?

— Agora.

— Não estou entendendo. Por que eu faria isso...?

— Ele está atrás de você.

Harry se virou e viu um homem caminhando em sua direção. Sua linguagem corporal era aberta e amigável, e seu ritmo não era ameaçador. Ele parecia perfeitamente inofensivo.

— Não estou entendendo — disse Harry ao telefone, mas a ligação caiu.

Harry observou o homem se aproximar. Ele usava um casaco azul e tinha por volta de trinta anos, com o rosto liso e a cabeça raspada. Havia algo errado com seus olhos, mas Harry não conseguia descobrir exatamente o quê. Ele estava meio que sorrindo, como se fosse cumprimentar Harry calorosamente.

Com uma ponta de inquietação, Harry olhou para os tênis do homem, sua calça jeans. Era o mesmo homem da casa de Fianna, mas sem o gorro.

Então, Harry viu o que havia de errado com os olhos do homem. Eles estavam escondidos por uma máscara de espuma de látex. Uma máscara realista que se movia com as expressões faciais do homem, que pareciam totalmente convincentes até chegar perto.

Harry se manteve firme, calculando a altura e o peso do homem, e pensou: *posso enfrentá-lo, sem problemas.* Ele cerrou os punhos e, ao mesmo tempo, a luz do sol ressaltou algo na mão direita do homem. Ele segurava algo, e, se o sol não tivesse ressaltado o aço naquele exato momento, Harry nunca o teria visto.

Uma faca.

Corra.

Ele foi tomado pelo medo.

Agora.

Agarrando seu telefone, e tentando desesperadamente não escorregar no gelo, Harry correu.

14

Harry ouviu o homem correr atrás dele. Não podia arriscar olhar por cima do ombro e perder qualquer vantagem que tivesse. Tinha que correr o mais rápido que pudesse. Tomar alguma distância. Encontrar ajuda.

Ele ouvia as solas de seus sapatos de couro batendo na rua coberta de gelo, e as solas macias do homem fazendo um suave som de *apito*. O casaco de esqui parecia ter um peso de chumbo em seus ombros. Ele correu pelo lado ensolarado da rua, onde o gelo havia derretido, tentando desesperadamente imaginar onde ficavam as lojas mais próximas, onde haveria pessoas, carros e agitação, mas a Praça St. James e a Julian Road ficavam a pelo menos uns oitocentos metros de distância. Ele teria que seguir pelas ruas principais e rezar para que alguém pudesse ajudá-lo.

Ele passou correndo pelas grades de metal da Escola de Arte e Design de Bath. Os passos do homem ainda estavam em seu encalço, e, embora não parecesse estar ganhando de Harry, também não estava desistindo. Harry tentou aumentar o ritmo, mas já fazia anos que não jogava rúgbi e não estava em forma, já respirando com dificuldade. Seu celular tocou. Ele atendeu.

— Theo — disse ele ofegante. — Um homem está atrás de mim. Ele está com uma faca.

Atrás dele, Harry ouviu um motor. Ele olhou para trás. Uma van branca de alguma construtora estava se aproximando. Cada detalhe era dolorosamente nítido e claro. A escada de metal em cima. O pano vermelho amarrado a uma das rodas. Uma figura grande enchia o para-brisa. Alguma coisa nele era familiar, mas Harry não conseguia parar para pensar porque, ao virar a cabeça, foi forçado a desacelerar, e o homem o estava alcançando, apenas vinte metros atrás, suas pernas e braços bombeando como pistões. Ele estava com foco em Harry.

— Onde? — A voz de Theo era urgente.

— Sion Hill — falou Harry, já sem fôlego. — Indo para o leste.

— Estou a cinco minutos daí. Fique na linha.

Harry desceu correndo a colina, seus sapatos escorregando loucamente em um pedaço de gelo, os braços se mexendo. Caramba. Ele não podia cair. Não agora.

A van se aproximou. Estava acompanhando o ritmo dele. Depois derrapou e diminuiu a velocidade. Harry não parou. Ele continuou correndo.

Atrás dele, ouviu um grito. Ele se virou. Seu pulso zumbia nos ouvidos. A van da construtora parou. A porta do motorista estava aberta. Um homem estava parado entre Harry e seu perseguidor. Ele estava agachado, os pés firmemente plantados no chão. Ergueu os punhos perto do peito, como faz um boxeador.

Harry colocou o telefone no ouvido.

— Theo. Uma van está parada...

O mascarado fez menção de contornar o motorista da van, mas o motorista o deteve, com movimentos agressivos. O homem ficou ali, com os punhos cerrados, olhando para Harry. Então, ele se virou e saiu correndo.

Harry se curvou duas vezes, ofegando. O suor escorria por seu rosto e pescoço. Ao telefone, ele disse:

— Ele foi embora. Está tudo bem.

O homem que o salvou se aproximou. Por um momento, Harry se perguntou se estava vendo coisas. Era Frank Plover. Ele rezou para que Plover não desse um soco nele, pois naquele momento ele tinha a força de um gatinho.

Plover pareceu achar graça da situação de Harry.

— Mais um de seus pacientes ficou puto?

Harry procurou o homem mascarado, mas a rua estava vazia.

— O que você está fazendo aqui? — perguntou Harry.

— Trabalhando.

Harry leu os adesivos do carro. *Weston Decorating Co. Comercial e Industrial Doméstico.*

— Na última vez que te vi — disse Harry —, você queria me matar.

Plover olhou para Harry como se o estivesse desafiando.

— Sim, bem... Eu estava puto. Mas era por um bom motivo, certo? Você falou para a Julie se divorciar de mim.

— Não, eu não falei — respondeu Harry. Ele nunca sentiu tão pouca vontade de debater com o marido de uma paciente na calçada, mas achou prudente acrescentar. — Mas às vezes a terapia coloca um pouco de tensão no casamento. Especialmente quando uma pessoa muda e a outra não.

Plover deu um grunhido.

— Foi mais ou menos isso que ela disse — admitiu ele, relutante.

— Hummm.

— Então, eu pensei um pouco... Sobre o que você disse.

Harry enxugou o suor do rosto. Sentiu os joelhos fracos e teve vontade de se sentar na calçada e colocar a cabeça entre os joelhos. O que ele tinha dito a Plover? Só conseguia se lembrar de ter dito àquele homem para comprar flores para a esposa. Não foi exatamente o momento mais brilhante da sua carreira como psicólogo.

— Você me deu um maldito sermão. Não se lembra?

— Na verdade, não.

— Bem, funcionou. — Ele estendeu a mão. — Julie e eu. Estamos juntos novamente. Obrigado, cara.

Harry sentiu a mão de Plover indo em direção à sua para um cumprimento caloroso.

— De nada — disse Harry, cansado.

— Quem era aquele cara? — Plover apontou o queixo na direção que o homem havia tomado.

Felizmente, Harry não precisou responder porque, naquele momento, o carro de Theo subiu a rua, as rodas deslizando no gelo enquanto ele pisava no freio. Seu vidro estava abaixado. O policial colocou a cabeça para fora.

— Que merda você está fazendo aqui? — perguntou ele para Plover.

— Ajudando o seu amigo. Um cara estava perseguindo ele.

— O sr. Plover acabou afugentando o homem — disse Harry.

— Frank, por favor — interrompeu Plover.

— Ele foi para qual direção? — Theo exigiu saber.

Plover apontou para o alto da colina.

— Entrem — disse Theo. — Vocês dois. Quero encontrá-lo.

— Precisamos ver a Fianna primeiro — disse Harry.

— Quem é Fianna? — perguntou Plover.

— Não é da sua conta — respondeu Theo.

Harry se aproximou da janela de Theo e rapidamente o informou.

— Talvez você precise invadir a casa dela.

Theo olhou para Plover.

— Você quer cumprir um dever cívico?

— Eu...

— Comece caçando o idiota que veio atrás de Harry.

Um brilho tomou conta dos olhos de Plover.

— E se eu o encontrar?

— Ligue para a emergência.

Plover correu imediatamente até a sua van.

— E não tente a ser a porra de um herói! — gritou Theo atrás dele, mas Plover estava com a língua de fora e começou a fazer uma volta em U superexcitado, girando antes de voltar a subir a colina.

— Caramba, espero que ele não bata em ninguém — Theo murmurou.

Harry pulou para dentro do carro de Theo. A porta ainda estava aberta quando Theo pisou fundo no acelerador, fazendo a traseira derrapar. Harry lutou para fechar a porta. Com uma das mãos no volante, Theo transmitiu pelo rádio a descrição de Harry sobre seu perseguidor. Dois carros-patrulha estavam a caminho.

— Você teve sorte de eu estar na cidade — disse Theo. — Estava indo interrogar a equipe de Guy Bowman quando você ligou.

Theo não brincou em serviço quando eles chegaram à casa de Fianna. Deu uma olhada pela janela da sala de estar, foi até o carro e abriu o porta-malas. Pegou um pé de cabra e se dirigiu para os fundos da casa, onde forçou a porta.

— Fique aqui — disse a Harry.

Harry andou na ponta dos pés no silêncio frio. Tentou pensar no que aquele homem estava fazendo na casa de Fianna. Por que tinha vindo atrás dele com uma faca?

Theo não demorou muito para sair.

— Nenhum sinal dela.

— Ela não está aí? — Harry franziu a testa.

— Não.

— Ela está. Tem que estar. — Harry tentou passar por Theo, mas o amigo bloqueou seu caminho.

— O que te faz ter tanta certeza?

— Porque o homem não queria que ninguém soubesse que ele estava aqui.

— Como você sabe que o cara mascarado era o mesmo homem que você viu? Se você disser que é porque os dois usavam jeans e tênis, vou precisar prender Frank Plover, já que era isso que ele estava vestindo também.

— Porra, Theo! — Harry começou a perder a paciência. — Não é todo dia que homens mascarados atacam completos desconhecidos em Lansdown, certo?

Quando seu amigo não se mexeu, Harry sentiu uma onda de desespero urgente.

— Você está perdendo tempo! Acredite em mim, ela está *aqui*. O telefone dela está aqui, assim como o carro... Confie em mim. Temos que *encontrá-la*. — Theo mordeu o lábio, hesitando.

Harry ia implorar mais um pouco, mas Theo cedeu de repente.

— Tudo bem.

Enquanto Theo procurava no andar térreo, Harry subiu a escada.

15

— Fianna! — Harry gritou.

Em seguida, Theo também chamou seu nome.

Harry ouviu Theo abrindo e fechando armários, os passos fortes do detetive. Ao longe, uma sirene da polícia soou, aumentando a urgência de Harry.

Harry correu até o quarto. A cama estava amarrotada, desfeita. Ele olhou embaixo dela. Nada. O banheiro da suíte estava vazio. O banheiro principal também. Os quartos das crianças não revelavam nada além de camas bem-arrumadas. Ele olhou embaixo de cada cama e em cada guarda-roupa. Depois voltou e checou novamente.

— Alguma coisa? — gritou Theo.

— Nada ainda — Harry gritou de volta.

Com o coração martelando, ele parou no patamar em que estava e olhou em volta. *Pense*, falou para si mesmo.

— Veja se há um porão! — gritou Harry de novo. — Vou procurar um sótão!

— Tudo bem!

Harry invadiu cômodo por cômodo, esticando a cabeça. Nada. *Vamos lá*, pensou. *Tem que haver um sótão.* As casas modernas não tinham como diferencial ter mais espaço de armazenamento?

Lá embaixo, ele ouviu Theo gritar:

— O porão está vazio! — e então surgiu o barulho de uma sirene. Parecia que estava na mesma rua quando, de repente, parou.

Harry encontrou um alçapão no teto em um dos quartos de hóspedes. Pegando uma cadeira, subiu e levantou o painel de madeira. Para seu alívio, havia uma escada extensível cromada, que ele soltou. Felizmente havia muito espaço para ele subir, mesmo com seus ombros largos, embora ainda fosse preciso fazer algumas manobras antes de conseguir se arrastar para o chão do sótão. Todo curvado, ele olhou ao redor, mas só conseguiu ver alguns metros na escuridão. Ele checou as vigas. Encontrou um interruptor e acendeu a luz.

Caixas, malas, um planador de brinquedo quebrado, raquetes de tênis — seu olhar foi direto para eles e se fixou em uma forma pálida na outra extremidade do sótão.

Ela estava perfeitamente imóvel, vestida com uma camisola branca. Seus pés estavam descalços. Seu cabelo todo espalhado. E tinha as mãos cruzadas sobre o peito.

Harry gritou:

— Eu a encontrei!

Ele se arrastou freneticamente pelo chão do sótão, tentando não colocar os pés entre as vigas de madeira e cair pelo teto. Posicionando-se ao lado dela, inclinou-se e bateu em seu braço. A pele estava fria, mas não como mármore. Ela cheirava a álcool, mas sua camisola estava limpa e fresca.

— Fianna! Você consegue me ouvir? — Nenhuma resposta.

Ele colocou a orelha perto do nariz e da boca da mulher, mas não conseguiu sentir sua respiração. Verificou rapidamente suas vias respiratórias. Nada parecia bloqueado. Não havia nada em sua boca. Ele pressionou os dedos contra o pescoço dela, verificando seu pulso. O coração de Harry deu um salto. Seu pulso estava fraco e por um fio, mas estava lá. Ele se inclinou perto do nariz dela mais uma vez e sentiu uma leve respiração.

— Harry! — Theo empurrou seu tronco pelo alçapão.

— Uma ambulância — disse Harry. — *Agora.*

Theo desapareceu.

Quando Harry pegou a mão de Fianna para esfregá-la suavemente, viu o pedaço de papel que estava sobre o peito dela e embaixo de suas mãos. Deu uma olhada rápida, mas absorveu apenas algumas palavras.

Meu querido... vou esperar por você... sempre te amei...

Harry enfiou-o no bolso. Ele esperava que nenhum dos entes queridos de Fianna precisasse lê-lo. Falou calmamente, dizendo que tinham pedido ajuda e que ela ficaria bem logo, mas que precisava ficar ali e lutar.

Haviam se passado quase dois minutos quando, para seu espanto, dois paramédicos subiram a escada.

— Vocês vieram bem rápido — disse Harry, assustado.

— O que ela tomou? — um deles perguntou enquanto se juntavam a ele.

A cabeça de Theo surgiu pela escotilha. Ele ergueu o que parecia ser um saco plástico para freezer com três frascos de remédios dentro.

— Diazepam, paracetamol e midazolam. — Ele falou a respeito das doses e das quantidades dos comprimidos. — Mais uma garrafa de vinho e meia de uísque. — Ele olhou para Harry. — A garrafa de uísque estava debaixo do sofá. — Um médico colocou oxigênio em Fianna. E o outro conectou uma bolsa intravenosa.

— Alguma chance de saberem quando ela tomou tudo isso?

— Desculpe, não — respondeu Harry.

— Caramba — disse o primeiro médico. Ele levantou a pálpebra direita de Fianna e começou a passar um feixe de luz em seus olhos. — Nós estamos perdendo ela. — Harry se afastou enquanto os dois trabalhavam.

— Precisamos levá-la para o hospital. — O paramédico olhou por cima do ombro e, depois, para o alçapão. — Nós quatro...

A maca dobrada em um tubo estreito, e com Fianna amarrada sobre ela, ficou pesada e desajeitada. Harry arranhou e machucou os pulsos e braços enquanto eles a tiravam do alçapão, mas mal sentiu dor diante da urgência que o dominava.

— Que chance você acha que ela tem? — perguntou ele enquanto os médicos corriam pela casa.

— Cinquenta por cento.

Harry observou a ambulância sair, as luzes girando. A sirene foi ligada no fim da rua. Theo ficou parado olhando enquanto ela desaparecia gradualmente.

— Parece que alguém ligou para eles há dez minutos — disse Theo. — Essa pessoa disse que uma mulher estava tentando se matar. Que ela estava inconsciente. E deu este endereço.

Harry estava incrédulo.

— Quem?

— Um homem. Não quis informar o nome.

Quando Harry contou a Theo sobre o telefonema que recebeu e a voz do homem mandando que corresse, Theo pareceu atordoado.

— Alguém estava te observando hoje? Vigiando a casa?

— Parece que sim.

— Caramba! — Theo passou a mão pela cabeça. — Que merda está acontecendo? Guy Bowman assassinado, o adolescente que ele protegia desaparecido... agora a esposa... Foi suicídio? Certamente parece. Ou foi esse homem que armou tudo isso?

Harry delicadamente trouxe o bilhete à tona. Ele sabia que Theo iria adorar arrancá-lo dele, mas também sabia que seu amigo queria ser cuidadoso no caso de impressões digitais.

— Onde você encontrou? — Theo exigiu saber.

— No peito dela, embaixo das mãos.

— Já leu?

— Por alto.

Theo foi até o carro e voltou com um par de luvas, que logo calçou. Com cuidado, pegou o pedaço de papel de Harry, virando-o para que ambos pudessem ler. O bilhete era curto, a caligrafia instável.

Meu querido,

Não importa o que aconteça, ou quanto tempo demore, vou esperar por você. Lembre-se de que sempre te amei e de que meu amor nunca vai falhar.

F

— Humm. — Harry franziu a testa. — Ele estava pensando em seu telefonema para Fianna, quando ela disse que precisava de conselhos para ajudar os filhos, mostrando grande resiliência.

— O que está acontecendo? — Theo perguntou.

— Várias coisas parecem estar fora do lugar. Em primeiro lugar, não há menção a Guy ou ao fato de ela sentir falta dele. Sim, ela diz que o ama, mas não fala em estar se sentindo sozinha, deprimida ou cansada e solitária. Em geral, esse é o motivo que leva viúvas recentes a cometerem suicídio. Elas sentem tanto a falta dos maridos que não conseguem enxergar como a vida pode continuar. Ela também não pede perdão aos filhos. Além disso, ela assinou "F", o que achei muito estranho.

— Você acha que é falso?

— Acho melhor mantermos a mente aberta.

Harry e Theo ficaram olhando para a sala de estar, para as garrafas de vinho vazias no tapete.

Theo disse:

— O homem que veio atrás de você... Você acha que ele queria te matar?

— Não sei bem, mas parecia que sim. Eu corri para salvar a minha vida, Theo.

— Me conte o que aconteceu, OK? Tudo.

Harry não demorou muito. Quando terminou, Theo fez um barulho com os dentes.

— Vou tratar isso como uma cena de crime. Se Fianna sobreviver, vamos ter algumas respostas, mas se não... — Ele avaliou Harry brevemente. — Você está bem para ir até a Fazenda do Eddie hoje? Falar com Tilly Coates de novo? Libby disse que não teve sorte e que a garota estava sendo teimosa de propósito. Como ainda não encontramos o garoto...

Harry fez que sim com a cabeça.

— Vou agora mesmo.

16

Harry deixou Theo conversando com um oficial do departamento criminal. Ele sentia que podia tomar uma bebida forte, mas, como estava dirigindo, isso estava fora de questão. Antes de dar a partida no carro, ligou para sua assistente. Sua agenda estava lotada, mas, quando explicou a situação, Jagoda imediatamente se ofereceu para reorganizar tudo.

— Você é maravilhosa — disse ele. — Mas eu mesmo tenho que fazer as ligações. Queria só lhe pedir para não marcar novos compromissos sem me consultar primeiro.

— Sem problemas. — Ela foi ríspida. — Posso ajudar em mais alguma coisa?

— Não, mas obrigado.

Sua cliente das onze horas foi compreensiva, mas a seguinte, uma mulher que estava lutando fortemente contra o ódio por si mesma, presumiu que Harry havia perdido o interesse por ela.

— Eu sei que não sou nada — disse ela. — Menos do que isso, sou um lixo. Um lixo sujo e podre. Não me surpreende que você já tenha se cansado de mim. Perdeu o interesse. Não se preocupe, não vou...

— Louise — Harry a interrompeu —, isso não é verdade. Justamente porque *estou* interessado, não estou cancelando sua consulta, mas perguntando se podemos adiá-la para segunda-feira de manhã. — Ele reiterou o que havia dito sobre o caso do adolescente desaparecido.

Quando ela não respondeu, Harry esperou, tentando não perder a paciência. Louise era sua paciente menos favorita, por estar muito acima do peso e carente, mas ele sabia que não poderia se recusar a atender uma paciente difícil porque ela era gorda. Na verdade, ele aceitara Louise na esperança de que ela o ajudasse em relação ao seu perturbador preconceito contra mulheres gordas. Afinal, a terapia não servia somente para o paciente: era também um instrumento de autoaperfeiçoamento do terapeuta. Depois de duas sessões, ele fizera a conexão: sua mãe era gorda, além de controladora.

— Podemos marcar para as nove? — sugeriu Harry. — Com o fim de semana, você vai ter um pouco mais de tempo para lembrar como se sentiu bem quando conversamos pela última vez. Você teve uma semana muito boa no trabalho e seu chefe a colocou em destaque, lembra?

Quando ela disse sim, embora em voz baixa, Harry suspirou de alívio. Ele a tinha colocado no caminho certo.

— Combinado — disse ele. — Vejo você na segunda.

A viagem até a fazenda pareceu surreal. Tudo parecia mais nítido, mais bem delineado, fazendo-o se perguntar se era porque ele temia por sua vida. Mesmo que uma vez tivesse enfrentado um esquizofrênico violento, que o ameaçara com uma faca de pão, não havia se sentido tão assustado quanto naquele dia.

Quando ele chegou, um policial uniformizado verificou sua identificação na barreira e fez sinal para que entrasse. A fazenda e as cabanas estavam cobertas de neve. Havia pingos de gelo nas janelas. Assim que ele viu Libby, percebeu que ela não tinha boas notícias, graças à linha fina que apareceu entre suas sobrancelhas. Ele não tinha certeza se ela sabia disso, mas, desde que a conhecera, achava isso uma indicação útil do que estava pensando.

— O que aconteceu de errado? — ele perguntou

— Além de um adolescente desaparecido? — respondeu ela, irritada.

— Sim. Mais alguma coisa está te incomodando.

— Agora são dois adolescentes desaparecidos.

— O quê?

A linha na testa dela se aprofundou.

— Tilly também sumiu.

Harry se absteve de dizer *o quê?* de novo. Sua mente parecia confusa ao tentar descobrir se o desaparecimento de Tilly era algo significativo. Se estava ou não ligado ao assassinato de Guy. Ou Tilly havia fugido para provar alguma coisa? Ela havia chegado recentemente à fazenda, ou seja, seu desaparecimento poderia não estar ligado ao caso, mesmo assim ele não gostou daquilo. Tilly era jovem, o que a tornava extremamente vulnerável.

— Mandamos a equipe de cães bem cedinho. — Libby liderou o caminho para o celeiro dos porcos e para a pilha de fardos na outra extremidade, que tinha sido deslocada para expor o que parecia ser um esconderijo. O feno havia sido esmagado em um formato do tamanho de uma pessoa. Duas embalagens vazias de Snickers estavam amassadas ao lado. Harry estava certo. Nick tinha ido para lá, e obviamente era ali que havia se escondido.

— Eles rastrearam dois conjuntos de pegadas nos campos até a A4. Não temos certeza se foram para o leste ou o oeste dali.

— Tilly fugiu com Nick?

— Parece que sim.

Harry sentiu um pavor sombrio. Ele gostaria que tivessem trazido a equipe de cães mais cedo. Queria ter sido ele mesmo a ligar para Theo e *insistir* que a equipe de cães viesse na noite anterior. Ele adivinhou que, de seu esconderijo, Nick tinha ouvido sua conversa com Libby e Decker e fugido logo em seguida. Embora Harry soubesse que não era culpa dele, se ele não tivesse dito nada sobre a equipe de cães no celeiro, Nick poderia muito bem ter passado a noite e sido encontrado naquela manhã. Ele sentiu raiva de si mesmo. Estava decepcionado. Assustado.

Por que aquele garoto estava fugindo? O homem com a máscara de látex teve alguma coisa a ver com o desaparecimento de Nick? E o que dizer do homem que ligou para ele? *Corra.* O mesmo homem ligou para Nick dando a mesma instrução? Como ele sabia o número de Harry? Sim, o seu nome podia ser encontrado pela internet, mas, mesmo assim, ele não dava o número do celular para todo mundo. Quanto mais ele pensava sobre o cenário completo, mais instável e desequilibrado se sentia.

— Theo já sabe? — perguntou ele.

— Sim.

— Por que demoraram tanto tempo para perceber que Tilly estava desaparecida?

— Ela conseguiu enganar todo mundo deixando um rastro de desinformação. Um bilhete em sua cabine dizendo que ela havia saído para uma caminhada matinal. Mais alguns dizendo que ela estava com os porcos, os cavalos, tomando um suco na cantina, limpando o centro de conferências. Todos achavam que sabiam onde ela estava, mas ela já tinha ido embora.

— Inteligente — murmurou ele.

— Colocamos um Alerta de Resgate de Crianças em operação — disse Libby. — Traçamos alguns arcos ao redor da área: a distância a que poderiam estar em qualquer direção, seja caminhando ou de carro. Trouxemos oficiais para falar com todos, nas casas e nos pátios, enquanto cuidam do gado ou das ovelhas. Estamos checando o trânsito em todas as principais rotas.

— Posso ajudar de alguma forma? — Harry perguntou.

— Theo me contou que você foi atacado.

— Não exatamente.

— Quase isso, ele falou. Você está bem? — Harry assentiu. — Você acha que o homem que te perseguiu está de alguma forma conectado ao desaparecimento de Nick?

Harry não tinha provas, mas o fato de o garoto conhecer Guy e de ter recebido aquela mensagem — *Fique calado e não vou precisar te matar* — apontava para uma conexão entre os eventos.

— Sim — disse Harry. — Acho que Nick desapareceu assim que soube que Guy tinha sido assassinado. Ele saiu de casa com um clima horrível. Acho que está apavorado. Ele pode ter testemunhado o assassinato ou saber de algo que o assassino não quer que se torne público.

— Faz sentido — concordou Libby. — Alguma ideia sobre aonde ele e Tilly podem ter ido?

— Eu checaria todos os amigos deles, mesmo os menos próximos.

Eles caminharam até a porta do celeiro. Ao passarem pelo curral, os dois porcos se aproximaram, pressionando o focinho nas grades. Harry percebeu que a palha tinha sido trocada na noite anterior, e a lama fora retirada.

— Como Eddie está?

— No limite. Mas não tenho certeza se isso tudo tem a ver com a Operação Arara.

— Arara? — Harry lhe lançou um olhar questionador.

— Theo escolheu esse nome — disse Libby. — Pelo menos agora são pássaros em vez de cães. Participar de uma operação com o nome de Chihuahua só não era tão constrangedor quanto o fato de que ninguém conseguia soletrá-lo.

Os dois chegaram ao carro de Libby. Ela ia voltar à base para continuar a ajudar na coordenação da busca por Nick e Tilly.

— E quanto a Lucas Finch? — perguntou Harry. Seu velho amigo o intrigara, mostrando tanta perspicácia sobre Libby e, então, perturbando Eddie e gostando da situação, mas, depois, mostrando remorso imediato ao perceber que tinha ido longe demais ao fazer um pedido de desculpas aparentemente sincero.

Libby fez uma careta.

— Ele passou o tempo todo tentando flertar comigo. Eu o achei complicado e evasivo. Escorregadio. Tudo é uma grande piada para ele. Só ficou sério quando o assunto mudou para questões ecológicas. Aquecimento global, a situação do urso-polar, vamos salvar o texugo fedorento, blá-blá-blá. Ele é um tipo de extremista ambiental que está aqui para falar com as crianças sobre o panorama geral e fazer com que também se tornem extremistas ambientais. — Libby chutou o excesso de neve de suas botas.

— Você não gosta dele.

— Tenho certeza de que em um bom dia ele é um cara legal.

— Em outras palavras, não.

Libby olhou para ele.

— Desculpe.

Harry fez um gesto conciliatório. Lucas era como manteiga de amendoim. Ou você amava ou odiava.

— Olha, você se importaria de falar com ele? — Libby perguntou. — Você consegue ignorar as besteiras dele.

— Claro.

— Ele costuma andar pela cantina, a menos que esteja tentando doutrinar alguém no centro de conferências. — Harry assentiu e se dirigiu para a cantina.

17

Harry encontrou uma fila de crianças esperando a vez de serem servidas com o que parecia ser um ensopado de cordeiro. Consultou o relógio. 12h45. Sentiu uma onda de cansaço, como se fosse o fim do dia, e não a hora do almoço. A manhã inteira parecia ter durado uma eternidade. Ele parou ao lado de um rapaz corpulento de cerca de catorze anos e perguntou onde poderia encontrar Lucas.

— Acredito que esteja no escritório — disse o rapaz, perfeitamente educado. — Quer que eu te leve até lá?

— Não precisa, mas agradeço de qualquer forma.

Tendo procurado Nick na fazenda na noite anterior, Harry já conhecia o lugar e voltou para a casa da fazenda. Ele chutou as botas — a neve derretida no capacho — antes de entrar, passando pela cozinha e ao longo de um corredor revestido de pedras até um escritório com vista para um jardim coberto de neve. Só tinha olhado superficialmente para lá antes para ver um espaço desorganizado, mas agora observou que havia um padrão distinto para a bagunça, que parecia estar mais de um lado da sala do que do outro.

A escrivaninha maior — um móvel grande e desajeitado em estilo antigo — não era muito desorganizada e o armário de arquivos mais próximo não tinha nada além de um suporte para fita adesiva, um grampeador e um maço de papel de anotações, tudo bem-arrumado. Um passarinho quiuí em miniatura, do tamanho de uma bola de golfe, ao lado de um suporte para clipes de papel.

O outro lado do escritório, pelo contrário, estava extremamente bagunçado. As superfícies estavam cobertas por uma confusão de cartas e revistas, fotografias e CDs, canecas cheias de canetas. Havia uma vara de pescar velha e um pacote de sementes de manjericão, além de uma estátua de Buda de madeira no parapeito da janela. Às vezes Harry desejava poder ver a casa de seus pacientes antes de conhecê-los. É possível extrair muito de algo tão simples como uma fotografia em uma sala, de onde foi colocada, de seu tamanho e sua idade, bem como da moldura usada. Ele olhou para o pássaro em miniatura e, depois, para o Buda, imaginando como as duas personalidades conseguiam se dar bem.

— Posso te ajudar?

A voz o assustou. Ele pulou.

— Caramba, desculpe. — A voz da mulher estava cheia de remorso e tinha um sotaque nitidamente australiano. Ou talvez neozelandês. Ele nunca conseguia perceber a diferença, mas não tentava adivinhar em voz alta, pois tinha aprendido com muito custo que os nativos desses países ficam extremamente ofendidos quando alguém comete esse erro.

Ele imaginou que ela tinha trinta e poucos anos, com seu cabelo ruivo cheio e encaracolado, amarrado com uma fita feita de um material brilhante multicolorido. Sem maquiagem. Sardas desbotadas na ponta do nariz e na parte superior das bochechas que, no verão, ganhariam vida. Seus olhos eram grandes e verdes, seu corpo pequeno e magro. Estava vestida com um suéter volumoso, jeans e botas UGG. Ela deu um sorriso meio triste.

— Não queria te assustar.

— Minha cabeça estava muito longe daqui — admitiu Harry. Seus nervos estavam obviamente em frangalhos depois dos eventos da manhã.

— Você veio com a polícia?

— Não sou policial, mas estou trabalhando com eles sim.

— Então você é... o quê? — Ela foi abertamente inquisitiva

— Um colega — ele se esquivou. Sempre que ele dizia às pessoas que era um psicoterapeuta, elas invariavelmente ficavam na defensiva, acreditando que podia ler suas mentes.

— Então, sr. Colega que está trabalhando com a polícia — seu sorriso divertido acabou com qualquer pontada de sarcasmo —, como posso ajudar? Meu nome é Jessie, a propósito. Administradora, secretária, recepcionista, relações públicas, operadora de guias turísticos, motorista de ônibus e de carrocinhas em geral. — Ela estendeu a mão e Harry a cumprimentou. O aperto dela foi mais forte do que ele esperava.

— Harry — disse ele. — Harry Hope.

Jessie puxou a mão de volta, e sua expressão mudou para uma de choque.

— Você está de brincadeira.

Ele se segurou. Ele esperava que ela não fosse a ex-mulher ou ex-namorada de um de seus pacientes. Como tentou explicar a Frank Plover, ele não defendia que as pessoas se separassem, mas às vezes, durante a terapia, os pacientes enxergavam seus relacionamentos com mais clareza e acabavam mudando suas vidas por conta disso, especialmente se algum tipo de abuso estivesse envolvido na história.

— Você é Harry Hope? — Ela colocou uma mecha de cabelo que escapava atrás da orelha distraidamente. — O psiquiatra?

— Sou psicoterapeuta sim.

— Caramba. Que mundo pequeno! — Ela o estudou abertamente, passando os olhos pelo velho casaco de esqui e por sua calça surrada. Por alguma razão, ele gostaria de estar usando algo mais inteligente ou moderno. Sua calça deveria ter pelo menos cinco anos e, como ele havia perdido peso, não caía tão bem quanto deveria.

— Você gosta de martíni? — Ela estava olhando para os pés dele.

Ele olhou para baixo e percebeu que estava usando as meias que Ben lhe havia dado em um de seus aniversários, com um bordado escrito "batido" em um dos pés e "mexido"[1] no outro.

— Prefiro uísque.

Ela fez uma careta.

— Para mim cai bem um copo de vinho australiano a qualquer hora.

— Você é australiana?

— Sim, tanto quanto a Praia de Bondi! — Ela riu, um som genuinamente aberto que vinha de sua barriga, algo com o qual estava obviamente confortável. Sua pesquisa sobre ele continuou, examinando-o de cima a baixo e até mesmo checando suas mãos — unhas limpas e aparadas, graças a Deus —, seguidas da boca, do queixo e do pescoço. Finalmente, ela deu um passo para trás, colocou as mãos nos quadris e olhou diretamente para ele.

1 Aqui, faz-se referência ao *dry martini*, um coquetel preparado em um recipiente e servido em outro. James Bond, o famoso personagem de Ian Fleming, em vários episódios orienta o barman a preparar seu coquetel "batido, mas não mexido" [N. E.].

— Não entendo.

— O quê?

— Você é perfeitamente apresentável, sabe? Poderia fazer uma pequena transformação no quesito roupa, mas no geral está em boa forma. Boa aparência. Limpo também. Já conheci coisas piores, pode acreditar em mim.

Para onde aquilo estava indo? Ele não conseguia entender. Ela o estava deixando atordoado.

— Então, Harry Hope — continuou ela. — Por que diabos sua esposa te largou?

18

Ele pigarreou. Tentou se mobilizar para emitir algum tipo de resposta, mas não conseguia pensar no que dizer.

— Doug e Catherine. — Ela o encarou. — Eles armaram o nosso encontro ontem à noite. Jantar na casa deles, lembra? Só que você não apareceu. O que, a propósito, vou ser eternamente grata. Não tinha ideia de que aqueles dois eram casamenteiros.

— Ah. — Ele tinha se esquecido do encontro às cegas. *Muito bonita, solteira, sem filhos.*

— Caramba, o que aqueles dois acham que estão fazendo? Só porque estão muito bem casados, acham que todos deveriam estar também. — Rapidamente, ela levantou as duas mãos, pedindo desculpas. — Não me entenda mal, eu amo muito os dois, mas eles parecem pensar que ser solteiro é como uma doença, algo a ser curado. Eles não entendem que eu *gosto de* ser solteira. Eu *gosto de* viver sozinha e acordar todas as manhãs sabendo que a mesma caixa de suco de laranja vai estar na geladeira e que a água quente não vai acabar.

Por algum motivo, o cérebro de Harry estava tendo problemas para acompanhá-la.

— Quer um café? Tem uma máquina na cozinha. Não é como o café australiano, mas é o mais próximo que se pode chegar dele. Ou você gostaria de algo mais forte? Está na hora do almoço. Temos vinho ou cerveja. Eddie tem bastante gim e vodca e outras coisas na cozinha também. Você pode escolher.

— Café — Harry conseguiu responder — seria bom.

— Expresso? Você parece ter cara de expresso.

Ele queria perguntar como era a aparência de um expresso, mas não ousou, temendo não ser lisonjeiro.

— Expresso — repetiu ele.

Na cozinha, Jessie fez um gesto para que ele se sentasse. Ele sentou. Observou-a ir até um armário e pegar um saco plástico do tipo hermético e alguns grãos frescos. Ela os moeu.

— É um mito manter os grãos de café na geladeira ou no freezer, porque toda vez que você abre o recipiente os grãos ficam condensados. E isso não é bom. — Enquanto colocava o café no filtro, seus movimentos eram econômicos e seguros. — A velocidade com que a água passa pelo café controla o que você extrai dele. E isso é controlado pela dose e pela moagem. Se você quiser mais forte ou mais fraco, não deve ajustar a quantidade, porque não importa o que você coloca dentro. É tudo uma questão de entender quão rápido ele precisa fluir.

— Não sabia que fazer café era tão complicado.

— É uma arte — disse ela, consentindo — É por isso que vocês têm um café de merda aqui e nós temos o melhor lá na Austrália.

Ela continuou a falar, sem parecer esperar uma resposta, o que estava tudo bem por ele, e, quando o café saiu, era encorpado, escuro e aromático, diferente de tudo que ele tinha tido tomado, parecendo ter vindo de um restaurante cinco estrelas.

— Delicioso — disse ele.

Eles beberam o café em um silêncio surpreendentemente agradável.

— Há quanto tempo você trabalha aqui? — finalmente perguntou Harry.

— Pouco menos de um ano. Me mudei de Sydney três anos atrás. Como minha mãe é britânica, tenho passaporte britânico, daí comecei a viajar pela Europa por um tempo antes de me estabelecer em Londres. Fui garçonete, fiz alguns trabalhos temporários, mas depois de um tempo fiquei um pouco estressada. Precisava de mais espaço... Então vim para o oeste. Ouvi falar deste lugar na base do boca a boca e passei por aqui oferecendo meus serviços. — Um sorriso malicioso surgiu. — Eddie não resistiu aos meus encantos australianos e me contratou para ser a espalhadora de estrume oficial e cuidadora de animais, já que Sally, a funcionária anterior, se mudou definitivamente com o marido para Leicestershire.

Era uma história muito bem construída e ele se perguntou se ela a havia aperfeiçoado graças ao interesse da polícia nas últimas 24 horas, ou se era algo mais recente.

— Boca a boca? — perguntou Harry.

— Amigos de amigos. — Ela encolheu os ombros. — Não lembro exatamente quem me falou sobre a fazenda inicialmente, mas parecia muito legal. Ajudar crianças problemáticas e ainda educá-las sobre o meio ambiente. Alguns deles nunca tinham visto um porco de verdade antes, que dirá limpar um.

Isso o fez lembrar de Tilly, mas, apesar de Jessie tê-la visto por aí, ela ainda não tinha falado com a garota. Tilly chegara na semana anterior e agora havia fugido.

— O que você pode me dizer sobre ela?

— Só o que Eddie me contou. — Ela se espreguiçou, usando todo o corpo, jogando a cabeça para trás, levantando os braços e empurrando o tronco e os quadris para a frente, inconsciente, como um cachorro que acabou de acordar.

— E isso significa...

— O pai dela fugiu com outra mulher quando ela tinha dez anos. Sua mãe tem lutado para manter Tilly nos trilhos desde então. Tilly tem raiva do pai, mas desconta em todas as outras pessoas. Ela só dá dor de cabeça na escola e em casa, mas Eddie acha que no fundo ela é forte e vai melhorar muito rapidamente.

Assim como Nick, pensou Harry.

— Como Eddie está? — Embora Harry tivesse feito a mesma pergunta para Libby, sempre achava útil ter um ponto de vista diferente.

Jessie girou a xícara de café nas mãos.

— Bem mal. Ele envelheceu uns dez anos nas últimas 24 horas.

Harry se lembrou da postura derrotada de Eddie na noite anterior, desencadeada, ele pensou, mais por Lucas do que pelas equipes da polícia vasculhando sua fazenda em busca de um adolescente desaparecido.

— Você se dá bem com Lucas Finch?

Ela pareceu começar a usar de muita cautela naquele momento.

— Sim, eu acho. As crianças gostam dele. — Um silêncio emergiu. — Ele é incrivelmente apaixonado pelo meio ambiente — acrescentou ela. — E também fez algumas coisas boas. — Harry ergueu as sobrancelhas. — Há alguns anos — disse ela — ele começou a manter um registro de quando se usava força excessiva contra os ativistas. Naquela época a violência policial era gritante e os manifestantes sofriam acusações falsas, o que forçava alguns a confessarem coisas que não tinham feito. Lucas usou seu registro para ajudar outros ativistas no tribunal e, no fim, um precedente legal foi definido para que sempre tenham uma testemunha enquanto são interrogados.

Um verdadeiro eco-guerreiro, pensou Harry. Um homem que gostava de lutar. Que defendia os mais fracos. Que desrespeitava o que estava estabelecido. Parecia que Lucas não tinha mudado muito, pelo menos superficialmente.

— Ele se manifestou contra a extensão da rodovia M3 e, depois, contra o desvio de Newbury. — Jessie continuou descrevendo um zeloso ativista ambiental que ajudara a organizar manifestações contra a caça e o uso de armas, o abate de texugos, a poluição, a agricultura industrial, a crueldade contra os animais, o aquecimento global, o capitalismo, a superpopulação, a engenharia genética e tudo mais.

Ela olhou para suas mãos por um momento e, depois, para Harry de novo.

— Ele foi um dos manifestantes que escalaram o Shard.

Em formato de um caco de vidro pontiagudo, o prédio de Londres tinha mais de trezentos metros de altura — o edifício mais alto do Reino Unido.

— *Lucas* o escalou?

— Ele liderou a escalada.

Foi preciso todo um autocontrole de Harry para não dizer *puta que pariu* e, em vez disso, observar:

— Então ele tem ficha policial.

— Ele é tipo um mito. As crianças o reverenciam, mas Eddie tem medo de que ele as encoraje a seguir o caminho errado.

Seria essa a fonte de discórdia entre aqueles dois homens? Eddie queria evitar que adolescentes potencialmente impressionáveis se transformassem em ativistas raivosos? Ou existia algo mais? Harry se esforçou para lembrar exatamente o que Lucas dissera que havia afligido tanto Eddie, e, embora não conseguisse recordar as palavras exatas, sabia que tinha a ver com a maneira como se conheceram.

Ele ia perguntar a Jessie o que ela sabia sobre o assunto, mas naquele momento Eddie entrou na cozinha.

— Oi! — disse Jessie.

— Oi...

O rosto de Eddie estava tenso, seus olhos caídos. Jessie tinha razão; o homem parecia ter envelhecido da noite para o dia.

— Jessie, há uma multidão barulhenta de repórteres aí fora. Você pode falar com eles?

— Claro.

— Valeu! — Eddie não cumprimentou Harry. Não deu nenhuma indicação de que o tinha visto. E desapareceu.

Jessie se levantou. Automaticamente, Harry se levantou também.

— Então, você também é bem-educado. — Ela sorriu, emanando uma luz como um sol, e, apesar da ansiedade, por causa de Nick, Harry sentiu um sorriso emergir.

Ela enrolou uma mecha de cabelo.

— Gostaria de tomar uma bebida qualquer dia?

Harry piscou.

— Vamos lá — ela o repreendeu. — Não sou tão horrível assim, sou?

— De jeito nenhum, mas você é muito direta.

— Isso significa um "sim"?

— Acho que sim.

19

Incapaz de pensar em qualquer outra coisa que pudesse fazer para ajudar a encontrar os adolescentes desaparecidos, Harry voltou para a sala de terapia e tentou retomar a rotina, mas sua concentração estava dividida. Seus pensamentos iam de Fianna — se ela morresse, seria suicídio ou assassinato? — ao homem com a máscara de látex e, depois, a Nick, até Harry se sentir zonzo. Ele considerou remarcar seus compromissos, mas decidiu que não seria certo. Harry precisava de seus pacientes para mantê-lo com os pés no chão, para lhe dar uma sensação de normalidade, quase tanto quanto eles precisavam dele.

Ele passou uma hora com uma paciente que estava lutando para largar o homem casado por quem se apaixonara, seguida por outra mulher que queria a infância que nunca tivera. Sua última consulta era com Julie Plover, mas, em seu lugar, apareceu Frank Plover.

— Eu a convenci de que poderia fazer uma sessão de terapia — disse Plover, parecendo satisfeito consigo mesmo. — Para ajudá-la a ficar. Ela ainda não está convencida, mas achou que o fato de eu ter vindo ver você era uma boa ideia. Ei, o que aconteceu com aquele sujeito que estava te perseguindo? — Frank se jogou em uma das cadeiras perto da janela. — Não consegui encontrar o verme, e, quando falei com os policiais, eles não me disseram nada.

— Frank, desculpe. — Harry estava genuinamente com remorso. — Embora esteja em dívida com você por me ajudar hoje de manhã, não posso aceitá-lo como paciente.

Plover ficou boquiaberto.

— Por que não?

— Porque Julie é minha paciente. — Harry permaneceu na porta, para evitar que Frank pensasse que poderia ficar ali. — Eu tratei dela e vou continuar a tratá-la exclusivamente. Se vocês tivessem me procurado como um casal, eu teria tratado exclusivamente do seu relacionamento. Mas não posso fazer isso agora que já estou tratando a Julie há mais de três meses. Você entende?

— Não. — Plover esmoreceu. — Preciso de ajuda. Você não pode me rejeitar. É pouco profissional ou algo assim. Você vai ser expulso.

— Receio que não funcione assim. — Harry cruzou as mãos na sua frente, conscientemente fazendo-se parecer um professor. — Isso tem a ver com a minha integridade. — Ao ver o olhar vazio de Plover, Harry acrescentou: — Tudo nesta sala é confidencial. Você pode me dizer algo que sua esposa não sabe e, então, quando a encontrar novamente, essa informação pode alterar minha resposta para ela.

Como Frank ainda parecia não acreditar, Harry complementou:

— Por exemplo, se você me dissesse que recebeu um grande bônus no trabalho e, no dia seguinte, Julie me falasse a respeito de suas preocupações sobre, digamos, o pagamento da hipoteca no fim da semana, eu ficaria me perguntando o motivo pelo qual você não contou a ela sobre o bônus, e poderia ficar tentando trazer o assunto das preocupações dela para você na nossa sessão seguinte. Há um perigo muito real de me tornar um intermediário.

— Ah... — Plover estava assentindo. — Entendi. Não posso te ver aqui, mas posso te ver no pub.

— Não, Frank. Isso também não vai dar certo.

— Por que não? — Frank parecia confuso. — Eu te pagaria uma cerveja e nós dois conversaríamos, e você poderia me dizer o que fazer.

— Desculpe, Frank. — Harry colocou a mão na maçaneta da porta. — Se você e Julie quiserem ver um terapeuta juntos, há vários que eu poderia recomendar.

Plover não saiu do lugar.

— Tchau, Frank. — Harry abriu a porta.

O homem finalmente se levantou, flexionando os punhos. Ele estava com um olhar estranhamente vazio. Ao se aproximar, Harry sentiu alguma coisa dentro dele ficar tensa.

Plover parou na frente de Harry.

— Me dê um conselho, então. Alguma coisa que salve o meu casamento, certo? Uma coisa muito boa. E eu caio fora.

Normalmente Harry não se envolveria neste tipo de negociação, mas ele estava cansado, sentindo ondas de estresse pelo corpo, e disse a si mesmo que nenhum mal resultaria disso.

— Tudo bem — disse Harry. — Procure coisas boas nela. A maneira como ela se veste, coisas que ela faz de que você gosta. E, então, *diga* a ela que você as *aprecia.*

Plover assentiu algumas vezes antes de fazer um joinha com o polegar.

— Obrigado, doutor.

Harry fechou a porta atrás dele, agradecido por não ter mais pacientes naquele dia e por poder voltar para casa mais cedo. Antes de sair, porém, pesquisou por *máscaras de látex* no Google. Não demorou muito para que encontrasse uma idêntica à que seu agressor havia usado. Uma "máscara realista de látex natural que cobre toda a cabeça", conhecida como "Everyday Joe" e que poderia ser comprada por menos de quarenta libras. Ele encaminhou o link para Theo e, então, perguntou:

Alguma novidade?

Não.

Harry desligou o computador e foi para casa.

Ao atravessar a Julian Road, ele apertou os olhos para se proteger dos fragmentos de granizo que vinham em direção ao seu rosto, sabendo que a inquieta sensação de ansiedade não deixaria seu estômago até que Nick e Tilly fossem encontrados. Entrou no carro, mas, no final da Harley Street, em vez de virar à esquerda para casa, foi para a direita, para o Hospital Royal United.

• • •

Fianna Bowman estava em um quarto privativo perto da ala Elizabeth Shaw. A freira responsável disse a Harry que Fianna estava recebendo os melhores cuidados e que esperavam que ela recuperasse a consciência em breve.

— As visitas estão proibidas, infelizmente — acrescentou ela. — Apenas a família. Os pais estão com ela agora.

Ainda assim, Harry foi ver Fianna e observou um policial uniformizado sentado do lado de fora de seu quarto. Ele sentiu uma espécie de relaxamento, feliz em saber que Theo estava sendo cauteloso sobre a tentativa de "suicídio" de Fianna.

Harry foi até seu carro. Tinha acabado de destravá-lo — seu antigo Rover não tinha chave de controle remoto — quando ouviu seu nome sendo chamado. Ele se virou e viu Lucas caminhando pelo granizo, com os olhos brilhantes e fervilhando, com uma energia que fez Harry se sentir décadas mais velho.

— Alguma novidade sobre as crianças desaparecidas? — Lucas perguntou.

— Ainda não.

— Me avise se ouvir alguma coisa, tá? — Lucas pegou seu celular. Eles trocaram números. — Pode me ligar a qualquer hora.

— Você os conhece?

— E isso importa? Eles estão correndo risco. E eu vou fazer de tudo para ajudar. — Ele guardou o celular no bolso. — Agora, estou precisando de uma cerveja. Quer vir comigo?

Harry não queria outra coisa senão ir para casa, e Lucas pareceu sentir isso, porque disse:

— Porra, Harry. É sexta-feira, tá lembrado? E se fôssemos para o Old Crown?

Aquele era o lugar para onde seus pais costumavam ir quando os dois eram crianças — um antigo local que servia cerveja, linguiça e purê de verdade. Ficava logo ali ao virar a esquina.

— Tudo bem. — Harry abriu a porta do carro.

— Te encontro lá. — Lucas parecia alegre.

— Ótimo.

Harry dirigiu até o pub.

• • •

Ele tinha estacionado e estava saindo do carro quando Lucas parou atrás dele. Se a casa diz muito sobre a psique de uma pessoa, os carros são igualmente reveladores, e um Touareg preto-basalto com vidros escuros gritava se tratar de um urbanoide e não de um eco-guerreiro.

— Belo carro — disse Harry.

Lucas olhou para o Rover de Harry.

— Gostaria de dizer o mesmo, mas só estaria tentando ser educado.

— Seus discípulos não se incomodam por causa das emissões de gás carbônico?

— Seus pacientes não ficam irritados quando você se atrasa para uma consulta porque seu carro quebrou? — Então, Lucas sabia que ele era psicoterapeuta.

— Meu carro nunca quebra — mentiu Harry.

— E a manutenção do meu não custa quase nada — respondeu Lucas, com os olhos brilhantes. — Eu sempre soube dizer quando você mentia, Harry. É bom saber que ainda posso fazer isso.

Aborrecido, mas tentando não demonstrar, Harry abriu o caminho para o Old Crown. O granizo havia se transformado em chuva, derretendo a neve e transformando-a em lama. Lá dentro, ele pediu uma cerveja IPA para si e uma Old Speckled Hen para Lucas. Como era sexta-feira, estava relativamente cheio, com a maioria das mesas ocupada, e Harry foi momentaneamente surpreendido pela maneira como todos pareciam estar olhando para eles até que percebeu que estavam olhando apenas para Lucas. Lucas sempre chamava a atenção. Sua aparência não era particularmente chamativa, nem suas roupas, mas ele tinha uma presença poderosa, quase impossível de ignorar.

— Então, por que um Touareg? — perguntou Harry.

Lucas cruzou um pé sobre o outro e apoiou o cotovelo no canto.

— O que você esperava? Um velho Fiesta esfarrapado e enferrujado?

Sim.

— Meu carro é só dois anos mais novo que o seu, Harry.

— Mas dez vezes mais caro.

Lucas ergueu as sobrancelhas.

— Não me diga que isso te incomoda.

Será que o incomodava? Harry não tinha certeza.

— Não consigo te ver em um carro com tração nas quatro rodas de jeito nenhum — refletiu Lucas. — A menos que seja um Land Rover velho e surrado. Talvez você devesse comprar um. Cinco portas, muito espaço para você e as crianças, e seria ótimo no inverno. Você nunca ficaria preso em Bannerdown no meio da neve.

— Você fez mesmo a lição de casa — observou Harry.

— As vantagens da internet. — Lucas tomou um longo gole de cerveja. — Fiquei curioso para saber o que você andava fazendo. Por que psicoterapia?

— Despertou meu interesse.

— Pensei que quisesse ser bombeiro.

— Eu tinha nove anos, Lucas. — Harry falava de maneira irônica. — Todos nós queríamos ser bombeiros.

— Mesmo assim. — Lucas olhou para a sua cerveja. — Você se formou na Universidade de Bath. Muito bem.

— E você? — Harry pensou que Lucas poderia ter ido também para a universidade, mas não conseguia se lembrar de onde tinha tirado essa impressão.

— UWE — disse Lucas. — Universidade do Oeste da Inglaterra. Gestão de Recursos Ambientais.

— Tal pai, tal filho. — Mais uma vez, Harry falou com ironia, mas, enquanto continuava, algo afiado surgiu nos olhos de Lucas.

— Pensava que fazer suposições na sua profissão era o mesmo que uma heresia.

— Você está certo. — Harry recuou. — Desculpe.

— Ah, não se preocupe com isso. — Lucas sorriu facilmente. — Fico um pouco irritado com essa coisa de pai e filho, só isso. Briguei com meu velho não muito depois de sair de casa. Não nos falamos há anos.

— Lamento ouvir isso.

A expressão de Lucas se intensificou.

— Ele era um merda. Não só me batia como também costumava bater na mamãe.

Harry assentiu, sem se surpreender. Raramente a violência doméstica se limita a um único membro da família.

— E seus pais? — Lucas perguntou. — Ainda acampando no País de Gales? Percorrendo os vales em busca do lugar perfeito para um piquenique?

— Eles compraram uma casa de férias em Tenby.

— Ah... — Lucas pareceu desapontado. — Sabe, todos esses anos estive pensando neles naquele trailer, sua mãe reclamando do tamanho da pia e seu pai acendendo aquela maldita churrasqueira na ventania... — Ele sorriu, mas com uma ponta de tristeza.

Harry nunca se esqueceu da vez em que levaram Lucas com eles em um verão. Infelizmente, Lucas foi pego roubando de um trailer vizinho: vinte libras. Então, nunca mais foi convidado.

— As melhores férias que já tive. Pena que fodi tudo. — A tristeza permaneceu.

— E eu gostaria que meus pais tivessem sido um pouco mais compreensivos — disse Harry. — Em vez de radicalizarem tanto.

Harry se lembrava vivamente daquele episódio. Lucas fechando-se no banheiro do camping, e o pai de Harry batendo loucamente na porta e gritando para ele sair e enfrentar as consequências. Por sorte, o gerente do parque acalmou o pai de Harry antes que ele arrombasse a porta. Lucas saiu de lá pálido e tremendo. O pai de Harry se recusou a falar com ele pelo resto do feriado.

Mais tarde, chorando, Lucas confessou ao amigo que havia roubado o dinheiro para comprar para a mãe de Harry uma estatueta de porcelana de que ela tinha gostado em uma loja de presentes como forma de agradecimento por tê-lo recebido. Harry queria contar isso aos pais, mas Lucas o fez jurar que não o faria.

"E não *se atreva a* dizer a ninguém que não tenho dinheiro", ele tinha dito.

Naquela época, Harry não sabia o que fazer. Mesmo ciente de que Lucas estava errado, ainda queria desesperadamente defender as ações do amigo para seus pais, mas também não podia trair Lucas. Ele passava noites em claro preocupado com essa situação.

— Ei, no fim das contas não foi ruim. — Lucas olhou para ele agora, com olhos brilhantes. — Aquilo me ensinou uma excelente lição.

Harry arqueou as sobrancelhas.

— A nunca ser pego. — Lucas sorriu.

20

Harry bebeu sua segunda cerveja enquanto Lucas já estava na terceira, obviamente sem se preocupar com a lei seca.

— Ouvi dizer que você liderou a escalada do Shard — sondou Harry. — Que façanha!

Lucas deu de ombros. Parecia distraído observando uma das garçonetes, bonita, de cabelo escuro e pele de tom amendoado. Ela também não parecia imune à atenção dele, sacudindo o cabelo e sorrindo a cada vez que olhava em sua direção.

— Foi ideia sua, né? — perguntou Harry.

— Sim, eu tinha que pensar em algo para ganhar as manchetes. É uma batalha para conseguir quinze minutos de fama contra o barulho dos islâmicos, jihadistas e afins.

— E foi lá que você conheceu o Eddie.

Toda a atenção de Lucas se voltou para Harry.

— Foi isso que ele te falou?

— Sim.

— Nesse caso, foi assim que nos conhecemos.

Harry interpretou isso como se Eddie tivesse mentido. Ele se perguntou por que Lucas estava ajudando Eddie com a mentira. O que eles estavam encobrindo?

— Você não gosta do Eddie? — perguntou Harry.

Lucas ponderou.

— Na teoria ele até que é OK. Mas é meio banana.

— As crianças não diriam o mesmo.

Lucas encarou Harry com um olhar sem emoção que o transportou de volta à infância, já que desde sempre aquilo lhe causava um desconforto considerável.

— Não sou criança. — As palavras de Lucas eram duras como pedra.

Harry desviou o olhar. E engoliu a seco. Do nada, ele quis perguntar sobre o dia em que o policial Carrigan levou Lucas embora, mas não ousou fazê-lo. Não com Lucas de repente na defensiva. Harry achou melhor mudar de assunto.

— Então... você mora em Londres?

Imediatamente, Lucas ficou menos tenso. Ele bebeu um pouco de cerveja e lambeu os lábios.

— Não. Moro aqui e ali. Não gosto de ficar preso. Eu sou do mundo.

— Então, acho que você não é casado.

Lucas lançou um olhar penetrante para a bonita garçonete.

— Para quê?

— Nem todo mundo pensa no casamento como uma prisão.

— E quando a esposa se mete com outra pessoa? — Lucas sondou. — O que é, então?

Harry abriu a boca para dizer que o marido sobrevive, continua vivendo, mas, em vez disso, soltou:

— Vi a Nicole ontem. Minha ex-mulher. Ela disse que sentia minha falta.

— Ah, pelo amor de Deus! Por favor, não me diga que você acredita nela...

Harry pensou nos presentes que ela havia trazido. A garrafa de conhaque e os bombons deixados na porta de casa.

— Ela parecia sincera — comentou ele, de maneira vaga, momentaneamente distraído pela memória da figura esbelta de Nicole vestida de preto, a forma como seus seios ficavam pressionados contra a roupa.

— Quando vocês se separaram?

— Há um ano, um mês e cinco dias.

— O quê, logo depois do Natal? — Lucas levou as mãos à cabeça fingindo desespero. — Não me diga que ela adiou a separação para poder passar um último Natal com a família unida?!

Correto. Só de pensar nisso, Harry ficou vermelho de humilhação. Não eram apenas os advogados de divórcio que lidavam com um pico de ligações na primeira segunda-feira útil de janeiro, mas também os terapeutas. Janeiro era conhecido como o "mês do divórcio", quando ambas as profissões tinham um salto no faturamento. Como Harry odiava se tornar uma dessas estatísticas, quase adoeceu de vergonha. Deveria ter previsto isso. Ele deveria ter *percebido*. Estudar pessoas era seu ganha-pão, e ele deveria estar ciente do funcionamento mais íntimo de um relacionamento. Então, quando Nicole pronunciou aquelas palavras fatídicas, *eu não te amo mais*, ele achou que tinha chegado a hora de se esforçar mais no casamento, e não que ela tivesse anunciado a morte dele.

— O que aconteceu? — perguntou Lucas.

Harry não tinha certeza se era o olhar franco e curioso de Lucas, ou o fato de terem sido amigos de infância, mas acabou se abrindo. Ele falou sobre sua confusão e dor, e confessou que não entendia o motivo pelo qual ela havia terminado.

— Nós nunca discutimos. A gente se dava bem, sabe? Nós conversávamos, e nunca ficávamos sem ter o que dizer. Estávamos em sincronia também, e não existia nenhum problema que eu pudesse imaginar. Não consigo lembrar de quando um de nós perdeu a paciência com o outro. E gostávamos das mesmas coisas: ir a galerias de arte, ao teatro e...

— Porra, Harry! — bufou Lucas. — Você está se ouvindo? Se ela não estivesse totalmente entediada, eu com certeza estaria. — Harry ficou estarrecido. — Desculpe, amigo — Lucas estava balançando a cabeça —, mas você é legal até demais!

Dave era legal até demais? Harry tentou se lembrar da personalidade de seu suposto amigo, mas teve dificuldade em ir além do sonho de socá-lo bem na cara.

— Não a aceite de volta — alertou Lucas. — Não importa o que ela diga. Ela vai fazer de novo, e você vai acabar esperando que ela volte uma segunda vez, depois uma terceira, e a vida é muito curta para ser tratado como um capacho velho... — Ele fez uma careta. — Eu deveria saber, porque sou o equivalente masculino da sua Nicole. Eu estalo os dedos e as mulheres se atiram em cima de mim. Aposto que acontece a mesma coisa com ela.

Foi um discurso surpreendentemente sincero, e Harry reconheceu que Lucas tinha um bom argumento. Tanto Lucas quanto Nicole eram notavelmente parecidos; bonitos, carismáticos e charmosos. Como se ouvisse os pensamentos de Harry, Lucas passou a prestar atenção em algo por cima do ombro de Harry. Ele abriu um largo sorriso.

— Sim, por favor, sua maravilhosa. Adoraria outra cerveja.

A linda garçonete de cabelo escuro corou enquanto pegava a cerveja e a entregava a ele. Harry pagou por sua bebida, rejeitando a tentativa de Lucas de pegar a carteira.

— Depois de trinta anos, é o mínimo que eu posso fazer — disse Harry. — Ainda não consigo acreditar que você estava na Fazenda do Eddie. Você trabalha lá ou só está visitando?

— Essa é a sua maneira indireta de me perguntar sobre o assassinato de Guy?

— Tudo bem, então quando foi a última vez que você o viu?

Um flash do que poderia ter sido desespero atravessou o rosto de Lucas, mas tão rápido que Harry não pôde ter certeza.

— Não vamos falar sobre Guy — disse Lucas calmamente. — Não nesta noite. Vamos falar sobre os velhos tempos. Nos divertir um pouco. — O rosto dele se iluminou. — Lembra quando a gente brincava de "galinha" no trem de Londres? Porra! Era demais!

Como se Harry pudesse esquecer. Ele odiava aquela brincadeira, mas dizer não para Lucas era como tentar enfrentar uma retroescavadeira. Guy também não conseguia dizer não. Lucas os fazia ficar na linha do trem, esperando ele chegar, e o primeiro a pular para o lado teria que dar o dinheiro que tinha no bolso para Lucas. Desnecessário dizer que Lucas nunca voltou para casa sem estar com o bolso cheio de dinheiro.

Naquela noite, Harry sonhou que havia rebanhos de gado carbonizado cambaleando pelo seu jardim, mugindo em aflição, e, mesmo depois de acordar e tomar banho, e já estar a caminho do trabalho, ele ainda podia sentir o cheiro de carne queimada.

21

Na manhã de sábado, enquanto Harry estava de roupão e comendo torradas com geleia na mesa da cozinha, lendo o jornal, o telefone tocou.

— Encontramos Tilly — disse Theo. — Ela chegou a uma unidade móvel da polícia de Trinity Road esta manhã. De táxi.

O alívio que Harry sentiu foi como o de beber uma dose de uísque puro. Ele ficou eufórico, tonto e leve. *Graças a Deus.*

— Ela não quer nos dizer para onde Nick foi. Já tentamos de tudo, Harry, mas ela está resistente. Algum conselho?

— Deixe-me vê-la.

— Ela ainda está na delegacia. Vou dizer a eles para esperarem você.

O telefone fez um barulho e estalou, indicando que Theo estava na rua, provavelmente em algum lugar com muito vento.

— Como Fianna está? — perguntou Harry.

— Ainda inconsciente. A irmã dela está cuidando das crianças.

Mais uma rajada de vento perceptível pela linha. Harry ouviu Theo falar com alguém. Nada coloquial, mais como uma ordem. Baixinho, ouviu uma mulher dizer algo e, depois, silêncio.

Harry esperou por Theo para falar. Ou desligar. Quando ele não fez nenhum dos dois, Harry questionou:

— Theo?

Vento forte. E depois:

— Encontramos o corpo de Guy.

Harry tirou uma migalha do jornal.

— É onde você está agora. — Ele disse isso como uma declaração, e não como uma pergunta.

— Sim.

Harry esperou novamente.

— Ele foi cortado... esquartejado... e enfiado dentro de uma mala.

Harry olhou para fora, para os galhos pingando das árvores em seu jardim. A maior parte da neve havia derretido, mas ainda havia pedaços de gelo embaixo de alguns arbustos.

— A mala foi jogada em um depósito de lixo perto de Chippenham. O que isso pode nos dizer sobre o nosso criminoso, Harry?

— Que ele é organizado e tem o estômago forte. Que tipo de mala?

— De estilo antigo. Um grande estojo de plástico azul, daqueles que ninguém mais usa hoje em dia.

— Seria do assassino? — Harry se perguntou em voz alta. — Ou de Guy?

— Vou pedir à Unidade de Polícia da Família para checar com os parentes. A Agência de Crimes Organizados está passando um pente fino na casa de Guy Bowman, para o caso de ele ter sido assassinado lá. O que você acha de Lucas Finch e Eddie Mitchell? Libby disse que alguma coisa em relação a eles não está batendo.

— Tomei uma bebida com Lucas ontem à noite — disse Harry, observando um melro pular no gramado encharcado. — Algo não bate sobre como ele e Eddie se conheceram, mas eu não sei por quê.

— Mais alguma coisa?

Harry repassou o restante da conversa com Lucas, que havia dito a Harry que ficaria na fazenda por uma semana, dando palestras sobre vida sustentável.

— Ele não queria falar sobre Guy, mas não achei estranho. Ele queria relembrar o passado, não ficar triste.

— Vocês três brincavam juntos quando eram crianças — disse Theo.

Embora ele soubesse que Theo não podia imaginar nada sobre a Fazenda Highfield, ou sobre o seu papel na morte do sr. Evans, Harry sentiu o estômago gelar.

— É isso mesmo.

— Vá me atualizando sobre Tilly. — Sem falar qualquer outra palavra, Theo desligou.

Harry tomou banho e fez a barba rapidamente, vestindo um jeans e um velho casaco de couro para lhe dar um ar casual diante da formalidade da delegacia. Enquanto dirigia para Bath, ligou para Eddie.

— Tilly foi encontrada — disse Harry.

— Sim, a polícia me avisou. Graças a Deus.

— Estou indo falar com ela. Preciso conhecer o histórico psicológico dela. Tudo o que você puder me dizer.

— Humm. Assim, de cabeça...

Harry quase pôde ouvir a mudança mental de Eddie enquanto ele fazia uma pausa, obviamente organizando seus pensamentos.

— Tudo bem. VAMOS LÁ. O pai dela saiu de casa há um ano e meio. Ela tem agido mal desde então, mas a rebeldia tem aumentado recentemente. Ela tem dificultado muito a vida da mãe, grita, fica bêbada. Começou a matar aula. Estava roubando e andando por aí com más companhias, fumando. A mãe está com medo de que esteja se drogando.

— Como a mãe dela é?

— Tem os pés no chão, trabalha em um supermercado. Uma mulher muito legal, mas não consegue lidar com a filha.

— Onde o pai está?

— Em Newcastle, com outra mulher.

— Eles têm algum contato?

— Nenhum, segundo a mãe. Nem um cartão de aniversário. — Harry gemeu. Pobre criança.

— Então, ela se sente abandonada e acha que não é amada.

— Como a maioria dos nossos filhos. — A voz de Eddie estava seca.

— Mais alguma coisa?

— Ah... A gota-d'água para a mãe foi quando Tilly chegou em casa com um piercing na sobrancelha, uma argola no nariz e duas tatuagens.

— Um piercing? — Harry não se lembrava de ter visto um, muito menos as tatuagens e o anel no nariz.

— Nós não permitimos nenhuma joia — disse Eddie. — Ou maquiagem. Sem exceções.

— Como ela reagiu?

— Não muito bem.

Harry podia imaginar a birra.

— Você faz um ótimo trabalho — disse ele a Eddie. — Continue assim.

— Obrigado. — Eddie pareceu surpreso e satisfeito.

A policial da recepção conferiu o nome de Harry em uma lista quando ele chegou.

— Identificação, por favor.

Ele lhe entregou sua habilitação.

Ela pegou o telefone.

— Se você não se importar em esperar ali. — Ela apontou para uma fileira de cadeiras de recepção resistentes. Harry se dirigiu para lá e parou em frente a um pôster que dizia *NÃO SE ESCONDA MAIS* para ajudar em relação à violência doméstica. Isso o fez lembrar de uma de suas pacientes, uma mulher aparentemente confiante de 32 anos que ainda não tinha admitido a Harry que apanhava do marido.

— Oi, Harry. — Ele se virou e viu Libby, parecendo tão brilhante e alerta quanto um pardal. — Obrigada por ter vindo.

— Como ela está?

— Um pé no saco. Está com a mãe agora, mas vou tentar passar algum tempo sozinha com a menina.

Libby entrou em um corredor, passando por várias salas, e estava prestes a conduzi-lo para outro aposento — Sala de Interrogatórios 2 — quando um homem saiu. Ele tinha por volta de cinquenta anos, era alto, com traços angulosos e tinha o cabelo loiro desbotado. Calça bem passada, camisa lisa, casaco escuro. Quando se encararam, algo reverberou na memória de Harry. O homem também parou, fixando os olhos nele em um olhar predatório.

— Eu te conheço? — disse ele.

Harry superou seu impulso instintivo de dar um passo para trás e se manteve firme.

— Não tenho certeza.

— Policial Carrigan. — Libby se apressou a apresentá-los. — Este é o dr. Harry Hope, um psicoterapeuta freelancer que nos ajuda de vez em quando.

— Caramba! — Carrigan ficou de queixo caído. — Harry Hope? O amiguinho de Lucas e Guy?

— Sim. — Harry sentiu como se sua voz viesse de muito longe.

— Caramba! — disse Carrigan novamente. — Ele continuou a olhar fixamente para Harry. — É como uma espécie de distorção do tempo, exceto pelo fato de que estamos com trinta anos a mais. Sinto muito por Guy. — Carrigan estendeu a mão, para a qual Harry viu que não tinha outra opção a não ser apertar. O aperto de mão de Carrigan era seco e quente, muito forte.

— Eu também — disse Harry.

— É verdade que Lucas está de volta à cidade?

— Sim.

Carrigan continuou olhando para Harry.

— Guy, Lucas e agora você me aparece do nada.

Você também, pensou Harry.

Carrigan olhou para Libby, que os observava, fascinada.

— Acredito que Harry seja o psiquiatra que você chamou para falar com a pequena Coates.

— Sim, senhor.

— Você falou com Tilly? — Harry finalmente encontrou sua voz.

— Eu já a amaciei para você, sim.

— Como assim? — A voz de Harry era afiada.

— Tem os policiais bons e os malvados. — Uma luz voraz brilhou atrás dos olhos de Carrigan. — Se você é o policial bom, adivinhe em qual categoria eu me encaixo.

Harry sentiu uma onda de antipatia.

— Ela tem catorze anos. É jovem e vulnerável.

— Ela tem uma boca imunda. Boa sorte.

22

Tenso, Harry observou Carrigan caminhar pelo corredor.

— O que ele estava fazendo com Tilly? — Harry perguntou.

— Ele veio com a UNIOP — disse Libby. — A Unidade de Inteligência de Ordem Pública.

— Por favor, traduza.

Carrigan virou no fim do corredor, mas Harry continuou a olhar para o lugar onde o policial tinha desaparecido.

— Eles rastreiam ativistas, ficam de olho em extremistas violentos. Isso para prevenir manifestações públicas desordenadas e ataques pessoais a civis. Ele acha que a Fazenda do Eddie pode estar envolvida em algo nesse sentido. É por isso que Carrigan está aqui.

— A Fazenda do Eddie? — Harry não conseguia acreditar.

— Eu sei. Também estamos céticos quanto a isso, mas ele está verificando. — Ela se virou, inquisitiva. — O que há entre você e Carrigan? Nunca te vi tão nervoso. Ele te prendeu quando você era criança? — Seus lábios se contraíram, divertindo-se com essa perspectiva.

— Não. Mas ele deixou Lucas em maus lençóis.

— Não me surpreende. Lucas devia ser um merdinha.

— Ele era só um garoto.

Libby levantou as mãos.

— Tá bom, tá bom. Vamos continuar?

Harry respirou fundo e assentiu com a cabeça. Ele se estabilizou e seguiu Libby até a sala de interrogatórios, mas estava abalado pelos acontecimentos recentes. Guy assassinado, a esposa dele na UTI, o reaparecimento de Lucas e depois Carrigan. O fato de os quatro estarem no mesmo lugar tinha alguma coisa a ver com a morte de Guy? Ele estremeceu, lutando para manter os pensamentos sob controle. Voltou a se concentrar na sala.

A sala em que colocaram Tilly tinha o oposto do layout comum de uma sala de interrogatório, normalmente projetado para maximizar o desconforto e a sensação de impotência de um suspeito. Não havia nenhuma mesa de metal ou cadeiras aparafusadas ao chão, e sim duas poltronas com almofadas rosa e amarelas, um pequeno sofá, revistas em uma mesa de centro e uma pilha de bichos de pelúcia em um canto.

Os olhos da mãe de Tilly estavam vermelhos, indicando que estivera chorando, e os de Tilly também, o que era um bom sinal. Mostrava que ela estava sentindo um remorso verdadeiro por suas ações, talvez pela primeira vez.

— Oi — disse Harry.

— Ah — Tilly respondeu, piscando. — É você.

— Sim.

Tilly se virou para a mãe.

— Ele esteve na Fazenda do Eddie — disse ela, como se isso explicasse tudo.

Libby os apresentou formalmente e a sra. Coates acenou com a cabeça, dizendo:

— Eles disseram que você viria.

— Estou muito contente que esteja bem — disse Harry, dirigindo-se a Tilly.

A mãe de Tilly sorriu.

— Eu também.

Tilly deu de ombros e brincou com as unhas. Embora estivesse analisando a figura da garota, Harry não conseguia ver nenhuma tatuagem, nem buracos no nariz ou nas sobrancelhas. A pele já tinha cicatrizado?

— Eu sei que a polícia falou com você, Tilly — disse Harry. — Mas preciso repassar algumas coisas, tudo bem? — Outro encolher de ombros.

Ele olhou para a mãe de Tilly, que assentiu.

— Realmente queremos ajudar a encontrar o garoto — disse ela. — Parece que ele está com sérios problemas e...

— Mãe! — Tilly protestou furiosamente. — Gostaria que você se calasse sobre isso.

Libby olhou para a sra. Coates.

— Por que você e eu não vamos tomar um café? Provavelmente está na hora de fazer uma pausa. Você ficou aqui a maior parte da manhã.

A sra. Coates entendeu a mensagem e deu a Libby um sorriso meio torto. Ela se levantou, olhando para a filha.

— Você vai ficar bem?

Tilly parecia que ia dizer algo raivoso e ofensivo, mas decidiu que não o faria. Em vez disso, respondeu com uma paciência exagerada, como se estivesse falando com uma idiota:

— Sim, mamãe. Vou ficar bem.

A sra. Coates deu um sorriso fraco a Harry e permitiu que Libby a conduzisse para fora da sala.

Harry apontou para uma das poltronas que estavam na frente de Tilly.

— Se importa se eu me sentar?

— Faça o que quiser.

Ele assentiu e se acomodou.

— Como estão as coisas?

Ela revirou os olhos para ele, desafiadora e fingindo estar excessivamente entediada.

— O que você acha?

— Estimulada, ansiosa, com medo, emocionada e provavelmente exausta. — Ele sorriu. — Deve ter caminhado muito ontem à noite e estava frio demais. Como você se aqueceu?

Outro encolher de ombros, embora, curiosamente, sua animosidade tivesse diminuído. Quando Tilly voltou a mexer nas unhas, ele as viu de repente. Duas tatuagens, pequenas marcas de pata, na parte interna dos dedos médios da mão direita.

— Por que você escolheu pegadas? — Ele apontou para os dedos dela.

Tilly examinou as tatuagens.

— Elas estão muito bem-feitas — disse Harry, o que era verdade. O trabalho era bastante delicado e de bom gosto.

— É em homenagem à minha gata. Ela... — de repente, Tilly parecia estar à beira das lágrimas — ... morreu há seis semanas.

— Sinto muito. — Harry fez uma breve pausa. — Como ela morreu?

— Ela estava muito velhinha. Os rins não aguentaram. Mesmo assim, sinto muita falta dela.

— Aposto que sim. Eu tive um gato chamado Elvis. Como era o nome da sua?

— Luna.

— Que nome bonito.

— O meu pai que me ajudou a escolher um nome para ela. Ele a comprou para mim quando eu ainda era pequena.

O coração de Harry se compadeceu da garota. Ela tinha perdido o pai e, agora, uma lembrança viva dele. Estava prestes a responder quando ela disse:

— Por que Elvis?

— Meu filho deu esse nome para enlouquecer a mãe, pois ela achava que era um nome ridículo, especialmente porque o gato era, na verdade, fêmea.

— Que aleatório! — Tilly parecia impressionada. — Quantos anos tem o seu filho?

— Ele tinha onze anos na época. — Ela deu uma risadinha.

Eles conversaram um pouco, construindo uma relação razoável até que Harry disse:

— Tilly, você sabe por que eu estou aqui.

— Sim. — Resignada, mas não hostil.

— Preciso saber onde Nick está. Onde você o viu pela última vez. Assim que você me disser, pode ir para casa. Na mesma hora, eu prometo. — Seu rosto demonstrou esperança. Ela queria ir para casa. Que bom!

Harry deixou passar algum tempo. Um minuto, dois, que chegaram a cinco. Finalmente ela deu um longo suspiro.

— Ele disse que você era legal.

— Nick? — Ela fez que sim com a cabeça. — Nick também é legal — disse Harry. — Gosto muito dele. E estou realmente preocupado com ele.

Tilly permaneceu quieta.

— Só quero encontrá-lo para ter certeza de que está seguro — continuou Harry, de forma gentil. — Ele é uma boa pessoa e não deveria estar nessa situação. Eu o quero são e salvo em casa, com os pais, aquecido e vendo TV, e não vagando por aí nesse frio congelante.

Tilly lambeu os lábios e cutucou as unhas, e ele sentiu que a garota estava sob uma enorme pressão.

— Preciso ser direto com você, Tilly. Se eu sair sem saber tudo o que aconteceu desde que você conheceu Nick, a polícia não vai gostar nada disso. Eles têm sido muito bons até agora, mas a paciência deles está se esgotando.

— Foi isso o que o outro policial disse — admitiu Tilly.

— O inspetor Carrigan?

— Sim.

— O que ele queria saber?

— O mesmo que você. Ah, e ele perguntou coisas sobre a fazenda. Mas estou lá faz só uma semana, então não tinha muito para contar, mesmo que quisesse. E eu não queria. — Ela fez uma careta. — Se ele tivesse sido mais legal, eu poderia ter falado com ele, mas ele é uma daquelas pessoas que veem as crianças como uma subespécie. Não valia a pena.

Harry suspirou. Nada parecia ter mudado ali.

— Sinto muito se ele dificultou a sua vida. Mas você pode esperar mais disso se não confessar. Entende?

— Mas Nick me fez *prometer*. — Ela se inclinou para a frente, a urgência saindo de todos os seus poros. — Não posso quebrar a promessa. *Não posso.*

Harry a observou por um momento.

— Nick te disse por que fugiu?

Ela estava prestes a mentir; ele percebeu isso pela maneira como ela hesitou um pouco, lambendo os lábios e desviando o olhar. Quando abriu a boca para falar, ele disse:

— Prefiro que você não diga nada a ouvir uma mentira, Tilly.

Ela sacudiu a cabeça e Harry teve certeza de que estava pensando: *Merda. Ele consegue ler a minha mente.*

Tilly respirou fundo.

— Está bem. Um homem está atrás dele. Mas Nick não disse o motivo. Ele queria me proteger.

— Por que ele não procurou a polícia?

— Ele disse que não podia.

Um arrepio frio percorreu a espinha de Harry.

— Por quê?

— O homem disse a ele para não fazer isso.

Harry ficou em silêncio por um momento. Ele não achava que isso significava que o assassino era um policial, e sim que o assassino era inteligente em assustar um garoto para fazer o que ele queria que fizesse.

— Mais alguma coisa?

— Nada. Ele nem queria me contar isso. Eu o obriguei. — Ela parecia um pouco envergonhada.

— Olha, Tilly — disse Harry. — Eu quero proteger o Nick, mas não posso fazer isso se não souber onde ele está. Você percebe isso, né?

Um pequeno aceno de cabeça. Ótimo, ele estava conseguindo se aproximar dela, mas não com um truque de mágica. Quem abriu caminho foi Nick. *Ele disse que você era legal.*

— Se eu te contar, você promete não falar para mais ninguém? — Tilly perguntou.

— Desculpe, não posso fazer isso. Não só porque é antiético, mas... — Harry apontou para a câmera de segurança instalada em um canto do teto.

Os olhos dela se arregalaram.

— Está gravando?

— Sim.

— *Porra* — murmurou ela para si mesma. E escondeu o rosto com as mãos.

Harry ficou quieto, dando a ela algum espaço. Então, ele disse:

— Já falei a respeito das consequências antes, Tilly. Lembra?

Com a cabeça ainda enterrada, ela soltou um abafado "Sim".

— Quero que você pense nas consequências de não me contar o que sabe sobre o paradeiro de Nick, obstruindo assim o meu encontro com ele e me impedindo de ajudá-lo. Depois, eu quero que você pense nas consequências de me *dizer* onde viu Nick pela última vez, não apenas por você, mas também por ele. Porque ele não pode fugir para sempre. Ele precisa terminar a escola, receber o diploma e, espero, ir para a faculdade. Ele precisa da nossa ajuda para passar por esse período ruim. Nós queremos defendê-lo e protegê-lo desse homem que ele diz estar atrás dele. Não dá para ele fazer isso sozinho, concorda?

Tilly ergueu a cabeça.

— Nick tem dezessete anos, Tilly. Ele não tem carro, tem menos de oitenta libras na conta bancária, está sem o celular e vai ser uma luta sobreviver nas próximas 48 horas, que dirá nas próximas semanas. E se o tal homem o encontrar antes de nós? E então? Como você vai justificar o seu silêncio se esse homem fizer mal a Nick hoje ou amanhã?

Tilly se recusou a olhar para Harry.

— Para cada ação — disse ele —, há uma consequência. Quero ter certeza de que você sabe disso.

Harry deixou as mãos balançarem entre os joelhos e fixou o olhar neutro na pilha de revistas. Dois minutos se passaram. Três, quatro. Tilly não se mexeu. Ela se sentou na poltrona, olhando para o tapete, o rosto pálido e tenso.

Quando cinco minutos viraram dez, Harry se levantou.

— Desculpe, Tilly, mas não posso esperar mais.

Ele não a olhou enquanto saía da sala.

23

Enquanto Harry se aproximava de seu carro, avistou Carrigan caminhando a certa distância. Ele usava um longo casaco cinza e carregava uma pasta. Harry manteve um olhar cauteloso sobre a figura decrescente do homem — metade dele esperava que Carrigan não se virasse e percebesse que estava sendo observado, e a outra desejava que ele o fizesse. Harry sentiu uma necessidade urgente de saber o que tinha acontecido naquele dia com Lucas. E por que estavam todos ali novamente, exceto Guy, é claro, já que estava morto.

Quando Carrigan desapareceu na esquina, Harry relaxou. Colocou uma música enquanto dirigia para casa, esperando que o ajudasse a relaxar ainda mais. Quando chegou, conseguiu separar Nick e Tilly de um lado de sua mente e preparar uma lista de tarefas domésticas que precisavam ser feitas do outro lado.

Os meninos deveriam ficar com ele no próximo fim de semana, e Harry queria que as coisas estivessem em ordem antes de eles chegarem. Ele cortou gravetos e empilhou mais lenha de cada lado da lareira. E a acendeu. A janela do quarto de Ben precisava de uma trava nova, que ele instalou antes de lixar a porta da frente. Tinha rachado onde a madeira havia inchado com a chuva.

Seu celular tocou duas vezes. A primeira ligação foi de Nicole, que ele deixou cair na caixa postal, e, quando percebeu que a bateria do telefone estava acabando, e ele estava prestes a recarregá-lo, o celular tocou novamente. Jessie. Ela programara o número dela em seu telefone na fazenda. *Assim você vai saber que sou eu quando ligar.*

— Alô! — disse ele.

— Alô! — O tom dela era contente.

— Ah... — Ele estava prestes a dizer algo banal, como perguntar se estava tudo bem com ela, qualquer coisa neutra e educada, mas ela foi direto ao ponto.

— Não tão rápido, Harry. Acho que você deve dizer algo do tipo "Sei que dissemos que nos encontraríamos para tomar um drinque e lamento não ter ligado ainda" e inventar uma desculpa muito boa.

— Ah. Nesse caso, desculpe não ter ligado ainda. Que tal sairmos para tomar alguma coisa, humm... algum dia desta semana?

— Seria ótimo. Qual o melhor dia para você?

Ele estava prestes a falar *qualquer dia*, mas não queria parecer desesperado ou sem amigos, então:

— Terça-feira seria bom.

— Nossa, mas está muito longe! O que você vai fazer amanhã à noite? E não diga que vai se preparar para segunda-feira porque isso é totalmente idiota.

— Sempre saio aos domingos à noite — mentiu Harry. — Acho que ajuda a adiar o inevitável.

— Mentiroso. — Ela riu. — Aonde nós vamos?

Havia uma infinidade de bons lugares para beber, e eles rapidamente decidiram pelo White Hart, em Ford, um aconchegante pub tradicional do interior não muito longe de ambos.

— Às sete? — Jessie sugeriu.

— Às sete.

Ele desligou se sentindo cheio de energia, como se tivesse acabado de tomar sol, e terminou mais dois trabalhos manuais relativamente rápidos. A escuridão chegou.

• • •

Harry estava de joelhos, consertando uma prateleira quebrada na geladeira, quando o telefone tocou. O telefone fixo, e não o celular. A última vez que tinha tocado, era Plover, despejando insultos. Ele continuou ajoelhado, esperando a secretária eletrônica entrar em ação. No instante em que ouviu a voz da garota dizendo com urgência "Harry Hope? Harry?", deu a volta e agarrou o telefone, fazendo a chave de fenda e a prateleira voarem.

Ele pegou o telefone.

— Sim, sim.

— Harry! — O alívio era perceptível na voz de Tilly.

— Sim.

— Por um momento, pensei que você não estava em casa. Não tenho o seu celular. Procurei por você na internet.

Seus nervos estavam zunindo, seu coração batia forte, mas o tom era calmo.

— Muito bem.

— Pensei no que você disse sobre as consequências. Quero te falar onde eu vi o Nick pela última vez, mas você tem que jurar que não vai contar para mais ninguém.

— Não posso fazer isso, Tilly. Tenho o dever de contar à polícia.

— Mas e as *suas* consequências? — Ela foi incisiva. — E se, por você contar à polícia, o homem pegar o Nick? Como isso vai fazer *você* se sentir? E Nick nunca mais vai confiar em você, sabe? Eu vou dizer a ele que, mesmo estando avisado para não fazer isso, você foi até a polícia.

Harry encostou a cabeça na parede. Ela estava certa. Ele nunca recuperaria a confiança de Nick. O garoto nunca iria querer vê-lo novamente. E quanto a Tilly? Ela provavelmente tinha pouca confiança nos homens depois que seu pai fugiu, e, se Harry a decepcionasse também, isso não ajudaria muito em seus relacionamentos futuros.

— Prometa. — A voz dela era firme.

— Promessas podem ser quebradas — advertiu ele. — Não necessariamente de maneira intencional, mas pode acontecer, apesar das melhores intenções.

— Você não. Nick disse que você era de confiança.

Tanta fé, Harry pensou com cansaço. Ela não tinha ideia de onde isso poderia levá-lo, não apenas pessoalmente, mas também do ponto de vista profissional.

— *Por favor!* — Aquilo tinha sido um grito. — Você é a única pessoa para quem eu posso contar!

Ele pensou na última vez que falara com Nick, o medo em sua voz. *Estou com tanto medo, Harry.* Então, pensou em Tilly, desesperadamente tentando ser leal a um garoto com quem se unira profundamente durante uma aventura emocionante e assustadora. Tilly estava apavorada em relação à segurança de Nick, mas não queria traí-lo. Ela estava fazendo a melhor coisa em que podia pensar e Harry não podia mais deixar a menina nesse estado de aflição quanto ao compromisso que firmara. Nem podia abandonar Nick.

— Eu prometo, mas com uma condição.

— O quê?

Ele checou a hora. Pouco depois das seis da tarde.

— Depois que você me contar, se eu não o encontrar dentro das próximas doze horas, vou avisar a polícia. — Silêncio. — Tilly?

— Promete que não vai contar para eles antes de as doze horas acabarem?

— Prometo.

— Jura por Deus?

— Juro por Deus — repetiu ele, com a voz solene.

— Tudo bem. — Sua voz ficou trêmula. — Eu o vi pela última vez na Estação Temple Meads, às oito e meia da manhã. Pouco antes de ele me colocar em um táxi e me mandar para casa.

— Ele ia pegar um trem ou um ônibus?

— Um trem.

— Para onde?

— Ele não disse com certeza, mas eu disse à polícia que ele mencionou Londres. — Harry a ouviu engolir em seco, um pequeno estalo no fundo da garganta. — Na verdade eu não menti para eles. Nick *realmente* mencionou Londres, mas ele não estava indo para lá. Ele ia para Chichester.

— Ele está com muito dinheiro?

— Bastante. Ele pegou todo o dinheiro da carteira da mãe e estourou o limite do cartão de crédito dela. Mas ele disse que não ia mais usar. Disse que pode ser rastreado. E o mesmo vale para o celular. Ele o deixou para trás por esse motivo.

Sensível ou paranoico? Não dava para saber.

Harry continuou a questioná-la, querendo preencher as lacunas. Ele soube que ela tinha fugido com Nick logo após este ter ouvido Harry e Libby conversando sobre trazer a equipe de cães. Tilly havia persuadido Nick de que seria menos provável que fosse pego se tivesse uma namorada com ele.

— Eu disse que as pessoas procurariam por um menino sozinho, e não por um casal. — *Garota esperta*, pensou Harry.

Ela contou que os dois caminharam pelo campo até chegarem à A4, entre Box e Bathford. Eles estudaram os horários dos ônibus e pegaram um para Chippenham.

— Por que Chippenham?

— Porque foi o primeiro ônibus que apareceu. Estava muito frio, Harry. Três graus abaixo de zero. Minhas botas estavam encharcadas. Achei que fosse morrer.

Então, eles tomaram um trem para Bristol.

— Porque é onde eu moro, e Nick poderia conseguir um trem para praticamente qualquer lugar de lá se quisesse.

— Como você voltou de Temple Meads?

— Nick pagou o táxi para mim. Pedi ao motorista para me deixar na casa do meu amigo primeiro, mas ele não aceitou. Nick deu a ele mais dez libras para me levar diretamente para a delegacia, o idiota. — Sua voz não estava zangada, tinha um tom afetuoso, e Harry sentiu seu respeito por Nick aumentar, pelo senso de responsabilidade por uma garota que ele mal conhecia.

— O que mais ele te disse sobre Chichester?

— Só falou que já conhecia. Meio que pensei que ele poderia ter um amigo lá.

— Mais alguma coisa?

Uma pausa curta.

— Nada que eu consiga pensar agora.

— Então é melhor eu continuar com isso. E obrigado, Tilly. Você agiu muito bem. Espero te ligar nas próximas horas com boas notícias. Se você lembrar de mais alguma coisa, me ligue imediatamente.

24

Depois de dar mais garantias a Tilly, Harry desligou, foi até seu laptop e abriu os arquivos de Nick. Procurou por qualquer menção a Chichester. Nada. Pensou por um tempo. Pesquisou sobre a cidade na internet. No instante em que viu a menção ao porto de Chichester e à costa, teve um estalo.

Navegação a vela.

Ele se lembrou de uma conversa que eles tiveram no início do tratamento, quando Harry estava tentando descobrir quais esportes e hobbies Nick poderia praticar que (a) fossem legais e (b) pudessem motivá-lo. Pelo que conseguiu se recordar, foi uma luta.

— Rúgbi: chato. — Nick enumerou os esportes da escola nos dedos. — Críquete, hóquei, futebol, tudo chato pra caralho. Honestamente, eu poderia dormir em um jogo de hóquei. Tem tanta emoção quanto tomar uma sopa quando se está doente.

— E tênis?

— Não é ruim. Mas não posso afirmar que realmente me anima.

— Natação? — Nick encolheu os ombros.

— E hobbies? — Harry perguntou. — Não estou falando de uma coleção de selos. Você já fez alguma coisa nas férias que tenha aumentado sua adrenalina?

A expressão de Nick mudou e um sorriso sincero emergiu.

— *Banana boat*, na Cornualha. Eu era só uma criança, mas adorei. Poderia fazer isso o tempo todo. Ah, e fui velejar uma vez. Tentei em um Swift Solo. Sozinho! Foi incrível!

Harry se concentrou no que Nick tinha gostado da experiência e finalmente fez um avanço: Nick não gostava de esportes coletivos. Ele era mais solitário, ambivalente em relação ao tênis e à natação. Eles não eram tão codependentes e havia menos pressão por um bom desempenho. Harry conversou com Nick sobre fazer alguns treinos de regatas juniores, mas não tinha pensado que alguma coisa resultaria disso.

E o barco que ele tinha navegado? Tinha sido em Chichester? Sem ter certeza, Harry voltou-se para suas anotações, mas elas só mencionavam o velejar, nenhum nome de lugar.

Ele se lembrou, no entanto, de que havia algo único sobre o barco que tinha deixado Nick realmente encantado, mas não conseguia se recordar exatamente o quê. Na internet, Harry viu que o Swift Solo era um dos barcos a vela mais rápidos do mundo. Ele deveria ter adivinhado. Nick não teria sido fisgado por nada menos que isso.

Harry continuou lendo. Cada embarcação tinha sido construída por seu próprio dono com uma vela de primeira linha, e, para surpresa de Harry, a associação listara cada embarcação com seu número de vela e o proprietário ao lado. Por um momento, ele não conseguiu acreditar na sorte que tinha. Havia 102 Swift Solos listados, a maioria nos Estados Unidos e no Canadá, mas alguns poderiam ser encontrados ao redor do mundo, da Áustria à Austrália. Ficou ainda mais animado quando viu que havia quatro na Grã-Bretanha.

Harry deixou uma mensagem na parte de contato da associação, pedindo a cada um dos proprietários na Grã-Bretanha que o procurasse com urgência. Como tinha quatro nomes, tudo o que precisava fazer era descobrir qual proprietário de Swift Solo morava em Chichester ou próximo dali. Simples.

Harry começou com os dois primeiros nomes — um em Plymouth, o outro em Lymington —, mas o terceiro estava em Hamble, a 48 quilômetros de Chichester. Como Nick precisaria passar por Southampton para chegar a Chichester, Harry fez mais algumas ligações. Bingo. Chris Rossi, a vela número 102, era membro do Clube de Regatas Itchenor, a treze quilômetros de Chichester.

Harry olhou o relógio. Dezoito horas. Alguém ainda estaria lá?

Acontece que sim. Harry expressou sua surpresa.

— Nós tivemos treinamento da equipe juvenil hoje — explicou um homem. — Depois, nós, velhinhos, almoçamos com eles para tentar parecer úteis. — Ele soou bastante franco e alegre.

— Estou tentando encontrar Chris Rossi.

— Chris? Saiu faz um tempo, infelizmente. Suponho que você esteja perguntando sobre o Swift Solo que está à venda.

— Possivelmente — esquivou-se Harry.

— Vou te passar o número dela.

Ela. Harry tinha achado que Chris era um homem. Harry digitou o número dela em seu telefone.

— Obrigado. — Imediatamente, ele tentou ligar. — Chris Rossi? — perguntou ele quando uma mulher atendeu.

— Sim. É ela.

— Meu nome é Harry Hope. Não sei se você está ciente das coisas que têm acontecido... — Ele começou a descrever os recentes eventos envolvendo a fuga de Nick, mas, no instante em que disse o nome do garoto, ela o interrompeu: — Não conheço nenhum Nick Lewis.

— Mas você tem um Swift Solo. Ele disse que você o deixava velejar sozinho.

— Eu *nunca* faria isso. — Sua voz pareceu agressiva. — O Swift é muito difícil para um iniciante dominar.

— Você conhece a mãe de Nick? Monica Lewis?

— Não. Desculpe. Também nunca ouvi falar dela. — A voz de Chris estava seca, mas depois ela amoleceu. — Olha, não sou dona do único Swift na Grã-Bretanha. Tem um em Hamble, e acho que outro em Whitby. Confira no site da Swift Solo.

— Vou fazer isso, obrigado.

— Boa sorte.

Harry desligou devagar, sua mente tentando avaliar a conversa. Ainda pensando, ligou para o proprietário do Swift Solo em Hamble, que felizmente estava em casa em uma noite fria e ventando de sábado. Após uma longa conversa, Harry encontrou o site certo e deu uma olhada em uma foto de Chris Rossi recebendo um troféu de uma competição. Apesar de ser uma foto ruim, com o rosto mal iluminado e seus traços obscurecidos pela sombra, soube imediatamente quem ela era.

Ele não hesitou.

Pegou o telefone, a carteira e as chaves do carro, e saiu.

25

Harry fez uma ligação enquanto dirigia. Foi curta e doce, mas disse o que ele precisava, e então ele continuou, tentando chegar lá o mais rápido possível, mas sem correr o risco de receber uma multa por excesso de velocidade. A viagem levou duas horas — uma mistura de autoestrada, pista dupla e estradas secundárias — antes de o Google Maps o instruir a mudar para o sul, em direção à costa e a Bosham. Depois de parar em um estacionamento público que também abrigava vários iates apoiados em blocos, Harry andou até a Shore Road.

O Chalé da Andorinha tinha cor creme e rosas trepadeiras perfeitamente podadas em volta da porta da frente. Um banco no gramado, inclinado para o porto. O lugar perfeito para se sentar em uma noite de verão enquanto se toma um gim tônica e se assiste ao pôr do sol. Ele ouviu adriças tilintando a distância e sentiu cheiro de sal e de algas marinhas. As luzes estavam acesas no andar de cima e no andar de baixo do chalé, mas as cortinas estavam fechadas. Uma espiral de fumaça indicava que havia fogo aceso. Em uma noite tão fria — o ar era cortante —, aquilo parecia confortável e aconchegante. Ele bateu na porta.

Lá dentro, um cachorro começou a latir — um latido profundo de cão de guarda —, mas de repente ficou em silêncio, como se seu latido tivesse sido abafado.

Harry deu um passo para trás a tempo de ver uma cortina rapidamente colocada de volta no lugar.

Ele bateu novamente.

— Quem é? — Uma voz de mulher. Desconfiada, alerta.

— Harry Hope. Nós nos falamos por telefone.

Ele ouviu vozes do outro lado da porta. Sussurros se transformaram em murmúrios raivosos.

— Estou sozinho — acrescentou Harry.

Ele ouviu um ferrolho estalar e uma chave girar. A porta se abriu cautelosamente, a corrente se mantendo no lugar. Ele viu que era a mesma mulher da fotografia, magra e com traços mais finos, mas seu corpo tinha sido engolido por uma calça e uma blusa de moletom combinando.

— Chris Rossi — disse Harry. — Você é irmã da Monica. Tia do Nick.

— Droga — disse ela.

Ela se parecia com a irmã, mas, enquanto o rosto de Monica era frio e imparcial, o de Chris era expressivo e animado, seus olhos brilhando de vida.

Ela soltou a corrente, abrindo a porta.

— Entre. Rápido!

Harry entrou direto em uma sala que tinha a cor do oceano. Havia um sofá azul em uma parede, uma poltrona azul de cada lado e outra virada para a lareira. Pontos de amarelo e ocre nas almofadas e nas mantas. Fotografias de iates adornavam as paredes junto com paisagens marinhas e uma estranha quinquilharia costeira: um pedaço de corda velha com nós, madeira à deriva e uma coleção de conchas. Tudo era desordenado, desarrumado e caseiro, e não poderia ser mais diferente da casa dos pais de Nick.

— Nick está aqui? — perguntou Harry.

Chris era mais jovem que Monica, tinha trinta e poucos anos, e o corpo malhado de uma maratonista. Sua pele morena brilhava com ar fresco e boa saúde.

— Preciso saber que ele está seguro — disse Harry a ela.

Um tronco se mexeu no fogo, lançando uma chuva de faíscas pela chaminé. Chris não saiu do lugar. Ela observava Harry constantemente, fazendo-o se sentir estranhamente inseguro e constrangido.

— Estou bem, tá? — disse uma voz.

Ao virar a cabeça, Harry viu Nick parado na porta, com a mão descansando no lombo de um labrador preto. Por um momento, Harry pensou que o menino havia crescido desde que o vira pela última vez duas semanas antes, mas percebeu que era porque o chalé era muito pequeno, tinha o teto baixo.

Harry queria atravessar a sala e abraçar Nick, mas se conteve; isso só envergonharia o garoto. Em vez disso, levantou a mão e disse:

— Obrigado, Deus. — Seu tom reverberou com emoção.

— Desculpe — murmurou Nick.

— Está tudo bem. — Harry passou a mão no rosto. — Está tudo bem — repetiu ele, mais para si mesmo do que qualquer outra pessoa. O alívio que sentiu foi imenso. Nick estava *aqui*, nesta sala, são e salvo.

— Sente-se — disse Chris a Harry. — Onde quer que consiga encontrar um lugar. Espero que não se importe com pelo de cachorro. — Ela se dirigiu para a porta, onde Nick se afastara para permitir que ela passasse.

— Como você me encontrou? — perguntou Nick.

Harry se sentou em uma das poltronas, gesticulando para a outra. Nick obedeceu, e o labrador veio se acomodar perto do menino e ergueu uma pata, pedindo para receber carinho. O cachorro não usava coleira, mas uma bandana vermelha de bolinhas.

— Tilly me contou. — Diante do olhar consternado de Nick, Harry acrescentou: — Prometi a ela que não contaria para a polícia. A não ser que eu não te encontrasse dentro de doze horas. — Ele olhou para o relógio. — Demorei um pouco mais de cinco. — Ele exalou ruidosamente, aliviado. — Sou só eu, Nick. Pode relaxar.

Nick coçou o peito do labrador. Ele estava desaparecido havia 48 horas, mas parecia estar se saindo muito bem, sem dúvida porque seu refúgio atual era tão bom quanto estar em casa — se não melhor, do ponto de vista psicológico.

— Então, o que está acontecendo? — perguntou Harry, mas, antes que Nick pudesse responder, Chris voltou carregando uma garrafa de uísque e dois copos. Sem perguntar, ela serviu o uísque e entregou um copo a Harry, que piscou.

— Nick me falou que você gosta de uísque — disse ela. — Achei que era uma bebida apropriada, considerando o momento.

— Obrigado. — Harry tomou um gole e colocou o copo na mesa, imaginando o que mais Nick havia dito sobre ele.

— Antes que você me pergunte — disse Chris —, minha irmã e eu não nos falamos há anos. O pai de Nick o trouxe no verão em uma tentativa de consertar as coisas, mas eu não estava interessada. E minha irmã também não é muito — Chris fez uma pausa enquanto procurava encontrar a palavra certa — gentil às vezes. Eu disse para Nick que, se ele precisasse fugir, em um feriado ou só para fazer uma pausa, seria sempre bem-vindo aqui. Dei a ele a minha chave da porta da frente para que soubesse que poderia aparecer quando quisesse, mesmo que eu não estivesse em casa.

Uma mulher sábia, pensou Harry, *dando a Nick a opção aberta de um refúgio seguro.* Harry começou a ser tomado por várias perguntas a respeito do relacionamento de Chris com a irmã, mas ele as forçou a ficarem de lado.

Chris olhou para Nick.

— Fale para ele — disse ela — o que me contou. — Nick abaixou a cabeça.

— Não tenho muito o que contar, na verdade.

Harry esperou. Chris tomou um gole de uísque.

— Eu ia me encontrar com Guy — disse Nick. — Nós íamos para uma noite de arrecadação de fundos na Queen Square. Combinamos que eu passaria na casa dele primeiro e nós desceríamos juntos. Mas ele não estava lá. Pelo menos não parecia estar, e foi por isso que eu dei a volta por trás. A porta estava aberta e eu entrei na despensa. Ouvi uma briga na cozinha. Muito barulho. Guy estava gritando, e o outro homem também. Então, eles pararam de gritar e eu ouvi sons embaralhados, um baque. Ouvi coisas sendo derrubadas. Quando percebi que estavam brigando, achei melhor chamar a polícia, mas não tinha certeza... fiquei em pânico, não sabia o que fazer. Avancei para dar uma olhada, depois houve um barulho muito estridente, tipo coisas quebrando e sendo atiradas, e então tudo ficou em silêncio. Um homem disse "*foda-se*". Ele falou isso várias vezes, na verdade. Ele continuava dizendo sem parar... — Nick ficou pálido.

Chris tomou a mão dele e a acariciou suavemente.

— Você está indo muito bem.

— Olhei na cozinha. — Nick respirou fundo. — E Guy estava no chão. Ele estava olhando diretamente para mim. Um homem se aproximou dele. — Nick engoliu em seco. — E então o homem olhou para mim. Ele não disse uma palavra. Ele se abaixou e puxou Guy para cima. Guy estava bastante instável e eu ia dizer algo, mas Guy olhou para mim e fez que não com a cabeça. Ele disse: "Eu estou bem." Ele parecia estar bêbado. Ele me disse para não me preocupar e que me veria no evento de arrecadação de fundos. Mas ele nunca apareceu. Eu ouvi dizer que ele estava morto no rádio na manhã seguinte. Eu vomitei. — Nick abaixou a cabeça.

— Quando foi que você recebeu aquela mensagem de texto nojenta? — Harry perguntou.

Fique calado e não vou precisar te matar.

— Chegou quando eu já estava dormindo. Pouco antes da meia-noite. Mas eu tinha deixado o celular no modo silencioso e só vi de manhã, e depois soube que Guy estava morto. Entrei em pânico... — A boca do garoto tremeu. — Foi quando liguei para você.

— Por que você não foi até a minha clínica? Eu poderia ter te ajudado.

— Eu estava a caminho quando o homem me ligou. Ele me disse para não contar a ninguém, nem para a polícia, nem para os meus pais ou a qualquer amigo, senão ele teria que matá-los também. Ele disse que, se eu falasse um "a", ele descobriria e viria me buscar. Fiquei com tanto medo... Eu tinha *visto* o cara. Pensei que, enquanto estivesse escondido, a polícia o encontraria, o prenderia e eu estaria seguro. Mas eles não encontraram, né?

— Com a sua ajuda, eles têm uma chance muito boa.

O rosto de Nick teve um espasmo.

— Mas ele disse que ia me pegar! — Era o lamento de uma criança apavorada. — Ele me disse que eu também não estaria morto quando ele arrancasse minha cabeça, que faria isso enquanto estivesse vivo.

O estômago de Harry se revirou com a imagem. Não era de espantar que o garoto estivesse com tanto medo, mesmo assim ele não podia deixar Nick ali.

— Ei... — Chris entrelaçou os dedos com os de Nick, ao mesmo tempo que lançou um olhar de advertência para Harry. — Você está seguro aqui. E não precisa fazer nada que não queira.

Harry tentou encontrar a melhor maneira de convencê-los de que Nick deveria acompanhá-lo até a polícia. Nick deveria ajudar os investigadores a identificar o assassino, trabalhando com fotos de fichas policiais e talvez criando um retrato falado e uma reconstituição para a TV. E se a polícia nunca pegasse o assassino? Nick não poderia se esconder para sempre. Ele teria que começar a aprender a viver sendo a testemunha de um assassinato e, de alguma forma, não deixar que isso definisse o resto de sua vida.

Respirando fundo, Harry disse a eles o que estava pensando. Nick começou a estalar os dedos, um sinal claro de angústia.

Chris parecia simplesmente zangada e frustrada.

— Você não pode esperar um pouco? Dar mais tempo para a polícia pegar o desgraçado?

— Não funciona assim — disse Harry. — Quanto mais tempo deixarmos, mais chances o assassino terá de escapar impune. A polícia precisa de Nick *agora*.

Ela mordiscou o lábio.

— Você não vai levá-lo esta noite, vai?

Harry tinha toda a intenção de fazer exatamente isso, e algo deve ter aparecido em seu rosto, porque a expressão dela mudou. Ela disse:

— Venha comigo.

Ela se levantou e saiu da sala. Harry a seguiu por um corredor estreito com piso e paredes de tijolo, todos pintados de branco. Havia mais fotos de iates nas paredes, fotos de Chris e de um homem de pele oleosa, lutando contra o que parecia ser um furacão. Chris parou na cozinha, um cômodo pequeno com uma mesa rústica de carvalho e duas cadeiras, um fogão e uma geladeira duplex. Ela cruzou os braços, com a boca franzida.

— Não vou permitir que você leve meu sobrinho à polícia e o coloque em risco.

Harry estava abrindo a boca para discutir quando o labrador latiu alto. Ainda que o cão estivesse na outra sala, fez Harry se assustar.

— Você está esperando alguém?

Um lampejo de medo passou pelo rosto de Chris.

— Não.

26

Quando Harry voltou para a sala, viu o cão parado na porta da frente, com as orelhas em pé, concentrado em alguma coisa do lado de fora. Um rosnado baixo retumbou da garganta do animal. Indo até as janelas, Harry puxou a cortina um pouco, como Chris havia feito. Eles olharam para fora.

Não havia ninguém lá. Ninguém na porta. Ninguém, até onde Harry podia ver, no jardim da frente, mas o cachorro continuou rosnando.

Estava escuro, sem lua, mas vinha uma luz fraca dos postes da rua e Harry examinou a área cuidadosamente, dos arbustos próximos ao caminho ao longo da frente da fileira de chalés. Depois, analisou os limites do jardim, mas era difícil distinguir qualquer coisa, então ele se concentrou mais. Quando deixou o olhar vagar por uma árvore de azaleias, sua respiração parou. Havia um homem no jardim.

— O que foi? — chamou Chris baixinho.

Harry não lhe respondeu. Se o homem não tivesse se movido naquele exato momento, Harry nunca o teria visto.

— O que há de errado? — insistiu Chris.

Harry deixou a cortina cair e se afastou da janela. Ele disse baixinho:

— Tem um homem no seu jardim. Pode ser um vizinho ou um amigo?

Nick se endireitou.

— Que homem? Quem é? — Harry percebeu o terror em sua voz.

— Fique quieto. — Harry olhou interrogativamente para Chris.

— Ninguém deveria estar no jardim. — As bochechas de Chris perderam a cor, mas ela não estava em pânico. — Alguém poderia ter seguido você até aqui?

— Duvido muito — disse Harry —, porque ninguém sabia que eu vinha. *Ninguém.*

— Tilly sabia — comentou Nick.

— Mas ela não sabia exatamente onde você estava. Só que você pegou um trem para Chichester, e a pessoa teria que arrancar as unhas dela para obter essa informação.

Nick quase esboçou um sorriso.

— É legal a Tilly.

— Sim — Harry concordou. — Ela é ótima.

— Nesse caso... — Chris olhou para o cachorro, ainda rosnando. — Devo deixar o Mogga sair? Ele logo vai ver quem quer que esteja lá fora. Ele não vai morder, mas vai assustar a pessoa até de manhã. Ele acha que é uma brincadeira.

— Boa ideia.

Chris soltou o ferrolho e girou uma chave Chubb. Então, desenganchou a corrente e abriu a porta. O cachorro enfiou o nariz pela abertura, o rosnado foi aumentando até um rugido. Seu pelo se eriçou ao longo da espinha e suas patas traseiras estavam amontoadas embaixo dele, ansioso para correr.

— Está pronto, Mogga? — sibilou Chris.

O cão estava tenso, tremendo de ansiedade.

— Vai! Vai! — mandou ela, ao mesmo tempo que abria a porta. O cachorro saiu em disparada, voando pelo jardim, latindo histericamente.

Chris fechou rapidamente a porta e a trancou.

— Ele vai voltar depois de perseguir quem quer que esteja lá fora. Vou dar a Mogga cinco minutos e ele vai estar na porta dos fundos, implorando por um biscoito.

Harry procurou pelo homem, mas não conseguiu vê-lo. Ele ouvia os latidos de Mogga, embora sua histeria aumentasse. Com os nervos tensos, ficou atento na janela.

— Ele ainda está lá? — perguntou Nick.

— Não que eu consiga ver.

Chris voltou para a cozinha, e Harry adivinhou que era para dar um biscoito para o cachorro. Querendo ligar para Theo, Harry tateou o bolso do casaco, mas seu telefone não estava lá. Olhou mais uma vez antes de checar o bolso da calça. Ele amaldiçoou a si mesmo. Distraído pela ligação de Jessie mais cedo, havia esquecido de carregar o telefone em casa e o tinha carregado no carro e o deixado no console central.

Ele ficou perto da janela, olhando para fora. Nenhum sinal de Mogga. Nem do homem.

Os minutos se passaram. Cinco, dez. Depois de vinte minutos, Chris veio e se juntou a Harry.

— Ele deve ter encontrado um gato para perseguir. — Seu rosto estava contraído de ansiedade. — Que se dane. Eu realmente acho melhor sair para procurá-lo. Da última vez que ele sumiu, acabou rasgando meia dúzia de sacos de lixo e fazendo uma bagunça dos infernos...

Harry não gostou da ideia de Chris sair da casa. Não depois de ver o homem escondido em seu jardim.

— Eu vou. Deixei meu celular no carro. Vou procurá-lo, se quiser.

Imediatamente, ela pareceu aliviada.

— Você se importaria? — Ela tocou o braço dele, leve como uma borboleta. — Pegue alguns biscoitos. Ele atende qualquer um que lhe oferecer um petisco.

Com os biscoitos no bolso, Harry andou pelo jardim. Embora tivesse dito que duvidava que o homem que matou Guy estaria lá, isso não o impediu de se sentir nervoso, e, quando um pássaro se enroscou em uma das árvores, ele se encolheu tão bruscamente como se tivesse ouvido tiros. Chegou à Shore Road e olhou para os dois lados.

Nenhum cachorro. Nenhum homem se escondendo nas sombras.

Ele foi até seu carro e recuperou o telefone. Ainda nada de Mogga. Nenhum homem também.

Harry voltou.

Em silêncio, se aproximou do jardim da frente de Chris. Nada ainda. Ele caminhou pelo jardim. Virou-se e verificou se estava sozinho antes de bater.

— Sou eu — disse ele.

A chave girou na fechadura. O ferrolho foi puxado para trás. Quando Chris abriu a porta, Harry deu um passo à frente e, fora de sua visão periférica, viu algo enorme aparecer, movendo-se em sua direção com uma velocidade incrível, mas, antes que pudesse se virar, aquilo o atingiu como um trem, com tanta força que ele foi lançado pela porta, raspando o queixo sobre o chão de pedra.

Harry sentiu o vento soprar para fora dele. Por um momento terrível, não conseguiu respirar. Estava sendo sufocado.

Ele ouviu uma mulher gritando e o som de algo se estilhaçando, um som de esmagamento. De repente, o homem deu um grunhido e seu peso mudou, e Harry pegou a máscara de látex, puxou o punho para trás e soltou, mas o homem sacudiu a cabeça para o lado e o golpe de Harry atingiu um dos lados de seu rosto.

O homem agarrou algo da cintura e o puxou. Harry começou a sentir medo quando viu a arma. Ele resistiu de forma descontrolada, atacando com as pernas, desesperado para se livrar do homem, fazê-lo perder o controle sobre a arma.

Um *baque* suave veio de algum lugar. Harry não conseguia imaginar o que era, mas o homem gemeu e parou de se mexer por um instante, a cabeça ainda virada para o lado. Harry cerrou os dedos e bateu com o punho na lateral da cabeça do homem. De novo, e de novo, ele o socou, querendo que doesse, querendo que os ouvidos do homem zumbissem, para desorientá-lo e fazê-lo largar a arma.

Usando os dois antebraços, ele empurrou o peito do homem, levantando-o de lado. Ele ficou em pé. Deu um chute certeiro nos rins dele, querendo mantê-lo no chão, imobilizado. Outro chute, desta vez na barriga, e o homem gemeu e fez força como se quisesse vomitar. Harry pisou em seu pulso e lutou para fazê-lo largar a arma.

Harry olhou para trás. Nick estava paralisado, com o rosto pálido. Chris estava bravamente na frente do garoto, com um fole nas mãos.

— Corram! — Harry gritou.

Chris largou o fole, agarrou o pulso de Nick e os dois correram juntos para fora da sala.

27

Harry se virou para o homem, que se levantou cambaleando e segurando a cabeça. Ele avançou sobre seu agressor, com a arma na mão esquerda, o punho direito fechado, o sangue saindo de seus ouvidos, querendo socá-lo novamente, arrancar sua máscara, ver quem ele era e expor sua identidade, mas o homem se virou. E correu.

Por um momento, Harry quase foi atrás dele, mas, em vez disso, fechou a porta com força, depois deu a volta e correu pelo estreito corredor de tijolos, passando pela cozinha e indo parar em uma despensa. Supondo que Chris e Nick haviam escapado pela porta dos fundos, ele agarrou a chave na fechadura antes de pular para fora e trancar a porta. Guardou a chave no bolso.

A parte de trás do chalé levava a uma viela estreita de pedras. Vazia, até onde se podia ver. Ele correu para o lado oeste até a esquina, fazendo uma pausa para escutar. Nenhum passo. Tardiamente, percebeu que ainda estava segurando a arma. Nunca havia disparado uma arma de fogo antes, mas não poderia ser tão difícil, né? No entanto, como não queria que o homem a pegasse de novo, ele a jogou com cuidado em uma das lixeiras verdes ali perto, meio cheia de folhas úmidas. Encobriu a arma com algumas folhas, escondendo-a. Enquanto circulava pelos chalés, pegou o celular. E ligou para a emergência.

— Polícia — disse ele quando foi questionado sobre qual serviço de emergência precisava. — Sim, acabamos de ser atacados. — Harry retransmitiu o endereço. — O atirador ainda está por perto. Ele quer machucar o garoto. — Ele deu ao policial o máximo de informações que pôde. Disse que encontraria os policiais no chalé. Guardou o telefone no bolso para que suas mãos ficassem livres.

Com o coração acelerado, olhou em volta. Onde estavam Chris e Nick? Chris deve ter pegado um carro, com certeza. Entrou e foi embora. Isso era o que Harry teria feito, mas será que ela o faria? Será que ela estava com as chaves? Ele presumiu que ela houvesse batido no agressor com o fole, o que tinha dado uma vantagem a Harry, permitindo que ele esmurrasse o homem e se livrasse dele. Garota esperta. Ele lhe devia uma.

Ele caminhou até o estacionamento. Rapidamente, tirou fotos de vários carros que estavam ali parados, para o caso de um deles pertencer ao mascarado. Procurou sistematicamente nas ruas ao redor, mas não encontrou Chris ou Nick.

Ao ouvir sirenes se aproximando, Harry voltou para o chalé, destrancou a porta dos fundos e foi até a sala. Ele não entrou. Não queria interferir no que viria a ser uma cena de crime. Ficou parado na porta para inspecionar o caos.

Uma mesa tombada, com uma perna quebrada. Um vaso espatifado, narcisos espalhados pelo chão. Outra mesa virada, com revistas, jornais velhos, correspondência e pedaços de papel espalhados por toda parte. A garrafa de uísque quebrada, junto com os dois copos.

Ele não podia acreditar na bagunça que haviam feito, e, de repente, se sentiu enjoado. Recuou até a cozinha, onde se sentou e colocou a cabeça entre os joelhos. *Choque*, ele supôs. Desejou que a garrafa de uísque ainda estivesse intacta. Seus dedos estavam latejando, e ele podia sentir hematomas começando a se formar por todo o corpo.

Batidas.

— Polícia! — gritou um homem. Ele estava na porta dos fundos.

Harry atendeu os dois policiais. Grandes, da mesma altura que Harry, cerca de um metro e oitenta. Um policial tinha a patente mais baixa, e o outro era um sargento.

— Fui eu que liguei. — Harry então disse a eles que Chris e Nick haviam fugido e que, embora ele tivesse procurado na área, não conseguiu encontrar os dois nem o agressor deles. O sargento falou no rádio, organizando uma equipe para iniciar a busca. Então, eles entraram na casa. Procuraram na sala de estar. O sargento se abaixou para olhar o fole.

— Acho que Chris Rossi atingiu o homem com isso — disse Harry.

O sargento se inclinou para mais perto. Tirou algumas fotos com seu celular.

— Está sujo de sangue — comentou ele. — Se pertencer ao agressor, estaremos no lucro. — Ele parecia satisfeito.

Eles levaram Harry de volta para a cozinha, onde ele encaminhou as fotos que havia tirado dos carros no estacionamento para o sargento. Então, eles o interrogaram. Com as histórias secundárias do desaparecimento original de Nick, do assassinato de Guy e da tentativa de assassinato de Fianna, Harry demorou um tempo para contar tudo. Ele se mostrou exausto quando um investigador apareceu e queria que ele contasse tudo de novo.

O investigador da cena do crime chegou e fez sua primeira inspeção. Embora a vista de Harry estivesse limitada pelo corredor, ele o viu andando com cuidado pela sala de estar e, depois, verificando com o sargento se ninguém havia se movido ou tocado em nada antes de ele chegar.

Mais perguntas.

O homem da investigação tirou fotos da cena, fez alguns desenhos. Aparentemente já havia embalado a arma que Harry havia jogado na lixeira, mas, no chalé, ele não tocou em nada.

Já passava da meia-noite quando uma policial entrou na cozinha.

— Senhor. — Ela falou com o investigador. — Encontramos algo. Você precisa ver isso.

O investigador a seguiu. Harry também queria ir, mas não foi permitido. Ele ficou sentado em silêncio com um policial, que tentava não bocejar.

• • •

Dez minutos depois, o celular de Harry tocou. Theo.

— Oi — disse Harry.

— Que merda foi essa, Harry?

— Eu prometi não contar.

— Para uma criança de catorze anos? Durante uma investigação de assassinato? Pelo amor de Deus!

— Era uma questão de confiança, Theo. Nick nunca mais falaria comigo se eu tivesse quebrado a promessa.

— Nick pode não estar vivo para fazer esse julgamento, graças a você.

Um pensamento não saía da cabeça de Harry. Como o homem sabia que Harry estava indo até Bosham para encontrar Nick? Ele não conseguia entender isso. Ou o homem havia trilhado as mesmas pistas que Harry e chegado ao mesmo tempo, ou o seguira até lá. Mas por que segui-lo? Ele poderia estar visitando sua mãe, a julgar por tudo o que o homem sabia.

Seu pensamento seguinte o fez se arrepiar. Será que o homem ouviu as conversas de Harry? Sabia para onde ele ia? Por Deus, o telefone dele estava grampeado? A casa dele? Sentindo-se como se tivesse sido lançado em um mundo paralelo, dominado pela paranoia e pelo medo, ele percebeu que precisaria verificar.

— Você tinha que ter me contado — Theo retrucou. — Você não só colocou sua própria vida em perigo como a do Nick e a dessa mulher também. Você não é um policial, porra. É um psiquiatra, lembra?

Harry ficou quieto enquanto Theo continuava a reclamar. Ele tinha todo o direito de ficar bravo, e tentar se defender só deixaria seu amigo mais furioso.

Finalmente, Theo se acalmou o suficiente para dizer:

— Falei com o investigador. Ele vai liberar você na próxima hora ou algo assim. Vou descer, dar uma olhada na cena de manhã. Onde você vai estar?

— Em casa.

— O quê? Você não quer ficar aí e me ajudar com a investigação? — Theo falou com sarcasmo. — Já que pensa que é um policial de verdade?

Harry não se deu ao trabalho de responder.

— Tchau, Theo. — Ele desligou.

28

Harry olhou para o investigador, e notou uma tensão em torno da boca do homem que não existia antes.

— O que é?

— Se você não se importar de vir comigo.

Harry sentiu um pavor momentâneo. Ele perguntou novamente, mas o investigador não respondeu.

Harry seguiu o homem até a frente da casa de Chris. Um policial estava à esquerda, ao lado do arbusto de azaleias onde Harry tinha visto o homem pela primeira vez. O policial recuou enquanto eles se aproximaram. O investigador deu um passo à frente e se agachou, separando os galhos. Harry se aproximou e, por um momento, não conseguiu ver nada, até que enxergou uma forma ainda escura sobre a grama.

O investigador falou.

— Você disse que Chris Rossi mandou o cachorro aqui fora para assustá-lo.

— Mogga. — A voz de Harry era de tristeza.

— É este cachorro?

Harry procurou a bandana.

— Sim. Como ele morreu?

— Com dois tiros no peito à queima-roupa.

— Não ouvimos nenhum tiro — Harry observou.

— Ele deve ter usado um silenciador.

Harry ouviu a voz de Chris como se ela estivesse ao seu lado: *Ele não vai morder, mas vai assustar a pessoa até de manhã. Ele acha que é uma brincadeira.*

— Que pena.

— Sim — concordou o investigador. — Eu amo cachorros. — Os dois voltaram para o chalé.

— Alguma ideia do lugar para onde Chris Rossi pode ter levado o garoto? — ele perguntou a Harry.

— Como não a conheço, não consigo nem imaginar. Mas você pode tentar a irmã dela. Não que elas sejam próximas, segundo o que Chris me falou, mas Monica pode te dar alguma pista.

Harry já havia contado ao policial sobre Monica, porém o homem ainda fez uma anotação.

— Você acha que ela vai aparecer quando souber que estamos envolvidos?

Harry pensou na atitude protetora de Chris em relação a Nick e em sua obstinação quanto ao fato de ele ir à polícia.

— Duvido.

Mais uma hora de perguntas. Harry se sentiu tonto de exaustão.

Finalmente, às duas da manhã, o investigador o deixou ir.

Com pouco trânsito àquela hora, a viagem foi rápida. Harry chegou em casa às três e quarenta. Subindo as escadas cambaleando, ele se despiu e caiu direto na cama. Não esperava dormir com a mente zumbindo como um enxame de vespas, mas, no instante em que fechou os olhos, perdeu a consciência. Dormiu como se tivesse sido abatido.

Um som de campainha o despertou. Uma mensagem havia chegado. Ele se virou para olhar o relógio de cabeceira: sete da manhã. Gemeu enquanto se movia. Seu corpo tinha enrijecido e estava muito dolorido. Ele pegou o telefone. Leu a mensagem. Gemeu novamente. Só queria dormir, mas não conseguia. Precisava responder à mensagem.

Depois de enviar a resposta, Harry cambaleou para o banheiro, onde engoliu três comprimidos de paracetamol, fez a barba e tomou banho. Havia um hematoma em seu queixo, outro na bochecha. Mais do lado direito do corpo, onde ele tinha batido no chão de pedra. Os nós dos dedos da mão direita estavam feridos e inchados, e, nas palmas, pareciam ter cor de ameixa madura. Ele começou a preparar um pouco de café e ligou para Theo.

— Recebi uma mensagem de Chris Rossi dizendo que eles estão bem.

— Leia para mim. — Theo foi brusco.

De repente, ciente de que alguém poderia estar escutando, Harry achou prudente falar em outro lugar. Ele foi tomado por uma sensação de descrença. Estava realmente sendo grampeado?

— Espere um momento... — Ele saiu. Uma camada de gelo cobria as pedras da calçada do lado de fora, nas quais pisou com cautela, com receio de escorregar.

— Harry? — Theo parecia irritado com a demora.

Harry leu diretamente do texto de Chris.

— Ela disse: "Nick quis escrever para dizer que estamos bem e perguntar se você está bem. Pessoalmente, agora que ouvi as notícias no rádio, não dou a mínima. Eu tenho vontade de te matar por ter trazido aquele homem para minha casa e por matar o meu cachorro lindo, mas, por algum motivo desconhecido, Nick gosta de você. Eu não. Então, depois de você responder para Nick dizendo que está bem, esta vai ser a última vez que você vai ouvir falar de nós até encontrarem quem matou Guy Bowman e o prenderem. Vou manter Nick seguro até lá e nem um segundo antes. E este é um telefone pré-pago, que vou jogar fora assim que você enviar uma mensagem para Nick, então nem se preocupe em tentar rastrear. Adeus".

— Ela não está fazendo ninguém de prisioneiro. — Theo pareceu impressionado. — Mas vamos tentar rastreá-la, para o caso de estar blefando. Precisamos encontrar o garoto com urgência. Ele é a nossa única testemunha. Você respondeu, presumo.

— Sim. — Harry viu um melro pular onde estavam outros pássaros, olhar para o gelo que havia no ninho e, depois, saltar para longe.

— O que você disse?

— Ah, que eu estava bem, e escrevi uma ou duas linhas tentando convencê-la a procurar a polícia. Eu dei a ela o seu número.

— Humm.

Na verdade, tinha sido o SMS mais longo que já tinha escrito. Chris talvez nunca o perdoasse pela morte de Mogga, mas também não poderia crucificá-lo por querer ter certeza de que Nick estava seguro sem quebrar sua promessa a Tilly e, portanto, a Nick.

No entanto, Harry estava ciente de que, se ele *tivesse* quebrado a promessa feita aos garotos, teria chegado à casa de Chris com Theo e o mascarado não os teria atacado. Para cada ação havia uma consequência, e, naquele caso, foi o pobre Mogga que a sofreu. Harry havia terminado sua mensagem para Chris dizendo que da próxima vez ele não estaria sozinho, mas acompanhado pela polícia, como garantia.

A resposta dela foi simplesmente: *Ótimo.*

Theo anotou o número do celular de Chris antes de fazer Harry detalhar exatamente como havia rastreado Nick. Theo terminou dizendo:

— Ainda não entendo como o tal mascarado estava lá ao mesmo tempo que você. Não pode ter sido uma coincidência. Ele deve ter te seguido.

— Mas como ele saberia que eu estava indo ver o Nick, e não, sei lá, indo visitar minha mãe?

Theo ouviu as teorias de Harry antes de finalmente se calar.

— Imagino que você esteja sendo grampeado.

— Isso passou pela minha cabeça.

— Onde você está agora?

— Do lado de fora, na porta dos fundos.

— Então eles não sabem que você entrou em contato com Chris e Nick.

— Não, a menos que tenham um dispositivo de escuta no ninho de pássaros.

— Vamos manter as coisas assim, tá? Até que tenhamos checado tudo. Vou resolver isso mais tarde. Deus, este caso está me enlouquecendo. Assim que acho que estou chegando a algum lugar, fica tudo mais confuso. — Ele falou sobre o apelo público e a cobertura da mídia para tentar fazer Chris Rossi trazer Nick de volta, mas Harry sabia que ele estava nadando contra a maré. Pelo menos por enquanto. No entanto, em um mês ou mais, quando as coisas se acalmassem, Chris poderia ser forçada a voltar.

— Como ela conseguiu o seu número? — Theo perguntou.

— Provavelmente a Tilly passou. Ou achou na internet. Não sou exatamente difícil de localizar.

Theo resmungou.

— Tudo bem. Vou tentar localizar Chris Rossi por meio das transações bancárias e do cartão de crédito.

— Conseguiu alguma informação sobre quem chamou a ambulância para Fianna?

— Ainda não. Até mais, Harry!

— Até mais! — repetiu Harry, mas Theo já tinha desligado.

Harry decidiu que Tilly merecia outra visita e ligou para a casa da garota, mas ela não estava lá.

— Ela queria voltar para a Fazenda do Eddie — disse sua mãe.

Harry ficou surpreso.

— Sério?

— Ela queria ver os porcos. — A voz dela era de perplexidade. — Ter certeza de que estavam limpos.

29

Depois de ligar para Eddie e se certificar de que poderia ver Tilly, Harry preparou duas torradas com geleia e ligou para o hospital, mas Fianna ainda estava inconsciente.

— Pelo menos ela não está mais em coma profundo — explicou a enfermeira. — Ela está reagindo à dor melhor do que antes, além de abrir os olhos de vez em quando. Como ela está melhorando continuamente, estamos esperançosos de que acorde logo.

Animado com a notícia, e também com o fato de Nick estar seguro com Chris, Harry dirigiu até a fazenda para encontrar Tilly no celeiro com Marcus e Mathilda. Tilly estava coçando as costas deles com uma escova de cerdas, gesto ao qual os animais respondiam com pequenos guinchos, que Harry considerava serem de prazer.

— Nick me falou que eles gostam — disse Tilly.

— Você se deu muito bem com Nick, né?

Ela deu de ombros.

— Ele é gente boa.

— Ele disse que você também é.

O olhar dela voou para encontrar o dele.

— Você o encontrou?

— Mais ou menos... — Harry continuou explicando o que tinha acontecido. Ele achava que Tilly merecia a verdade, mas também queria que estivesse preparada caso Nick entrasse em contato, para que ela pudesse explicar para ele quão séria e perigosa era a sua situação.

— Realmente preciso saber se você contou a alguém o que me disse — terminou Harry. — Sobre Nick estar no Bristol Temple Meads e ir para a estação Chichester.

— Ninguém. — Ela meneou a cabeça com veemência. — Eu juro. Você era a única pessoa em quem ele confiava. *Eu* confiei.

Harry acreditou nela. O que significava que ou o mascarado havia descoberto que Nick tinha uma tia e chegado ao mesmo tempo que

Harry, ou Harry estava sendo grampeado. O instinto de Harry se inclinou para a última opção, mas como ele poderia descobrir com certeza? Não conhecia ninguém com habilidades tecnológicas. Despedindo-se de Tilly, ele abriu a porta do celeiro e estava prestes a sair quando viu dois homens no pátio.

Lucas e Carrigan.

Lucas estava a trinta centímetros de Carrigan, a linguagem do corpo elevada e com raiva, o queixo projetado. Seus punhos estavam cerrados. As mãos de Carrigan estavam levantadas, as palmas para fora, com seu comportamento apologético, apaziguador. Ele estava falando rápido, mas Lucas não parecia estar ouvindo. Quando Lucas mudou de posição, estendendo os pés, Harry ficou alarmado. Meu Deus, será que ele ia socar o policial?

Harry deu um passo à frente, gritando alegremente:

— Bom dia! — Como se não tivesse visto nada desagradável.

Os dois homens se viraram.

Lucas estava pálido, com o rosto contraído, uma reação que antecede a luta, mas Carrigan demonstrava que nada de incomum estava acontecendo. Ele gritou:

— Oi, Harry!

À medida que Harry se aproximava, podia ver os músculos das bochechas de Lucas se destacando como rochas. Os punhos dele permaneciam cerrados ao lado do corpo.

— Lucas. — Harry acenou com a cabeça para seu velho amigo, mas Lucas lhe lançou um olhar vil antes de ir embora, sem dizer uma palavra.

Carrigan não se moveu. Apenas observou Lucas partir.

— O que aconteceu? — Harry perguntou.

— Eu estava dando a ele um pouco do seu próprio veneno. — Carrigan não olhou para Harry enquanto falava.

— Pensei que ele fosse te bater.

— Acredito que pode ter parecido isso, sim. — Carrigan contraiu a boca como se estivesse se divertindo. — Mas ele nunca faria isso.

Eu não teria tanta certeza, pensou Harry.

— A mãe dele morreu há pouco tempo — disse Carrigan. — Um pouco antes do Natal.

Assustado, Harry respondeu:

— Não sabia.

— Lucas me culpa pelo fato de ela não ter falado com ele nos últimos três anos. — Os olhos de Carrigan se voltaram para Harry.

— Por quê?

— Basta dizer que não foi minha culpa. Mas ele não vai assumir a responsabilidade pelo que aconteceu. — Ele bufou. — Ouvi dizer que você encontrou Nick Lewis e depois o perdeu. Que azar!

Harry não respondeu.

— Olha — Carrigan estendeu os braços e os deixou cair ao lado do corpo —, eu sei que não éramos os melhores amigos quando você era menino, mas vocês eram um bando de trastes. Espero que não guarde rancor. Só estava fazendo meu trabalho.

Vi você colocar Lucas, com nove anos, no porta-malas do seu carro e ir embora, Harry quis deixar escapar, mas não ousou fazê-lo. Não sem falar com Lucas primeiro.

— Por que você está aqui? — Harry mudou de assunto. — A UNIOP está investigando a Fazenda do Eddie? Procurando anarquistas debaixo das camas das crianças?

— Minha equipe está ajudando o detetive McCannon com a Operação Arara — respondeu Carrigan suavemente.

Por um momento, Harry não soube a que estava se referindo até que se lembrou de Libby lhe dizendo que era o nome usado para o caso do assassinato de Guy.

— Guy deu uma palestra aqui antes do Natal. Soubemos que houve um evento desagradável e precisamos confirmar exatamente o que aconteceu.

Nick, lembrou Harry, tinha estado na palestra também, auxiliando Guy, mas foi a primeira vez que Harry ouviu falar de algo nesse sentido.

— Evento desagradável? — ele repetiu, mas Carrigan não disse mais nada. O policial estendeu a mão.

— Fique longe de problemas, por favor, Harry Hope.

Eram as mesmas palavras que ele costumava dizer quando Harry era criança, mas ele agora era um adulto. Harry apertou a mão do homem enquanto tentava não mostrar sua antipatia.

Depois que Carrigan foi embora, Harry foi atrás de Lucas até a cantina, onde ele presidia uma mesa formada por adolescentes deslumbrados. Harry passou por uma fila de crianças de macacão e meias — suas botas de borracha estavam empilhadas perto da porta — esperando pelo que parecia ser um excelente e encorpado guisado de carne, bolinhos e verduras.

Quando Lucas viu Harry, seu rosto se iluminou. Ele acenou para o amigo e puxou uma cadeira para ele.

— Este é o Harry — disse ele aos adolescentes. — Nós dois costumávamos fazer umas coisas erradas e perigosas quando éramos crianças, nos metíamos em problemas terríveis, mas agora somos cidadãos honrados.

— Sim, claro — zombou um garoto, fazendo todo mundo rir. Então, o garoto acrescentou: — Continue. O que vocês planejavam?

Lucas olhou para Harry, que começou a dizer:

— Não sei se devemos...

— Nós roubamos um carro — disse Lucas.

— *Você* roubou um carro — corrigiu Harry.

— Mas você deu uma volta nele.

— Só porque você disse que, se eu não fizesse isso, você contaria para minha mãe que fui eu que quebrei o vaso favorito dela, e não um pássaro que entrou pela janela.

O garoto perguntou:

— Quantos anos você tinha quando roubou o carro?

— Nove.

— Você não alcançaria os pedais. — Uma garota fungou.

— Nada passa por vocês, né? — Lucas sorriu. — Eu só roubei no sentido de que estava destravado, e eu entrei e soltei o freio de mão. Harry estava no banco do passageiro, certo?

Ele estava apavorado. O carro estava em uma colina e acabou ganhando uma velocidade incrivelmente rápida. Ele tinha gritado com Lucas para frear, mas, apesar de ter puxado o freio de mão com as duas mãos, isso teve pouco efeito e eles bateram no carro da frente, um Fiat Punto velho que pertencia ao dono da banca de jornal. Ambos foram jogados no chão, ganhando alguns hematomas, mas, fora isso, não se machucaram. Eles andaram todo o caminho para casa rindo histericamente.

— O que mais vocês fizeram? — As crianças se inclinaram, ansiosas e curiosas.

Lucas os presenteou com histórias, incluindo a vez em que colocou uma cobra de mentira na lata de biscoitos da mãe de Guy, e Harry ficou feliz por ter sido cuidadoso o suficiente para terminar a brincadeira advertindo as crianças sobre encontrar maneiras legais de se divertir sem machucar os outros.

No corredor, Lucas disse:

— A gente se divertia, né? — Ele ainda estava sorrindo, seus olhos brilhando.

— Sim — admitiu Harry.

Depois, seu sorriso desapareceu.

— O que Carrigan te falou? Eu vi você conversando com ele.

— Ele está ajudando a investigar o assassinato de Guy. — Harry se arrepiou. Ele estava ciente de tudo o que não era dito sobre Carrigan.

— Parece que houve uma briga quando Guy deu uma palestra aqui antes do Natal. Carrigan veio por causa disso.

— Ele te falou sobre isso? — Harry negou com a cabeça. — Típico. Aposto que ele também não contou a ninguém. Com ele, é tudo uma questão de poder. Poder e controle. — Lucas virou à direita no fim do corredor e empurrou a próxima porta à direita, com uma placa escrito "Conferência 1". Harry o seguiu até um auditório com vista para uma fileira de estábulos e uma área de paralelepípedos que costumava ser um pátio, mas agora era um estacionamento. O Rover de Harry estava lá, junto com o grande 4x4 de Lucas, que ofuscava a coleção de pequenos carros econômicos. Lucas se posicionou perto da janela. E cruzou os braços.

— Ele te falou que Guy estava lutando contra um Projeto de Lei de Membros Privados na Câmara dos Comuns? — Harry fez que não com a cabeça. — O projeto de lei tem como objetivo apoiar uma "agricultura amiga do planeta" — continuou Lucas. — Guy não concordava com o deputado trabalhista de Bristol East, Damian Allen, que apoiava o projeto de lei. Guy classificava Allen como "ingênuo", argumentando que o projeto iria tirar do mercado os agricultores do Reino Unido, exportaria a produção de carne para países com péssimos padrões de bem-estar animal e faria subir os preços nos supermercados. Houve um bate-boca pesado aqui. Deveria ter sido transmitido pela TV.

— Você viu?

— Sim. E foi bem divertido, por sinal.

— Você conhecia Eddie, então?

— Aha! Você acha que me pegou na mentira! — Lucas sorriu ironicamente. — Não, nós não nos conhecemos naquele momento, lembra? Nos conhecemos no Shard.

— Você falou com Guy quando ele veio dar a palestra?

— Sim. Foi estranho, depois de todo esse tempo. Mas estava tudo bem também. Ele não tinha mudado. Não realmente. Tinha o mesmo senso de decência.

Harry tentava entender as coisas.

— Quando você começou a morar aqui?

— Logo depois do Natal. — Lucas coçou o queixo, e seu olhar começou a ficar distante. — Carrigan está em cima porque, aparentemente, Damian Allen deveria se encontrar com Guy no dia em que ele morreu.

— Ah... — A mente de Harry se dirigiu para Fianna, perguntando-se por que ela estava presa àquela situação. Por que matar Guy *e* a esposa? Ou será que Fianna também tinha testemunhado o assassinato, como Nick? Mas Nick não havia dito nada sobre Fianna estar em casa. Harry sentiu uma onda de frustração por não poder falar com Nick e se virou para olhar para fora, com o céu escurecendo. Cinza e chumbo: parecia que ia nevar novamente. Harry disse:

— Carrigan me contou que a sua mãe morreu faz pouco tempo.

A dor tomou conta do rosto de Lucas muito rapidamente.

— Sim.

— Eu sinto muito. Ela era uma ótima pessoa. Gostava muito dela.

Lucas respirou fundo.

— Sinto falta dela. Ainda não consigo acreditar que ela se foi.

Harry queria perguntar sobre a declaração de Carrigan de que Lucas culpava o policial pelo rompimento do relacionamento com sua mãe, mas, por respeito à perda de Lucas, decidiu que aquele não era o momento certo.

— Ela fazia os melhores bolos — disse Harry. — E ela sempre foi muito gentil comigo. Eu costumava ter inveja de você. Minha mãe era tão nervosa com as coisas, mas a sua não ligava.

— Sim, ela não ligava. — Lucas deu um sorriso desamparado.

Não passou despercebido a Harry que Lucas havia retornado àquela área logo após a morte da mãe.

— Posso prestar minhas homenagens?

— Duvido que ela saiba que você foi lá, mas, mesmo assim, seria legal. Ela está no Cemitério Haycombe.

— Vou passar por lá hoje à tarde.

Lucas estendeu a mão e agarrou o braço de Harry, dando uma sacudida nele.

— Você é um bom amigo, Harry. Sinto muito por termos perdido contato.

Era a oportunidade perfeita para perguntar o que havia acontecido naquele dia com Carrigan, e Harry estava abrindo a boca, já formando as palavras, quando alguém bateu na porta e entrou. Eddie.

Ele olhou para Lucas com cuidado.

— Desculpe interromper, mas alguém está aqui para vê-lo. Eles estão esperando por você na recepção.

— Até mais tarde, Harry.

Lucas acenou para Harry e desaparececeu.

30

Para surpresa de Harry, Eddie não se retirou. Ficou ali com ele.

— Oi — disse ele.

— Oi.

Eddie mudou de posição. Harry esperou.

Eddie obviamente tinha algo em mente.

Finalmente, ele disse:

— Você conhecia Lucas. Ele disse que vocês eram amigos quando crianças.

— Isso mesmo.

— Como ele era?

Harry queria perguntar *Por que você quer saber?*, mas, em vez disso, respondeu:

— Arrogante, confiante, desafiador. Irritante, intimidador. Ele gostava de me assustar, mas era o melhor amigo que se poderia ter. — Harry pensou em Lucas expulsando ele e Guy do celeiro em chamas, preparado para assumir a culpa por eles, e acrescentou: — E ele era incrivelmente leal.

Eddie parecia perplexo, como se Harry estivesse falando em outra língua.

— E você, o que acha de Lucas? — Harry sondou gentilmente. — Ele nem sempre é a pessoa mais fácil de se conviver.

— Isso é um eufemismo. — Eddie deu uma gargalhada forçada. — Mas as crianças o amam. Elas o *veneram*. E ele está realmente tendo um efeito bastante positivo sobre elas.

— Você parece surpreso.

— Será que preciso me preocupar com ele danificando este lugar? Prejudicando as crianças?

Uma apreensão cresceu em Harry.

— De que maneira?

— Não sei. — Eddie esfregou a ponta do nariz.

Harry viu que os olhos do homem estavam avermelhados, a pele ao redor tinha uma coloração roxa escura, como se ele não dormisse há dias.

— Mas você está preocupado.

— Sim — admitiu Eddie.

Harry estava no modo terapeuta, colocando suas opiniões pessoais de lado.

Depois de cerca de trinta segundos, Eddie disse:

— Acho que não gosto dele enchendo a cabeça das crianças com muitas histórias. Não me entenda mal, eu admiro Lucas, ele fez coisas incríveis, mas eu não quero que os garotos se tornem radicais. Eles são incrivelmente vulneráveis, sabe? Os pais estão assombrados pensando que os filhos vão fugir para se tornarem membros da Jihad, mas eles deveriam olhar para mais perto de casa. Não quero acordar um dia e encontrá-los seguindo cegamente Lucas em alguma missão muito perigosa.

— É isso que ele está fazendo? — Harry ficou alarmado. — Radicalizando as crianças?

— Ele não enxerga dessa maneira.

Claro que não, pensou Harry.

— Você falaria com ele? — Eddie perguntou. — Tentar fazê-lo ver que ele... bem, ele realmente não pertence a este lugar.

Harry franziu a testa.

— Eddie, com todo o respeito, você já conversou com Lucas sobre isso?

— Ele não quer me *ouvir*. — O tom de Eddie era de frustração e raiva. — Pensei que ele pudesse te ouvir.

Harry não se sentiu inclinado a interferir no que parecia ser uma associação complexa entre os dois homens, mas a compaixão o obrigou a dizer:

— Vou tentar mencionar suas preocupações, certo? Mas é tudo o que estou preparado para fazer e somente quando o assunto vier à tona.

— Obrigado — Eddie respirou. — Obrigado, Harry.

Os dois olharam pela janela quando Lucas apareceu, andando pelo estacionamento, acompanhado por uma jovem de cabelo escuro e pele pálida. Ela estava apoiada em seu braço e olhando para ele, rindo. Era a garçonete do Old Crown.

— Caramba! — disse Eddie. — Ele não brinca em serviço.

Lucas colocou os braços em volta da cintura da jovem e a beijou longa e profundamente na boca. Depois, gesticulou para a sala de palestras e balançou a cabeça. A jovem parecia desanimada, mas Lucas disse algo que obviamente a motivou, pois ela estava sorrindo enquanto ele a levava até um pequeno carro vermelho. Ele acenou até que ela saiu da vista. *Que cavalheiro*, Harry pensou secamente.

— A polícia já sabe quem matou Guy? — Eddie perguntou.

— Acho que não.

— Mas você está trabalhando com eles. — Eddie parecia confuso.

— Mais ou menos...

— Gostaria que eles agissem rápido e encontrassem quem quer que seja. Quero a polícia fora daqui. Especialmente aquele inspetor.

— Carrigan?

Eddie abriu a boca para falar, mas hesitou.

— Ele não é seu amigo, é?

— Não.

— Bem, ele continua vindo aqui e bisbilhotando, agindo como se não estivéssemos fazendo nada de bom. Somos uma instituição beneficente, pelo amor de Deus. Ajudamos *crianças*. Não somos um viveiro de militantes planejando explodir o Parlamento ou algo assim.

— Ah — disse Harry, quando a ficha caiu. — E acho que ter Lucas aqui não está ajudando.

Eddie assentiu.

— Se Lucas fosse embora, aposto que aquele inspetor nos deixaria em paz. Você sabe que Carrigan tem uma rixa pessoal com ativistas dos direitos dos animais?

— Ele tem? — Aquela tinha sido a primeira vez que Harry ouvira falar sobre isso.

— Desde que sua irmã ficou cega por conta de um ativista a caminho do trabalho no Centro de Pesquisa Candeman. Ouvi dizer que ele quer destruir todos os ativistas radicais do planeta, e dá para entender o motivo, mas ele está procurando no lugar errado. Tirando Lucas, somos simplesmente um bando de agricultores com algumas habilidades de ensino e aconselhamento. Não há um único extremista entre nós. — Seu rosto se contorceu. — Mas o inspetor Carrigan não acredita em mim.

31

Quando Harry chegou à parte do cemitério que o jardineiro havia indicado, o vento frio com granizo ficou mais forte, fazendo-o tremer. Nuvens cinzentas escuras se espalhavam por amplas vistas de campo encharcadas e incolores; uma atmosfera adequada para visitar os mortos.

Não havia muitas pessoas por perto, provavelmente por causa do tempo. A mãe de Lucas tinha sido enterrada lá de forma comunitária, aparentemente. Com o tempo, a ação combinada do clima e da perturbação natural do solo moveria os restos e os espalharia pela terra. Harry gostou bastante da ideia e se perguntou se deveria dizer a alguém que era o que gostaria que acontecesse com ele se de repente fosse atropelado por um ônibus, ou esfaqueado por aquele homem mascarado.

Ele não sabia ao certo o motivo pelo qual havia ido até lá. Por respeito a Lucas, certamente, mas não achava que Isobel Finch soubesse que ele a tinha visitado. Harry achava que, depois que você morre, tudo acaba. Ele não acreditava em Céu e Inferno, ou em reencarnação. Gostava bastante de uma das filosofias tibetanas que dizia: quando morre, você se torna um pensamento pura e simplesmente. Aquilo era estranho... Ser capaz de pensar, mas sem um corpo, nem visão, nem som, nem sentidos. E você seria capaz de falar com outras pessoas que também não seriam nada além de pensamento?

Harry deixou sua mente vagar. Ele pensou em Isobel Finch e na maneira como ela sempre o recebia, fazendo-o sentir-se em casa. Ele se lembrava de seu rosto magro e de seu cabelo encaracolado e macio, sempre enfeitado com fitas. Será que Lucas realmente tinha brigado com ela? Embora Harry soubesse que as famílias podiam se separar a qualquer momento, ainda achava difícil de acreditar. Isobel era tão gentil, tão tolerante...

Seu coração deu um pulo quando algo se moveu sob os galhos caídos de um teixo. Uma figura estava lá. Uma mulher. Ela era pequenina, tinha cabelo cacheado e macio. Todos os pelos do pescoço de Harry se arrepiaram. Ela usava roupas sem graça e, à luz sombria, ele se perguntou se estava imaginando coisas. De repente, se lembrou de uma paciente que havia dito que via fantasmas. Ela o avisou de que, se ele pensasse ter visto um fantasma, nunca, nunca, *nunca* devia olhar para ele, porque o que os mortos queriam mais do que tudo era serem reconhecidos. Uma vez que reconhecesse um fantasma, ele entraria em seu corpo e se alimentaria de sua energia.

Harry não conseguiu evitar a sensação de que algo frio estava tocando sua espinha enquanto a mulher caminhava em sua direção. Seus cachos eram grisalhos e seu rosto magro, enrugado, mas seus passos eram joviais.

— Quem é você? — perguntou ela. — Nunca te vi aqui antes. Quem você veio visitar?

— Estou visitando a mãe de um amigo. Isobel Finch.

— Minha irmã. — Ela pareceu satisfeita. — Quem é o seu amigo?

— Lucas. O filho mais velho de Isobel.

O rosto da mulher imediatamente se contraiu, como se ela tivesse chupado um limão.

— Nesse caso, vou embora.

Ela começou a se afastar. Harry correu atrás dela.

— Desculpe — disse ele. — Mas se importaria se eu te perguntasse uma coisa?

Ela lhe lançou um olhar de desconfiança.

— E o que seria?

— Alguém me disse que Lucas e a mãe dele deixaram de se falar nos últimos três anos.

— Isso é verdade. — Ela continuou andando.

— Por quê? Eu sei que ele nem sempre se deu bem com o pai, mas ele e Isobel... bem, era diferente.

A mulher parou de andar.

— Quem é você?

— Sou Harry Hope. Era o melhor amigo de Lucas.

— Harry Hope? — Ela pareceu surpresa. — Não aquele pequeno monstrinho que trancou o gato no meu quarto com aquele cachorro Airedale Terrier?

Ele não podia acreditar. De todas as pessoas que tinham rancor dele, teve que dar de cara com a tia Lilian de Lucas. Ela não era nada parecida com a irmã, e eles a chamavam de Bruxa. E aqui estava ela, sendo uma bruxa de novo.

— Foi você, não foi? — ela exigiu saber, com o corpo todo arrepiado de indignação.

O garoto dentro dele queria negar — na verdade, foi Lucas quem empurrou o cachorro para dentro —, mas Harry imaginou que tinha sido cúmplice por estar lá. O barulho tinha sido incrível, ele se lembrou. O gato miando e gritando, o cachorro furioso. Por sorte, o gato tinha encontrado refúgio em cima do guarda-roupa, mas o guarda-roupa foi bastante destruído pelas garras do cachorro, e a cama ficou coberta de merda de gato.

— Mas o gato ficou bem — disse ele. — O cachorro também. Nós os deixamos sair bem rápido.

— Vocês dois eram insuportáveis — vociferou ela.

— Desculpe. — Ele sentiu vontade de se encolher, como se tivesse sete anos novamente.

Ela fungou e, sem dizer mais nada, virou-se e foi embora, com seu pequeno corpo se movendo incrivelmente rápido. Harry precisou esticar as pernas para alcançá-la.

— Por favor. Me diga por que Lucas e a mãe dele brigaram.

— Por que você não pergunta para ele? — Ela era azeda.

— Gostaria de ter outro ponto de vista primeiro. Ver o quadro geral. — Era tudo em que ele conseguia pensar. De que outra forma ele poderia persuadi-la?

— De qualquer jeito, ele não te diria — acrescentou ela. — E, mesmo se dissesse, ele mentiria. Ele sempre foi um mentiroso, aquele garoto.

— Por favor — disse Harry novamente, e Lilian parou e o olhou diretamente nos seus olhos. O rancor se aprofundou.

— Nunca gostei de você, Harry Hope. Andando o tempo todo com Lucas, pregando peças em inocentes. Vá à merda.

32

De volta em casa, Harry acendeu a lareira e leu alguns dos jornais de domingo, mas não conseguia se concentrar. Não com o corpo ainda dolorido por ter sido jogado em um chão de pedra, além do fato de seus dedos doerem. As figuras de Lucas, Eddie e Carrigan se agitaram em sua mente. E para onde Chris tinha levado Nick?

Harry ficou feliz quando o telefone tocou, distraindo-o. Era seu filho mais velho, Ben, querendo saber dos preparativos para o sábado seguinte. Ele teria uma partida de rúgbi pela manhã, mas não queria perder se eles fossem almoçar no Seven Stars, seu pub favorito.

— Vou pegar o Tim primeiro e, depois, busco você por volta do meio-dia — disse Harry a ele. — Vou fazer reserva no Stars para uma e meia.

— Maravilha.

Harry tinha acabado de desligar quando alguém bateu na porta. Ele verificou antes de abrir. Theo. O policial chutou seus sapatos e entrou direto, como de costume, indo buscar uma cerveja Black Sheep na cozinha.

— Não está de serviço? — perguntou Harry.

— Na verdade, estou. Mas também estou exausto e precisando de combustível.

Theo serviu a cerveja e tomou um longo gole. Ele exalou. Seu cabelo estava despenteado e suas roupas amarrotadas. Parecia ter trabalhado a noite toda.

— E como estão indo as coisas? — perguntou Harry, com cautela.

— Ainda não pegamos o assassino, se é isso que você está querendo saber. — Theo caminhou até a sala de estar e se sentou em uma poltrona, esticando os pés em direção ao fogo. Ele usava meias combinando, em tom azul-marinho. — Sem a sua ajuda, é claro. — O tom dele era amargo.

— Tá bom, tá bom. — Harry ergueu as mãos para evitar outro sermão. — Teve sucesso com o paradeiro de Chris Rossi?

— Ela retirou mil e quinhentas libras de um caixa eletrônico em Plymouth. Metade ontem à noite, metade hoje de manhã.

Isso poderia manter duas pessoas por um tempo, Harry ponderou.

— Duvido que ela esteja lá. Acredito que ela vá tentar de tudo para despistar sempre que aparecer.

— Estamos fazendo um apelo à população — disse Theo. — Vai passar na TV hoje à noite. Se isso não nos ajudar a encontrá-los, nada vai ajudar. Eles vão ser imediatamente reconhecidos aonde quer que forem.

Eu não apostaria nisso, Harry pensou.

— E as impressões digitais na arma?

— Não encontramos nenhum resultado compatível. — Theo mexeu os dedos dos pés. E bebeu mais um pouco de cerveja. — Soube que você esteve no Eddie mais cedo. O que acha dele? Da fazenda em si?

— Acho que ele está fazendo um trabalho muito bom sob circunstâncias difíceis. — Harry explicou sobre a ansiedade de Eddie em relação a Lucas. — É como ter um falcão-peregrino aninhado com um bando de pássaros bebês, e isso o tem deixado muito desconfortável. Carrigan tem bisbilhotado um pouco também, ele me disse. Isso também o tem perturbado.

Theo deu um grunhido.

— O que você acha de Carrigan? — Harry não resistiu em perguntar.

— Ele nunca vai ser meu melhor amigo, mas não posso falar nada dele como policial.

— Por que ele está na equipe de investigação?

— Ele pediu para trabalhar no caso.

— Mas ele trabalha para a Unidade de Inteligência de Ordem Pública. Não entendo a conexão.

Theo tomou outro gole de cerveja.

— Em *off*, correm rumores de que a Fazenda do Eddie tem permitido reuniões clandestinas de ativistas.

— Você está de brincadeira.

Theo fez que não com a cabeça.

— Nós queremos saber se Guy Bowman pode ter irritado um deles durante a palestra. Aparentemente, ele não fez muitos amigos naquele dia, e, desde então temos 25 ativistas radicais na nossa lista de vigilância, e qualquer um deles poderia ter estado lá...

— Mas é uma instituição beneficente para crianças! — Harry protestou.

— O disfarce perfeito, não acha? — Theo parecia imperturbável.

Harry se inclinou para a frente.

— Se souberem que você está investigando a fazenda por achar que ela está abrigando extremistas, isso pode prejudicá-la de modo irreparável. Os pais não vão querer mais mandar os filhos para lá.

— Isso passou pela minha cabeça. — Theo esfregou o rosto. — Mas as evidências são convincentes. Seu velho amigo Lucas está tramando alguma coisa. Só não sabemos o quê.

Harry estava consternado. Lucas estava usando a fazenda como base para lançar uma de suas operações? Será que Eddie sabia que isso estava acontecendo? Isso explicaria a palidez do homem, a razão pela qual ele não estava dormindo. E como Lucas tinha tomado o controle da fazenda para cuidar dos seus próprios interesses? Eddie pode até ter apoiado a escalada do Shard, mas receber um bando de ativistas potencialmente violentos em sua casa era demais.

— Inferno! — disse Harry.

— Tal pai, tal filho, Carrigan me disse. — A voz de Theo estava cuidadosamente nivelada. — Você sabe que o pai de Lucas foi presidiário?

— Sim. Ele passou um tempo preso quando Lucas tinha uns nove anos, e outra temporada antes de Lucas se formar na escola.

— Para todos os efeitos, ele é osso duro de roer. Ele pegou seis anos por ter travado uma guerra de violência e terror contra um centro de pesquisa médica que usava animais para testar seus produtos.

Os ouvidos de Harry zumbiram.

— Não é o Centro de Pesquisa Candeman?

Theo ergueu as sobrancelhas.

— Como você sabe?

— A irmã de Carrigan trabalhava lá. Ela ficou cega por conta de um ativista, ou algo assim, segundo o que Eddie me contou. Estou certo? — A expressão de Theo se fechou. — Por favor, não me diga que Carrigan está em uma cruzada pessoal porque Lucas está na cidade.

Theo virou o copo nas mãos.

— Sabe, apesar de tudo que está se apresentando no momento, não estou totalmente convencido de que Eddie não está jogando dos dois lados... — Theo se encolheu e enfiou a mão no bolso. Leu a tela do telefone. Ele se levantou de um salto. A energia crepitava ao redor dele. Caminhou até a porta da frente, falando enquanto andava. — Fianna recuperou a consciência. Disseram que eu posso falar com ela. — Ele calçou os sapatos e olhou para Harry. — Quero que você venha comigo. Para fazer seu trabalho cheio de sensibilidade.

33

Fianna estava sentada meio ereta na cama, com o rosto pálido e tenso. Seus pais estavam lá, junto com seu irmão, mas, quando Theo se apresentou, bem como a Harry, eles — embora com relutância — concordaram em se retirar. A mãe de Fianna segurou a mão da filha contra sua bochecha antes de sair, engolindo em seco e tentando não chorar.

— Estaremos lá fora, amor.

— Sim, mãe. — Fianna sorriu, mas de maneira fraca e pouco convincente; estava mais absorvida em olhar para Theo. Harry detectou sua cautela, mas não conseguia perceber se era porque ela estava na cama e se sentia em desvantagem ou se era simplesmente pelo fato de Theo ser um policial. Fianna cumprimentou Harry, contudo, com algo semelhante a carinho.

— Harry — ela respirou, todo o seu ser amolecendo enquanto ele dava um passo para o lado da cama dela. — Que gentileza em vir aqui. Acho que tenho que te agradecer pela minha vida. — Ela ofereceu uma mão e ele a pegou, segurando-a por um momento.

Ele disse:

— Falaram que você vai se recuperar completamente.

— Contrariando a vontade do desgraçado que me colocou aqui.

— Do que você se lembra? — perguntou Theo.

— Dor — disse ela. — Terror. — Ela tremeu.

— Você está segura agora — Harry se apressou em tranquilizá-la. — Você está bem. Eu sei o quanto isso vai ser difícil, mas, se puder nos dizer o máximo possível, isso nos ajudará a pegá-lo.

— Eu sei, mas mesmo assim... — Ela respirou fundo. Continuou a tremer, mas tinha assumido o controle de seu terror. Mulher corajosa. — Um homem tocou a campainha. Ele disse que era da funerária e que tinha algumas coisas para eu assinar. Havia algo errado com o rosto dele, mas não percebi que ele estava usando uma máscara até que já era tarde demais. Ele forçou a entrada e eu tentei lutar, mas ele fez alguma coisa no meu pescoço. Uma coisa tão dolorosa que eu desmaiei...

— Ele provavelmente atingiu sua artéria carótida — observou Theo. — É a que fornece sangue ao cérebro.

Fianna disse que, quando acordou, estava amarrada a uma cadeira na cozinha, onde ele a obrigou a engolir um punhado de comprimidos com vinho e uísque.

— Tentei cuspir, mas ele segurou minha boca fechada. Ele era tão *forte*. E, quando tentei virar a cabeça para o lado, ele segurou minha mandíbula e apertou meu nariz até que eu precisei respirar. Foi quando ele enfiou mais comprimidos entre meus dentes e entornou ainda mais bebida... Foi horrível. Eu ficava engasgando, vinho por toda parte, e fiquei bêbada tão rápido que não consegui mais lutar direito... — Ela começou a chorar. — Fiquei muito tonta. Rezei para vomitar, mas foi tudo tão rápido e eu sabia que ia morrer, mas não conseguia fazer nada a respeito. Eu desmaiei. Foi isso, até eu acordar aqui.

Houve um barulho do que parecia um carrinho passando do lado de fora e, então, Theo disse:

— Você ligou para a polícia quando se preocupou que seu marido não tivesse voltado para casa.

— Liguei? — Ela lambeu os lábios. Pegou um copo com um canudo na mesa ao lado dela e tomou um gole. — Sinceramente, não consigo lembrar, mas sim, acho que sim.

— Sim, ligou. — Theo checou seu caderno. — Você disse ao sargento de plantão que estava preocupada com uma reunião que Guy teria naquele dia. Você estava preocupada que essa pessoa pudesse ter feito algum mal a ele.

— Não lembro. — Fianna ficou focada em mexer em seu copo. — Para ser sincera, o coma realmente bagunçou minha memória. Consigo lembrar do ataque, mas nada antes dele. Peço desculpas.

Pela maneira como Fianna se recusava a olhar para Theo, Harry tinha quase certeza de que ela estava mentindo. Por quê?

— Se você se lembrar da pessoa com quem Guy estava se encontrando — perguntou Harry —, vai nos contar?

— É claro. — A resposta dela veio quase rápido demais. Outra mentira?

— Por que essa pessoa faria mal a Guy?

— Não sei, sinto muito.

Harry imaginou que Fianna acreditava que o homem que Guy tinha encontrado era o mesmo que tentara matá-la. Ela estava apavorada com a possibilidade de que o homem fosse atrás dela novamente. Ela pensava que, se ficasse calada sobre sua identidade, ele poderia deixá-la em paz. Eles teriam mais sucesso em voar até Marte do que em conseguir arrancar um nome dela naquele momento.

Harry disse:

— Theo, você tem uma cópia do bilhete que encontramos?

— Que bilhete? — Fianna franziu a testa.

— Vou pegar — disse Theo. Ele pegou o telefone e enviou uma mensagem de texto. Enquanto esperavam por uma resposta, Theo fez uma série de perguntas a Fianna, desde quando seu agressor tinha aparecido até o nível de ruído do seu ataque e onde seus vizinhos poderiam estar. Em seguida, Theo checou o telefone e o trouxe para Fianna dar uma olhada. Harry ficou observando por cima do ombro dela para refrescar sua memória.

Meu querido,

Não importa o que aconteça, ou quanto tempo demore, vou esperar por você. Lembre-se de que sempre te amei e de que meu amor nunca vai falhar.

F

Fianna olhou fixamente para o celular, para a imagem do bilhete.

— Onde você encontrou isso?

— É a sua letra? — perguntou Harry.

— Sim. *Onde você encontrou isso?* — O tom de voz dela tinha subido.

— Na sua mão. Quando te encontrei no sótão.

— Não — ela sussurrou e olhou para Theo. Os olhos dela estavam enormes. Sua pele endureceu, adquirindo uma qualidade translúcida e fazendo-a parecer assombrada, perturbada. — Eu escrevi isso, mas não agora. Quero dizer, não recentemente. — Ela olhou de novo para o bilhete. — Escrevi isso há mais de catorze anos.

34

Harry estava voltando para casa, repassando mentalmente o interrogatório com Fianna, quando seu celular tocou.

— Alô?

— Harry, onde diabos você está? — O sotaque australiano reverberou alegremente por meio de sua conexão Bluetooth.

Ele olhou para o relógio do painel. Sete e dez. Não conseguia acreditar. Como pôde ter esquecido?

— Estou a caminho. Literalmente a cinco minutos, não mais que isso.

— Você não esqueceu, né? — Jessie parecia estar se divertindo.

— Não, não — vociferou ele. — Claro que não.

— Que mentira! — Ela riu. — Você pode pagar a primeira rodada e depois me levar para jantar.

Ele não foi para casa para trocar de roupa e escovar os dentes ou o cabelo. Dirigiu até o final da rua e correu até Bannerdown, passando por Colerne antes de cair na Ford.

Correu do estacionamento até o bar, chegando desgrenhado e muito agitado. Jessie estava sentada em um banquinho em frente ao bar, sorrindo para ele. Ele imediatamente se sentiu melhor.

Ela estava bebendo vinho tinto.

— Um Shiraz australiano.

Harry pediu o mesmo e pegou o banquinho em frente a ela.

— Então — disse ela. — Onde você estava? Teria que ser um lugar que te absorvesse muito para você esquecer do nosso encontro. — Ela estava brincando com ele, que percebeu.

— No hospital. Visitando a esposa de Guy, Fianna.

Jessie franziu a testa e enrolou uma mecha de seu cabelo vermelho encaracolado.

— Não sabia que ela tinha acordado. Como ela está?

— Se recuperando.

— Ela sabe quem a atacou?

Sem ter certeza do quanto de informação era de domínio público, Harry tentou ser cuidadoso com o que dissesse.

— Ela não disse. Theo estava comigo. Inspetor McCannon.

— Ele é seu amigo.

— Ele mora na minha rua — admitiu Harry. — Nós compartilhamos uma cerveja aqui, outra ali.

Jessie sorriu.

— Então ele é seu amigo. Pare de ser tão tenso, Harry. Calma.

— Não sou tenso. Sou inglês.

— Dá no mesmo. — Seus olhos brilharam. — Como você conheceu Theo?

— Em um pub.

— E você está ajudando neste caso, certo? — Ela se inclinou para a frente. O decote em V de seu suéter se abriu ligeiramente e ele vislumbrou um pouco de seus seios e um sutiã preto rendado.

De repente, foi difícil não imaginar como ela era na cama.

— Na verdade, não — disse ele.

— Mas você tem conversado bastante com Eddie e Lucas. Eddie está realmente com os nervos à flor da pele. — Ela fez uma careta. — Estou começando a me perguntar se não deveria dar a ele um sanduíche de Prozac no café da manhã. Ele parece que se beneficiaria disso.

— Acho que ele está preocupado com as coisas na fazenda — disse Harry, com cautela. — Por exemplo, a potencial influência de Lucas sobre os garotos.

— Diria que ele não está de todo errado.

Jessie fez mais perguntas sobre o caso, quem Theo pensava ter matado Guy, quais pistas a polícia estava seguindo.

— E o que você acha do inspetor Carrigan? Parece que não conseguimos nos livrar dele. Ele deixa todo mundo nervoso, inclusive eu.

— Ele é ótimo em perturbar as pessoas.

— Você sabe o que ele me disse? "No meu mundo, eu sou Deus." Ele ficou lá, olhando para mim como se fosse Júlio César e eu, a escrava dele. Ele me irritou, mas uma parte de mim ficou realmente assustada.

— Não se sinta. — A voz de Harry estava quente. — Ele é metido a valentão e vai te intimidar se achar que pode escapar impune. Eu o ignoraria. Coloque-o na lixeira do seu cérebro. Um lixo que cheira tão mal quanto você pode imaginar.

— Um lixo fedorento — disse ela, pensativa.

— Perfeito.

Ela passou o dedo pela borda de sua taça de vinho, fazendo-a zumbir. Como seu corpo, suas mãos eram pequenas e elegantes, com unhas curtas e práticas de pontas quadradas. Harry se perguntou como seriam as mãos dela em seu corpo e imediatamente sentiu a pele começar a esquentar. Ele desviou o olhar.

— Foi você quem encontrou Nick? — perguntou ela.

— As notícias correm rápido. — Ele pareceu surpreso.

Ela gesticulou para as mãos dele, os nós dos dedos machucados.

— As notícias também disseram que você deu ao desgraçado o que ele merecia.

— Eu tentei. — Ele suspirou.

— Quem sabe vai ser melhor da próxima vez, hein?

Ele olhou pela janela, para as pedras antigas brilhando úmidas sob a luz laranja da rua.

— Então, o que você faz quando não está bancando a general na fazenda?

— Eu pratico espeleologia. — Estava tão longe do que ele esperava que, por um momento, ficou mudo. — É uma prática de exploração de sistemas de cavernas naturais — acrescentou ela, inexpressiva. Mais uma vez, ele percebeu: ela o estava provocando.

— Você não tem medo do escuro.

— Não.

— E não é claustrofóbica.

— Não.

Impressionante, pensou ele.

— O que você faz para se divertir? — ela lhe perguntou.

Harry ficou em silêncio.

— Como assim?! — Ela se inclinou novamente, os cotovelos sobre a mesa e mostrando parte dos seios macios. — Você tem que fazer alguma coisa para relaxar depois de aconselhar todas aquelas pessoas.

Sexo, ele pensou.

— Você parece levar jeito para algum tipo de esporte — disse ela. — Futebol? Polo aquático?

Ela o estava bajulando, ele pensou, aproveitando bem a sensação.

— Eu jogava rúgbi, mas isso foi...

— Há muito tempo — ela completou, fazendo-os rir.

Eles terminaram suas bebidas e foram para o restaurante. A conversa fluiu fácil, com cumplicidade. Sem estresse, como diria Jessie.

Olhando para o pudim no prato, Jessie disse de repente:

— Isto é muito bom.

— Humm. — falou Harry, com a boca cheia de pudim de caramelo. — Delicioso.

— Não, seu idiota. *Isto*. Eu, você, o jantar.

— Ainda não paguei. Posso sair correndo e te deixar com a conta.

Depois do café, Harry pagou a conta. Ele a ajudou a vestir o casaco acolchoado e, depois, a acompanhou até o carro, um Mini Cooper vermelho todo sujo de lama. Ela se virou e olhou para ele. Ele não sabia o que ela estava pensando. Ele queria desesperadamente beijá-la, mas não sabia se deveria. Será que era melhor esperar até o segundo encontro? Ou se jogar direto? Deus, ele não queria errar.

Ela deu um passo à frente e, assim que se aproximou, deu um beijo em sua bochecha.

— Obrigada pelo jantar. Foi muito legal.

Ele retribuiu o beijo.

— Foi um prazer — disse ele, falando sério. — Posso te ver de novo? Amanhã ou depois?

Uma sombra cruzou o rosto dela, e ele se encheu de remorso por parecer muito ansioso.

— Desculpe. — Ele deu um sorriso de arrependimento. — Não sou muito bom nisso.

— Não, não — encorajou ela. — É só que... — Ela mordeu o lábio, desviando o olhar. Parecia estar ponderando alguma coisa, revisando uma variedade de opções. A última pessoa que ele tinha visto na mesma zona mental de avaliação tinha sido Eddie, quando Lucas o atormentou.

— O que há de errado? — perguntou Harry.

— Bem... tem muita coisa acontecendo na fazenda com a polícia rondando. Além disso, alguns caras vão chegar de Londres e eu quero estar lá quando eles vierem. Eddie me disse que não... não confia neles totalmente.

Um alerta tomou conta de Harry.

— Quem são?

— E quem é que sabe? — A testa dela endureceu. — Não faço a menor ideia. É por isso que eu quero estar lá 24 horas por dia, sete dias por semana, para apoiar o Eddie até que eles saiam.

Havia algo estranho na explicação dela, mas Harry não conseguia definir o que era. Por um momento, ficou tentado a ignorar sua intuição, mas, com Nick ainda em perigo e o assassinato de Guy, ele disse:

— Tem algo que você não está me contando.

Um olhar de avaliação surpreendentemente intenso apareceu em seu rosto. Ela era, Harry percebeu, uma mulher extremamente autoconfiante e segura. Jessie respondeu:

— Você está certo. E um dia vou te dizer o motivo, mas não hoje. Tudo bem?

Ele gostou do fato de que ela não mentiu ou encobriu, mas reconheceu sua evasão. Será que estava tentando proteger Eddie para o caso de essas pessoas serem ativistas, encontrando-se clandestinamente na fazenda dele? Ou era algo completamente diferente?

— Quando eles vão embora? — perguntou Harry.

— Quinta-feira.

— Nesse caso, eu ligo para você na sexta para ver como andam as coisas.

Ela sorriu para ele, seu rosto se iluminou.

— Tudo bem. Sexta-feira então. — Ela beijou sua bochecha novamente, dando um passo em direção ao seu peito e o abraçando de corpo inteiro.

Harry dirigiu para casa pensando que não se sentia tão animado havia anos. No entanto, quando estacionou o carro, seu humor já estava modificado pelas informações que havia coletado de Jessie. Ligou para Theo, mas caiu na caixa postal do inspetor.

— Tenho uma coisa interessante para você — disse Harry. — Me ligue de volta.

Não era tarde, mas ele se sentia exausto após as últimas 24 horas. Mal conseguia colocar um pé na frente do outro. Iria direto para a cama, decidiu. Sem uísque, sem TV, só cama.

Estava bocejando enquanto caminhava até a porta da frente, puxando as chaves. As luzes de segurança se acenderam e, ao mesmo tempo, o telefone tocou.

Era Jessie.

— Você está bem? — perguntou ele.

— Muito bem, obrigada. Só queria agradecer por ter sido tão compreensivo mais cedo. Muitos caras não fariam isso. E eu vou te contar, prometo.

Para ter ligado para ele, Harry percebeu que o que quer que Jessie estivesse escondendo tinha que ser importante.

— Seja lá o que for — disse ele —, eu te levo para jantar de novo e você pode vir para casa comigo e me mostrar como fazer mais daquele seu café fantástico.

E uma transa fantástica, pensou ele.

— Combinado. Durma bem, Harry.

— Você também, Jessie.

Ele tinha acabado de colocar o telefone no bolso quando ouviu um raspar suave de cascalho atrás dele. Depois outro.

Pareciam passos. Alguém tentando se ajeitar.

Ele segurou a chave deixando sua ponta afiada emergir pelos dedos. Ele sabia que isso dificultava o ataque a alvos de linha baixa, mas era bom para mirar nos olhos, na garganta e no pescoço.

Respirando fundo, Harry se virou, mas não havia ninguém lá.

— Olá? — gritou ele. — É você, Plover? — Ninguém respondeu. Nada mudou.

Um motor deu a partida. Não muito longe, talvez a vinte metros de distância. Harry correu para a estrada, mas, quando chegou lá, tudo o que viu foram duas luzes vermelhas desaparecendo na esquina.

35

A sessão de Harry com Louise logo na segunda-feira de manhã o deixou deprimido. Ela continuou a se autoflagelar tanto quanto havia feito quando entrara em seu consultório, três meses antes. Ele tinha, entretanto, aprendido muito com ela, e estava começando a entender muito melhor sua própria relação com a mãe. Mas será que era correto continuar tratando Louise? Uma coisa era usar Louise para melhorar suas habilidades terapêuticas para benefício de futuros clientes, e outra bem diferente era fazer isso à custa dela. Ele achava que estavam avançando, mas ela lhe contou que tinha engordado dez quilos. *Dez*! Ele não havia notado, graças às roupas largas e sem forma que ela sempre vestia.

Harry suspirou. Olhou pelo para-brisa para a rua onde ele e Guy haviam morado. As mesmas casas geminadas, os mesmos jardins frontais elegantes e muros baixos, com pequenos portões. Dirigira até lá por impulso — não visitava aquele lugar fazia anos. Ele não tinha motivos para isso desde que seus pais se mudaram, e não tinha certeza do que estava fazendo lá. Ele se sentia inquieto, estranhamente desconfiado, e se perguntou se era pelo fato de ter encontrado a Bruxa — a irmã de Isobel Finch — no cemitério no dia anterior ou se era algo mais obscuro.

Talvez Fianna tivesse acionado um alerta dentro dele. Depois que confessou ter escrito o bilhete, ela se calou, recusando-se a divulgar para quem o tinha escrito, fosse para um homem ou uma mulher, alguém da família ou uma criança. Ela havia se fechado, e, não importava o que Harry ou Theo tentassem, não funcionara. Eles deixaram o hospital frustrados.

— Venha vê-la de novo — pediu Theo a Harry. — Faça sua mágica.

— Ela está protegendo alguém. Pode até mesmo ser Guy. Não tenho certeza se vou conseguir persuadi-la.

— Tente.

Harry recostou-se contra o encosto de cabeça e olhou ao longo da rua. As memórias o inundaram. O gato e o Airedale brigando. O carro velho descendo a encosta. Os saltos dos trilhos de um trem em alta velocidade. Medo, adrenalina e excitação. Provavelmente nunca havia se sentido tão vivo quanto naqueles dias.

Guy tinha sentido a mesma coisa? Será que ele havia sentido falta de sua parceria com Lucas tanto quanto Harry? E a culpa coletiva deles? O sr. Evans havia morrido queimado ao tentar salvar sua vaca leiteira favorita. Um bom homem, morto por causa da brincadeira de três garotos de nove anos de idade.

De repente, Harry sentiu vontade de desabar e chorar. Ele pensara que havia superado a possibilidade de sentir pesar pelo fazendeiro depois de tanto tempo, mas a dor em seu coração permaneceu como uma nuvem distante, carregada de vergonha.

Ligando o carro, ele dirigiu até o final da rua e virou à esquerda. Pegou a próxima à direita. Encostou. A antiga casa de Lucas ficava na esquina. Por um momento, Harry não conseguiu acreditar. Ele estava preparado para que alguém tivesse se mudado, comprado e tirado o imóvel de sua costumeira bagunça caótica, mas voltou a ter nove anos novamente quando olhou para a casa de Lucas. As únicas coisas novas eram as ervas daninhas e as amoreiras brigando por espaço entre um galinheiro velho e pedaços de tela de arame para coelhos, mas o mesmo radiador enferrujado estava lá, junto com uma pilha de tijolos.

Harry foi até a porta da frente. Acima da campainha, escrito com caneta esferográfica e coberto por uma tira de fita adesiva, estava um aviso: *Não funciona, bata na porta.* Harry bateu.

Imediatamente, o que parecia ser uma dúzia de cachorros começou a latir. A isso, seguiu-se o grito de um homem de "Calem a boca!", o qual não teve efeito. Os latidos aumentaram e, antes que Harry pudesse correr para a rua, a porta se abriu e quatro cães de tamanhos e pelos variados foram catapultados para fora. Eles ficaram em silêncio enquanto inspecionavam suas pernas e sapatos.

— Eles só latem, não mordem — observou o homem na porta.

Ele estava na casa dos sessenta anos, com ombros estreitos, a cabeça raspada e olhos azuis penetrantes. Tatuagens ao redor dos braços e do pescoço. Harry sentiu o cheiro de cigarro e de comida frita flutuando pela porta.

— Senhor Finch — disse Harry.

— Você não vai me intimar, né? — Os olhos do homem brilhavam com uma mistura de humor e vigilância, e, naquele momento, ele se parecia tanto com Lucas que Harry ficou sem fôlego.

— Não — Harry conseguiu responder. — É só que... Bem, sou Harry Hope. Eu era...

— Você está de brincadeira?! — A cautela desapareceu, substituída pelo prazer. — Claro que você é Harry! Caramba, cara, eu não te vejo há... Merda. Dez, quinze anos?

— Vinte — disse Harry. — Meus pais se mudaram desta região quando eu fui para a universidade, em 1998.

— Caralho! — O pai de Lucas estava balançando a cabeça. — Vinte anos. O tempo voa! — Sua atenção de repente foi direcionada para algo atrás de Harry.

— Olá, querida. Tudo bem?

— Sim.

Harry olhou em volta e viu uma garota rechonchuda empurrando um carrinho de bebês duplo, com o telefone preso na mão direita.

Harry se virou.

— Sr. Finch. Queria dizer que lamento muito pela morte de Isobel.

— Pode me chamar de John. Me chamar de senhor me faz sentir como se tivesse cem anos. Olha, você quer entrar? Não preciso sair hoje.

— Obrigado.

John Finch assobiou para os cachorros, que correram para dentro. Embora o lugar cheirasse a cigarro velho, estava surpreendentemente em ordem. Mais arrumado do que Harry se lembrava. A louça estava lavada e as tigelas dos cachorros estavam limpas. O chão e os tapetes também pareciam bem decentes, como se fossem cuidados com razoável regularidade.

— Ela estava com câncer — disse John Finch a Harry. — Ela sofreu com dores de estômago durante uns seis meses e, quando finalmente consultou um especialista, foi diagnosticada, mas era tarde demais. Ela morreu cinco semanas depois.

— Sinto muito.

John Finch fez uma cara triste.

— Foi uma época terrível, mas não há nada que você ou eu possamos fazer a não ser seguir em frente. Posso te oferecer alguma coisa? Um chá, ou algo mais forte? Tenho cerveja, se você quiser.

— Chá seria ótimo.

Na caneca de Harry havia os dizeres "Resgatado é a minha raça preferida." Na de John Finch, "Não há desculpa... para o abuso de animais."

Eles se acomodaram na sala de estar, que era, e ainda parecia ser, o sistema nervoso central da casa, de plano aberto com a cozinha, com portas abertas que davam para o corredor e uma pequena estufa. Havia menos pelos de cachorro do que Harry se lembrava. Uma atmosfera menos aconchegante também, provavelmente porque Isobel não estava mais lá. Uma grande cesta de piquenique repousava no meio da sala — uma mesa de centro improvisada —, contendo duas pilhas de revistas e jornais, além de um punhado de recortes. Harry apontou para uma cópia antiga do *Daily Mail*.

— Posso?

— Por favor.

Ele o pegou. A manchete dizia:

Preso ativista pelos animais

Era datado de pouco mais de dois anos antes. Harry olhou para a foto do ativista — que estava sorrindo enquanto acariciava um gato sonolento — e, depois, para John Finch.

— Gato bonito.

— Ela fica zanzando por aí. Enlouquece os cachorros. Tive sorte de mantê-los depois da morte de Izzy, pois só fui solto recentemente.

Harry gostou do fato de o homem não haver escondido o fato de ter sido preso, mas não tinha tanta certeza quanto a manter o jornal em um lugar de destaque. Sim, o homem havia estado na primeira página de um grande jornal nacional, mas deixá-lo onde não se poderia perder de vista cheirava a egocentrismo. *Talvez tenha sido daí que Lucas tirou sua enorme autoconfiança*, pensou Harry.

— Quando você saiu? — perguntou Harry.

— Sexta-feira retrasada. — Ele deu um sorriso torto. — Bem a tempo para o fim de semana.

Algo estremeceu dentro de Harry. Guy foi morto na terça-feira seguinte. John Finch teve alguma coisa a ver com o assassinato de Guy?

Um cachorrinho vagamente parecido com um Border Terrier se aproximou, encostou a cabeça no joelho de Harry e olhou para ele de maneira apelativa. Harry o acariciou de modo obediente.

— Quem cuidou deles, então?

— Um abrigo para animais. Deus os abençoe.

Ainda fazendo carinho no cão, Harry examinou o recorte do *Daily Mail*. Aparentemente, John Finch havia pintado os carros das pessoas com as palavras "assassino de cachorrinhos", "pervertido" e "escória" usando tinta vermelha. Ele havia enviado mensagens de texto abusivas para funcionários de um laboratório de testes em animais, além de ter feito telefonemas ameaçadores dizendo que os torturaria e estupraria, incendiaria suas casas. A campanha de ódio durou três anos. Ninguém sabia quem estava por trás daquilo, mas um informante acabou por denunciá-lo, e o inspetor Carrigan, da Unidade de Inteligência da Ordem Pública, fez a prisão.

— Carrigan — disse Harry.

Uma expressão de puro ódio tomou o rosto de John Finch. Inclinando-se para Harry, ele apontou o dedo em direção ao seu rosto. As veias de seu pescoço se destacaram. A voz dele tremeu quando falou.

— Nunca mais, *nunca mais mesmo* diga esse nome na minha casa.

Harry engoliu em seco.

— Tudo bem.

John Finch virou a cabeça e cuspiu.

— Se ele morrer hoje, já vai tarde. Ele me persegue desde sempre. Lembra quando ele veio aqui? Vinte anos de idade e já era um péssimo policial. Fez da minha vida um inferno. — A expressão de John se tornou maliciosa.

— Você sabe sobre a irmã dele? Que alguém jogou ácido na cara dela?

— Não. — Harry sabia que ela tinha ficado cega, mas não como.

— Foi muito bem-feito. Ela tinha feito experiências com animais. Cães adultos e filhotes, pelo amor de Deus. Gatinhos forçados a fazer cirurgias de que não precisavam e a ficar deitados com as feridas abertas e infeccionadas, com as costas raspadas e produtos químicos derramados sobre eles. Ela os alimentava à força com pesticidas e produtos químicos. Ela era *do mal*. Os animais são nossos amigos. Eles não pedem para ter uma vida de terror e dor.

Harry ficou imóvel. O cachorro não moveu a cabeça de seu joelho.

— Não tive nada a ver com a desgraça da senhorita Carrigan. — Finch se tornou presunçoso. — Eu estava a quilômetros de distância na época, mas aplaudi de pé a garota que fez justiça com aquela vagabunda. Kayleigh Lawrence, minha heroína. Deu à irmã de Carrigan uma dor que ela não havia pedido, é isso aí.

Ele estava saboreando o que dizia, e Harry percebeu. Fora por isso que Carrigan tinha ido atrás dele. John Finch tinha se deleitado com o terror e a agonia sentidos pela irmã de Carrigan.

— Ele só me pegou da última vez porque algum filho da puta me delatou.

O ar ficou pesado com um opressivo cheiro de ódio.

Harry mudou de posição. O cão se aproximou. Finch estava sentado com as mãos nos joelhos.

— O que você achou das opiniões de Guy Bowman sobre a agricultura amiga do planeta? — perguntou Harry.

— Estúpidas — zombou John. — Assim como o próprio Guy. Um merda, pensando que escaparia impune por ter impedido o projeto de lei.

— Ouvi dizer que a lei poderia forçar os fazendeiros britânicos a enviar seus animais para países com padrões de bem-estar precários — disse Harry, suavemente.

— Esse é o argumento-padrão que os ignorantes usam. Um monte de merda. Guy também teve o que merecia.

Harry detectou que ele estava sendo combativo pelo prazer de ser combativo, e não respondeu.

Finch jogou o sachê de chá usado na lixeira.

— Até que ele era bonzinho quando criança. Pena que tenha se tornado um completo idiota depois que cresceu.

— A polícia está preocupada que o assassinato dele possa estar ligado de alguma forma à Fazenda do Eddie. Você conhece a fazenda?

— Você está falando daquele lugar que acolhe crianças problemáticas? — O tom dele era casual.

— Sim.

— Já ouvi falar sim. Mas nunca estive lá.

Harry esperou que ele perguntasse por que a polícia pensava que a Fazenda do Eddie poderia estar implicada na história, mas, em vez disso, Finch disse:

— Então, como estão sua mãe e seu pai? Ainda estão trabalhando no Royal United Hospital?

Eles conversaram sobre os pais de Harry por um ou dois minutos, até que o cachorro se afastou, derrubando uma pilha de recortes de jornal no chão. Harry os pegou e viu que quase todos se referiam às aventuras de Lucas. Havia uma foto dele recém-libertado da prisão na Austrália por protestar contra uma mineradora que queria escavar uma vasta área de floresta tropical, e outra no Congo, destacando a situação potencial de 350 elefantes caso a extração de petróleo continuasse. Harry folheou-os com cuidado.

— Você tem bastante orgulho dele.

— Isobel colecionava — disse Finch rapidamente. — Não eu.

— Você sabe que Lucas está de volta?

— Sim. Ele veio para o funeral da mãe.

— Ouvi dizer que vocês não se falam mais — comentou Harry.

— Não por minha causa.

— O que aconteceu?

— Ele saiu de casa um dia e nunca mais voltou. — John deu de ombros, displicente. — Nunca mais tivemos notícias dele.

Não é verdade, pensou Harry, porque Lucas havia mantido contato com Isobel. Ele sabia disso graças à sua própria mãe, que conhecia uma amiga de uma amiga de Isobel. Harry podia entender Lucas virar as costas para o pai, um agressor de crianças e mulheres, mas por que Isobel e Lucas brigaram? Isobel adorava o filho mais velho, e Lucas sempre falava dela com muito carinho.

— Ele fez coisas impressionantes. — John Finch veio sentar-se ao lado de Harry e lhe mostrou mais recortes. — Ele começou a PCCA há dezoito anos. Só ele e uma namorada. Veja como está agora.

A PCCA, Prevenção à Crueldade Contra os Animais, era uma instituição bem conhecida, e Harry concordou que era mesmo impressionante.

Finalmente, estava na hora de ir. Na porta, os dois homens apertaram as mãos, mas, antes que Harry pudesse se virar e ir embora, John Finch disse:

— Um conselho? — Harry fez uma pausa. — Fique longe da Fazenda do Eddie, tá? Não gostaria que você se envolvesse em algo de que possa se arrepender.

36

Depois de ligar para Theo a fim de informá-lo sobre sua conversa com John Finch e deixar mais uma mensagem, Harry foi para casa e encontrou um técnico da polícia com uma caixa de metal e um comportamento efusivo.

— O chefe me disse que acha que você pode estar sendo grampeado — ele começou a falar.

Harry o deixou entrar na casa, onde o homem checou calmamente os telefones e, depois, cada um dos cômodos. Quando voltou, apontou para que Harry saísse.

— Você foi grampeado até não poder mais, entendeu?! — Harry ficou estarrecido.

— Fui mesmo?

— É de arrepiar. O que você quer fazer com eles?

— Ah... — Ele estava confuso. — Você pode me mostrar onde eles estão?

— Claro.

Eles entraram na casa novamente. O primeiro dispositivo de escuta que o homem mostrou a Harry era do tamanho de uma caixa de fósforos e estava preso na parte de trás da mesa do hall de entrada. O segundo estava embaixo da mesa de centro na sala de estar, o terceiro embaixo da mesa da cozinha. Harry queria pensar que eles não estavam muito bem escondidos, mas presumiu que quem os tinha colocado ali não fazia ideia de que Harry estava desconfiado. Afinal, ele nunca havia mencionado dentro de casa a desconfiança quanto a ter sido grampeado, então quem estava ouvindo sem dúvida não tinha conhecimento das preocupações de Harry.

Ao todo eram sete. Cinco eram do mesmo tamanho e da mesma marca, feitos na China; dois eram um pouco maiores e fabricados por uma empresa alemã. Embora não houvesse nenhum nos quartos das crianças ou nos banheiros, segundo o que técnico lhe disse, os que foram colocados captavam praticamente tudo o que ele dizia se estivesse ao telefone ou quando recebia visitas.

Do lado de fora, de novo, o técnico disse:

— Eles estão todos configurados para o modo de ativação de voz... Então, quando há um som acima de 45 decibéis a menos de dez metros do dispositivo, o ouvinte recebe um alerta no celular para ouvir. Só que... — Ele coçou o queixo, parecendo pensativo. — Estou um pouco confuso em relação aos dois tipos de dispositivos. Ou essa pessoa é paranoica, e acha que o kit pode falhar, ou duas pessoas estão te escutando.

Os nervos de Harry se contraíram. *Dois espiões?* Ele se lembrou dos passos leves nas pontas dos pés na noite anterior.

— Como eles conseguiram ter acesso à casa sem que eu notasse? — Harry não tinha percebido qualquer invasão.

Ele seguiu o técnico até os fundos da casa, onde o homem levantou diversos vasos antes de estender a mão acima da porta dos fundos e tatear ao longo da sarjeta. Ele retirou uma chave dali, colocou-a na fechadura, virou-a e entrou.

— Não tem alarme, né? — Ele devolveu a chave para Harry. — Por favor, tente escondê-la em algum lugar menos óbvio, tá?

Vermelho de vergonha, Harry guardou a chave no bolso, fazendo uma anotação mental para enviar uma mensagem de texto aos meninos e informá-los do novo esconderijo quando escolhesse um.

Andando pela casa, Harry percebeu que, não importava quantas escutas tivesse, isso ainda não explicava como o mascarado tinha encontrado Nick escondido no chalé à beira-mar de Chris Rossi. Harry não havia falado com ninguém sobre o chalé enquanto estava em casa, ou em qualquer outro lugar.

Ele conversou sobre isso com o técnico, que foi até o carro de Harry e se abaixou, começando a apalpar a parte de baixo. O rosto dele se iluminou.

— Entendi.

Ele retirou uma pequena caixa de plástico preto fosco. Virou-a nas mãos antes de se levantar e entregá-la a Harry. Era do tamanho de um tablete de manteiga, mas um pouco mais pesado — cerca de meio quilo.

— Rastreador independente — disse ele a Harry. — Simples de usar, sem necessidade de fios. Você coloca um chip de celular, carrega a unidade e pronto. É só colar em qualquer coisa que queira rastrear, desde motos até navios, contêineres de carga ou um carro. Para descobrir onde ele está, basta chamar do seu telefone e ele imediatamente te envia uma mensagem de texto com a localização exata, junto com um link direto para o Google Maps para que você possa realmente ver onde a unidade está. As baterias duram uns sessenta dias e você recebe uma mensagem avisando quando precisa recarregar. — Harry olhou fixamente para o dispositivo.

— Acho que meu trabalho aqui terminou — disse o técnico, parecendo satisfeito. — O que você quer fazer com isso? — Harry pensou por um momento.

— Quero que seja colocado de volta. Não quero que ele saiba que nós encontramos. Quero que ele pense que ainda está no controle.

— E quanto aos outros dispositivos?

— Pode deixar lá.

— Belezinha.

— Se importaria de checar a minha clínica também? — Ele deu o endereço ao técnico. — E me informe como se saiu por lá.

Harry voltou para casa. Sentindo-se estranhamente constrangido, ligou a máquina de café, mas, em vez de se acomodar na mesa da cozinha com seu iPad e telefone, vestiu o casaco e saiu. Como o banco do jardim estava encharcado, ele o cobriu com um saco de lixo antes de sentar e ligar para Jagoda, dizendo a ela para esperar pelo técnico.

Em seguida, ligou para o Clube Itchenor e foi seguindo uma variedade de caminhos, desde contatos do mundo da vela, até amigos de Chris Rossi, um ex-marido e dois ex-namorados, e os colegas de trabalho dela, tentando decifrá-la para descobrir onde ela e Nick poderiam estar. Ele soube que Chris tinha passado seus vinte e poucos anos entregando iates ao redor do mundo, do Caribe até a Califórnia e o Mediterrâneo. Ela gostava de frutos do mar, cerveja e festivais de música. Detestava crueldade, injustiça e conformismo. E o lugar onde se sentia mais feliz era a água.

Chris conhecia donos de barcos pequenos e grandes. Ela tinha contatos no Lymington Yacht Haven e no San Francisco Yacht Club nos Estados Unidos. Sonhava dar a volta ao mundo, ter uma pequena propriedade de terra, visitar as Pirâmides de Gizé. Ela tinha sido casada, se divorciou e estava solteira havia seis meses, mas Harry supôs que não ficaria sozinha por muito tempo. Ela era muito querida por quase todos, exceto por alguns caras que estavam com inveja por ela ter conseguido patrocínio para velejar e eles não, achando que ela tinha conseguido por ser *mulher*.

Depois que Harry construiu uma imagem de Chris, ele se sentou e pensou. Então, ele fez mais duas ligações: uma para sua mãe e outra para o ex-marido de Chris, Meyer Stanton.

Meyer Stanton era norte-americano e tinha uma fala arrastada e preguiçosa que fez Harry se perguntar se ele estava com alguma coisa na boca. Meyer Stanton ouviu educadamente sobre o contexto envolvendo Nick, expressando preocupação e empatia, mas, no instante em que Harry mencionou o nome de Chris Rossi, o homem explodiu.

— Ela está envolvida nisso? — Seu tom de voz subiu como o barulho de uma chaleira fervendo. — Minha *ex-mulher*?

Um alarme começou a tocar na cabeça de Harry.

— Então, sim, quero dizer...

— Tem uma coisa que você precisa saber. — O tom mudou para um sussurro frio. — Minha ex-mulher e eu não nos damos bem. Não vou entrar em detalhes, mas a frase "ela tomou o meu dinheiro e depois roubou meu barco" pode te dar uma ideia de que eu não ajudaria ela nem fodendo, tá legal? Então, nem pense em contar comigo. — Uma longa pausa.

Então, Meyer Stanton disse, parecendo quase envergonhado com sua explosão.

— Sinto muito pelo garoto, mas você entende o meu ponto de vista, não é? Tchau.

37

Harry bateu os dedos no joelho. Repassou a conversa em sua mente, a calma do homem, depois seu surto de raiva contra a ex-mulher. Voltando para a cozinha, sentou-se e pensou um pouco mais, sobre o dispositivo de rastreamento em seu carro e no que John Finch havia dito, ou deixado de dizer. A Bruxa, Lucas e Eddie. Olhou para o relógio para ver se já passava das onze. Pegando dois biscoitos de chocolate de uma lata, ele os comeu no caminho para o carro.

Ao sair da garagem, tentou descobrir se importava ou não que o mascarado soubesse para onde estava dirigindo, mas decidiu que provavelmente não.

O trânsito estava intenso, cheio de caminhões e vans de entrega, quando Harry se dirigia para a delegacia. Ele ligou o rádio, mas não ouviu nada. Sua mente estava ocupada com o caso.

Libby estava na SIG — Sala de Incidentes Graves —, que estava lotada. Harry achava que nunca tinha visto tanta gente trabalhando em uma única sala. Uniformes e roupas simples misturados em uma sala austera, abarrotada de monitores de computador, cadeiras de plástico e longas mesas cobertas com pilhas de pastas, impressões e canetas espalhadas. As janelas davam para a rua de um lado e para um estacionamento e gigantescas lixeiras de metal do outro.

Harry manteve o olhar longe do quadro branco no fundo da sala. Não queria ver a cabeça esfolada de Guy, nem seu tronco sem cabeça.

— Não me diga que o doutor fica enjoado — disse uma voz ao seu lado. — Tadinho, pode ter pesadelos se vir um pouco de sangue.

Harry se virou para encarar Decker. Quase pôde sentir a hostilidade saindo dos poros do sargento.

— Ele era meu amigo.

— Faz trinta anos que não era mais — respondeu Decker, tão rápido quanto uma cascavel. — Estou surpreso que você tenha deixado isso acontecer, especialmente considerando a mulher gostosa dele.

— Vai se ferrar, Decker. — De repente Libby estava lá, arrastando Harry rapidamente para fora.

— Caramba, às vezes ele é tão idiota. Me desculpe.

— Os que mais desconfiam de nós são sempre aqueles que mais precisam de terapia — disse Harry, surpreso por parecer tão calmo quando tudo que o ele queria fazer era socar aquele homem.

— Sério?

— Nem sempre, mas qualquer um que se preocupa com uma profissão específica geralmente tem problemas com ela.

— Tipo o Lucas com os centros de pesquisa médica.

Harry ergueu as sobrancelhas.

— Ele é contra experiências com animais — concordou ele de maneira neutra.

— Você sabia que Guy ajudava a arrecadar dinheiro para o Ciências da Vida Cartwright?

— Não.

— Eles usam animais para testes... Macacos e ratos. E, aparentemente, Beagles.

— Você está sugerindo que Lucas matou Guy por causa disso?

— Os beagles são fofos demais.

— Não dá para levar isso a sério, Libby. — Harry jogou as mãos para o alto. — Se Lucas fosse atrás de alguém, ele iria atrás das pessoas que trabalham no laboratório. Os diretores e acionistas, e não aqueles que ficam angariando fundos.

— Eles podem ter brigado por causa disso.

Harry suspirou. Tudo era possível, ele supunha. Mas ele não conseguia enxergar isso. Balançou a cabeça.

Ela estava pronta para discutir com ele — isso ele já estava percebendo —, então a distraiu contando-lhe sobre as escutas. Não era comum ver Libby confusa, e ele achou a experiência estranhamente satisfatória.

— Você está sendo grampeado? E pelo jeito por duas pessoas?

— Sim.

— Caramba, Harry! Em que merda você se meteu?

— Estou tentando encontrar Nick. Mas isso também é o que eles querem. Encontrar Nick antes de nós. Só que nós vamos encontrar primeiro, porque tenho quase certeza de que sei onde ele e Chris Rossi estão. — Libby ergueu as sobrancelhas em antecipação.

— Acho que eles estão em um barco — comentou ele. — E não daqueles modelos menores. Acho que ela escolheria algum que tivesse um conforto razoável, e com capacidade para navegar no mar, para o caso de precisarem fugir, digamos, ao longo da costa, ou até mesmo para a França. Estou pensando se vale a pena tornarmos isso público, e eu falar a respeito disso em casa com todas aquelas escutas, dizendo que quero mostrar a Nick algumas fotos de possíveis suspeitos, mas sem a polícia envolvida... e então eu dirijo até Hamble ou arredores. Nós poderíamos armar uma armadilha para quem está atrás de Nick. Como uma ratoeira.

A boca de Libby se abriu, perplexa.

— Você acha que eles vão cair nessa?

— Não vejo por que não. Eles me seguiram uma vez, por que não novamente? Mas dessa vez, quando eu chegasse, o lugar estaria cheio de policiais. Incluindo uma equipe no que eles acreditam ser o barco de Nick. E, quando eu remar até o barco, espero que nosso assassino reme atrás de mim. É a única maneira em que consigo pensar para expô-los totalmente, então a intenção vai ficar inquestionável.

— Mas Nick não vai estar no barco.

— Não. A polícia vai.

Ela olhou para Harry de perto.

— Onde está Nick?

— Eu não sei — mentiu ele. Não ia contar a absolutamente ninguém até que o assassino estivesse atrás das grades. Harry não arriscaria a vida do garoto uma segunda vez.

A princípio, Harry reduziu as possibilidades a três barcos, todos de propriedade de amigos de Chris: *Daisy Mae*, *Whisper* e *Scheherazade*. No entanto, depois de falar com o ex-marido de Chris, Harry se convenceu de que ela estava no *Scheherazade*. Foi a maneira como Meyer Stanton explodiu tão violentamente que o alertou de que algo estava errado, seguido do constrangimento do homem. *Desculpe sobre o garoto...* Ele também não tinha feito mais perguntas. Se odiasse tanto a ex-mulher, certamente teria gostado de ouvir os detalhes obscenos para poder se gabar.

Libby o observou por um momento, depois olhou para o relógio.

— Pessoalmente, acho que é um plano brilhante. Vamos falar com o chefe. Ele deve estar de volta a qualquer minuto.

Theo, no entanto, demorou mais meia hora para voltar, tempo que Libby e Harry passaram revendo como aquele plano poderia funcionar, e, quando Theo se juntou a eles, já o tinham bem costurado. Harry deixou que Libby o apresentasse.

— Não estou acreditando. — Theo olhou para os dois, perplexo. — Deixo vocês sozinhos por dois segundos e vocês têm toda uma operação secreta armada?

— O que você acha? — perguntou Harry.

Ele ficou com a respiração suspensa enquanto Theo coçava o queixo, e tinha certeza de que Libby estava fazendo a mesma coisa.

— Tirando o fato de que isso vai estourar meu orçamento — murmurou Theo —, junto com a pequena questão de se tratar de uma operação entre fronteiras... — deu um sorriso — acho que é um plano brilhante.

Sob orientação de Theo, e enquanto este iniciava a operação — com a aprovação de seu chefe —, Harry voltou ao hospital para conversar com Fianna.

• • •

— Ela acabou de ir embora — disse a enfermeira.

— Já teve alta? — Harry ficou surpreso. — Ela só recuperou a consciência ontem.

— Ela teve sorte. Já se recuperou totalmente e, pelo que pudemos perceber, não parece ter sido afetada pelo coma. Isso acontece às vezes. — A enfermeira acenou com a cabeça, parecendo grata.

— Você sabe para onde ela foi? — Harry não tinha certeza se Fianna iria querer voltar para casa depois de ter sido atacada lá. Além disso, a casa dela não era uma cena de crime agora?

— Não tenho ideia, desculpe.

Harry dirigiria até a Summerhill Road de qualquer maneira.

Uma fita azul e branca da polícia tinha sido esticada na calçada e na porta da frente, mas o que deixou Harry nervoso foi o grande 4x4 preto estacionado no topo da rua.

Harry decidiu não parar, mas passar direto. No fim da rua, ele deu uma volta, encostando atrás de uma van BT para se esconder. Desligou o motor e ficou ali sentado olhando para a casa de Fianna, para o carro de Lucas estacionado do lado de fora, e se perguntou o que estava fazendo. Ele não era um espião. Muito menos um detetive. Ele era sim um psicoterapeuta com um casamento fracassado e muitas dúvidas sobre sua capacidade de aconselhar uma senhora gorda que precisava de ajuda.

Sem ter certeza das motivações de Lucas, Harry ficou sentado e esperou. Não ouviu o rádio. Não brincou com o telefone. Aproveitou o tempo para refletir sobre tudo o que sabia, ou pensava que sabia, e, quando Lucas apareceu com uma mala de mão sobre um ombro, e a mão de Fianna no outro, Harry sentiu o que pareceu ser um soco na boca do estômago.

Não tire conclusões precipitadas, disse a si mesmo. *Não se atreva.* Mas foi difícil. Ele se lembrou de Lucas o saudando no estacionamento do hospital — Lucas estava visitando Fianna? Agora, Fianna estava se apoiando em Lucas, de uma maneira tão íntima e relaxada como só uma amante poderia fazer. E Lucas... bem, Lucas estava sendo solícito e atencioso. Ele carregou a bolsa dela até seu carro. Abriu a porta do passageiro e a ajudou a entrar. E, quando ela olhou em direção à casa, a ponto de desmoronar, Lucas levou a mão dela à boca e beijou seus dedos. Ele disse alguma coisa, e Fianna estendeu a mão e tocou seu rosto.

Harry sentiu um vazio se abrir dentro dele enquanto se afastavam.

38

Harry esperou cerca de cinco minutos antes de ligar o carro, descer a colina e voltar para a clínica, que, segundo o que o técnico da polícia havia dito, definitivamente não estava grampeada. Ele agradeceu a Deus por essa pequena misericórdia. Acomodou-se em sua mesa, mas sua mente estava perdida e sem foco, obrigando-o a se esforçar para se concentrar. Sabia que deveria contar a Theo sobre Lucas e Fianna, mas não queria fazer isso. Encolheu quando seu telefone tocou. Era Jagoda.

— O senhor Finch está aqui para vê-lo.

Harry ficou surpreso. Achava que John Finch nunca chegaria perto do consultório de um terapeuta, a não ser que fosse inevitável. Ou seria Lucas? Por quê?

— Mostre a ele minha sala, por favor...

Lucas entrou e fechou a porta.

— Eu te vi, Harry — disse ele —, se escondendo atrás da van BT.

— Eu também te vi.

— Não é o que parece.

— Será que não é? — Harry encarou Lucas, desafiando-o.

Lucas se esparramou em uma das poltronas e olhou em volta.

— Legal — comentou ele. — Gostei da pintura. Me lembra a Namíbia. Você já esteve lá? Um lugar incrível, cheio de fósseis de animais e plantas milenares.

Sem querer ser desviado do assunto, Harry disse:

— Você está tendo um caso com Fianna?

— Não.

— Sua resposta parece bem definitiva.

— Isso é porque estou dizendo a verdade. — Lucas se inclinou para a frente, com as mãos sobre o rosto. — Olha, eu a deixei na casa da irmã dela. Ela está com os filhos. Ela queria vir comigo para te ver, mas já passou por muita coisa, não acha?

Harry permaneceu em silêncio.

— Nós já namoramos. — Lucas recostou-se na cadeira mais uma vez, colocando as mãos sobre os apoios e parecendo tão solto e relaxado como um gato. — Fianna Hall, que era o nome dela na época, e eu. Faz tempo. — Harry esperou. — Tínhamos vinte e poucos anos. Ficamos juntos por mais de dois anos. Ela me ajudou a iniciar a PCCA. Esteve comigo em todas as etapas, fazendo campanha e protestando. Vivíamos em uma van, viajando pelo país. — Seu olhar passou a ficar melancólico. — Não tínhamos dinheiro para nada, mas não lembro de me preocupar com isso. Estávamos tão concentrados em tentar tirar a PCCA do papel, arrecadando fundos como loucos, parando nas esquinas das ruas com latas, discursando em cima de caixas de sabão. E aí nós conseguimos. Até os pais dela entrarem na jogada. — Harry viu os músculos da mandíbula de Lucas flexionarem. — Eles nunca gostaram de mim. Não aprovavam meu estilo de vida, minhas crenças. Disseram que iam cortar a mesada dela, impedi-la de ir para a universidade, se ela ficasse comigo. Ela queria que os pais se danassem e falou isso para eles, mas eles me procuraram com uma proposta. — Harry ainda aguardava para dizer alguma coisa. — O pai dela me disse que, se eu terminasse com Fianna, eles me dariam dez mil libras, e outras vinte para a PCCA.

— Você deixou que eles te subornassem?

— Sim.

Nenhuma explicação, nenhuma admissão de culpa ou de arrependimento.

— E Fianna ficou sabendo?

— Não. Isso não fazia parte do acordo.

— O que você disse a ela?

— Disse que tinha conhecido outra pessoa.

Harry se arrepiou de irritação. Lucas sempre fora tão cruel assim?

— Como ela reagiu?

— Mal.

Harry podia até imaginar.

— Não me julgue — avisou Lucas.

— Não estou julgando.

— Sim, você está. Está escrito na sua testa: seu idiota hipócrita. Eu era jovem, tá? E trinta mil... caramba! Era muito dinheiro. Sem ele eu nunca poderia ter tirado a PCCA do papel. Veja o bem que a organização já fez. E Fianna se deu muito bem. Fui eu quem a apresentei a Guy. — Lucas deu um sorriso cheio de malícia.

— O quê? — Harry se assustou.

— Eu fiz ele acreditar que tinha tirado Fianna de mim. — Lucas parecia satisfeito. — Ele parecia um gato que tinha conseguido caçar uma borboleta. Tudo funcionou muito bem. Fianna precisava de um cachorrinho para confortá-la e ajudá-la a superar a minha perda, e Guy... bem, Guy teria feito qualquer coisa para ficar com uma mulher tão linda quanto ela. E veja só. Eles se casaram e tiveram dois filhos! — Lucas sorriu. — Quem diria?

Harry sabia que Lucas de vez em quando era oportunista e inescrupuloso, mas aquilo tinha sido verdadeiramente maquiavélico. Ele pigarreou.

— Será que Guy descobriu que tinha sido uma armação?

— Não. — Lucas negou com a cabeça. — Isso é só entre eu e você. Não que isso importe, agora que Guy está morto.

— E quanto a Fianna?

Lucas lançou um olhar frio para Harry.

— O que tem ela?

— Como ela se sente sobre você ter voltado à vida dela depois de todos esses anos?

— Quem disse que eu não estava fazendo parte da vida dela? — Lucas ergueu uma sobrancelha.

— Lucas, por favor, não me diga...

— Ei! — Lucas se levantou abruptamente. — Calma, OK?! Eu não estive na vida dela, juro. Não até Guy morrer. Só estava brincando com você, cara. Você deveria ter visto sua cara! Você pensou que eu estivesse tendo um caso com ela enquanto era casada com Guy, né? — Harry fechou a boca. — Pois saiba que eu não faria isso — disse Lucas, ferozmente. — Não com um amigo. — Ele poderia ser maquiavélico, mas Harry concordou que Lucas tinha um código de ética próprio. Só que não era necessariamente o mesmo das demais pessoas.

— Então Fianna é só uma amiga — disse Harry.

Lucas franziu a testa.

— Até o momento, sim. Mas se, no futuro, ela se interessar... E com a morte de Guy e tudo mais... Talvez... — Então ele olhou para Harry. — Não é uma boa ideia? — Lucas, de repente, soou como um garotinho, um pouco hesitante e inseguro.

Normalmente Harry não declararia nada, preferindo levar as pessoas a tomar suas próprias decisões pelos motivos certos, mas dessa vez ele interveio. Ele disse com firmeza:

— Não, acho que não é uma boa ideia. — Mais para proteger Fianna do que qualquer outra coisa. Lucas era carismático e convincente, e, no estado de tristeza e angústia em que se encontrava, ela poderia muito bem se agarrar a ele cegamente como um peixe a uma isca chamativa.

— Ah. — Lucas parecia desapontado. Então sua expressão se elevou. — Que tal se eu levasse os filhos dela para o Center Parcs ou algo assim? Para animá-los?

Harry apenas olhou para ele.

Lucas suspirou.

— Tudo bem. Também não vou fazer isso. — Um pequeno silêncio. — Vou sentir falta dessas coisas — disse Lucas de repente. — De verdade.

— O que você quer dizer com isso?

— O "craic".

Harry tinha se esquecido da origem irlandesa de Lucas. "Craic" era um termo usado para notícias, fofocas, entretenimento e conversas agradáveis. Era isso que eles estavam fazendo? Tendo uma conversa agradável?

Lucas se espreguiçou, estendendo o corpo inteiro e despretensiosamente até o teto. Depois, bocejou e abanou a mão.

— Já é tarde, desculpe. Os garotos me mantiveram acordado, conversando.

O que lembrou Harry de sua promessa a Eddie.

— Por favor, não me leve a mal, Lucas, mas Eddie está preocupado que você possa estar conduzindo os meninos por caminhos não tão recomendáveis.

Lucas deu uma risada sarcástica.

— Eddie é uma menininha mesmo.

— E as crianças estão na fazenda para ter apoio psicológico — Harry se descontrolou, incapaz de evitar sua revolta contra Lucas. — Elas não estão lá para se tornarem radicais.

Lucas ficou imóvel.

— Foi isso que ele disse?

— Sim.

— Entendi.

Harry observou Lucas com atenção, mas não conseguiu ver nenhuma indicação do que poderia estar pensando. Seus olhos estavam firmes, seus músculos faciais suaves. Ele não piscava. Não se contraía.

Harry imaginou que Lucas poderia ficar parado o tempo que quisesse; um dom invejável e contra o qual Harry lutava.

— Eddie te disse mais alguma coisa?

— Que alguns caras estão vindo de Londres — disse Harry casualmente. Ele não ia revelar a Lucas que fora Jessie quem lhe havia dito aquilo. Não queria que ela se metesse em problemas. — Ele pareceu um pouco estressado por causa disso.

Uma estranha quietude envolveu Lucas mais uma vez.

— Não foi o Eddie que te contou isso. Foi outra pessoa.

A boca de Harry ficou seca quando Lucas se levantou e ficou diante dele.

— Quem te contou?

Harry decidiu não responder nada. Era a única maneira de evitar entregar Jessie.

— Tome cuidado, Harry. — O tom de Lucas era gentil, mas o aviso era inconfundível. — As coisas são mais complicadas do que você imagina. — Lucas começou a caminhar até a porta.

— Seu pai me avisou para sair da fazenda — disse Harry. — O que está acontecendo?

Lucas fez uma pausa. Virou-se para olhar para Harry, e seus lábios se estreitaram.

— Você falou com o meu pai?

— Foi você quem o denunciou, não foi? — Lucas não se mexeu. — Você o mandou para a cadeia. — O tom de Harry era suave e não continha nenhuma censura. Sua voz de psicoterapeuta. — É por isso que sua mãe não falou com você durante os últimos dois anos. Ela descobriu, né? — Lucas parecia ter sido atingido. Atordoado, sem palavras.

Por um momento, Harry se perguntou se tinha ido longe demais.

— Você contou isso para o meu pai?

— Claro que não.

— Que bom.

Lucas seguiu em direção à porta. Quando ele a abriu e saiu, Harry gritou atrás dele:

— Você foi pago para denunciar o seu pai?

— Vá se foder, Harry.

39

Harry não conseguia acreditar em quão rápido as coisas estavam acontecendo. Parecia que tinha sido apenas uma hora atrás que ele havia traçado um plano para prender o assassino com Libby, e agora estava dirigindo de Batheaston para o oeste ao longo da A4 em direção à ponte pedagiada com, pelo que ele sabia, um assassino em seu encalço.

Enquanto dirigia, tentou não olhar em volta ou para trás. Tentou fingir que não estava sendo seguido ou rastreado. Ligou o rádio, mas, como não conseguia se concentrar, acabou desligando-o.

Não procure por ele. Era a voz de Libby em sua cabeça. *Aja naturalmente. Não faça nada de estranho ou incomum.*

Será que o mascarado estava atrás dele?

Mesmo sabendo que o assassino poderia simplesmente seguir o rastreador, Harry teve que se segurar para não ficar olhando no espelho retrovisor e inspecionar os carros em busca de um que estivesse sempre lá, pairando ao fundo.

Quando entrou na M27, ele acelerou até o velocímetro chegar a cerca de 128 quilômetros por hora, mas, após alguns metros, acabou mantendo o velho Rover nos 120, velocidade em que se sentia mais confortável. Mas percebeu que estava sendo inconstante. Ele precisava agir naturalmente, fazer a viagem em sua velocidade habitual. E isso se tornou um esforço. Ele sentia como se estivesse tendo uma experiência fora do corpo.

Como Libby tinha dito a ele para *agir naturalmente*, ele parou em um posto de gasolina e foi até o banheiro. Comprou um café e voltou para o carro. Uma brisa fria cortou seu rosto, sensação térmica abaixo de zero. Mais neve estava prevista. Seu casaco estava no porta-malas, e ele estava feliz por estar vestindo o suéter grosso norueguês que Nicole tinha comprado em uma viagem de esqui. Ele tirou a chave do bolso enquanto se aproximava do carro. Uma grande van branca havia estacionado ao seu lado, tornando um pouco apertado o espaço entre os veículos. Harry segurou o copo de café de um lado, enquanto se esgueirava para destrancar a porta, e, ao mesmo tempo, percebeu que alguém estava atrás dele.

Ele se virou, prestes a fazer uma piada ou um comentário sobre aquela situação de aperto, mas ficou sem palavras quando viu quem era.

O mascarado.

Harry abriu a porta do carro e tentou entrar, mas o espaço era muito pequeno, atrasando-o. Jogou seu copo no homem, que jogou algo de volta. Harry sentiu um choque impressionante no pescoço.

Ele cambaleou para o lado. A dor era intensa.

O que o homem tinha atirado nele?

Harry colocou a mão no pescoço. E puxou um dardo.

Uma sensação de imersão começou atrás de seus olhos. Cresceu em ondas. Ele sentiu os joelhos fraquejarem.

— Não — disse ele.

Tentou entrar no carro, mas seus membros começaram a ficar dormentes.

O mascarado deu um passo à frente e colocou o braço de Harry por cima de seu ombro.

— Não — disse Harry novamente. Mas a palavra quase não foi pronunciada. Um murmúrio.

O homem arrastou Harry até a parte de trás da van branca.

Havia motores, portas batendo, vozes ao redor deles. Ele as ouviu chegando e indo embora.

Harry queria gritar por socorro, mas as palavras ficaram bloqueadas em sua garganta.

Sua boca e sua garganta não funcionavam. Ele deslizou os olhos para os cantos das órbitas. Uma mulher os observava. Harry tentou gritar *Socorro!* com os olhos, mas o mascarado disse algo. Parecia algo como "encheu a cara", então a mulher fez uma careta e foi embora.

As portas da van já estavam abertas.

Nãoooo!

Ele estava em pânico. Mas não conseguia lutar. Não estava sentindo os braços. Não sentia as pernas.

Sua visão começou a ficar turva. Ele estava começando a perder a consciência. Lutou o máximo que pôde. Olhou de lado. Viu um homem com um cachorrinho passar sem olhar.

Em sua mente, gritou: *Me ajude!*

O mascarado virou Harry e o empurrou de modo que seus joelhos se dobrassem, colocando-o na van.

Ele estava indefeso.

Uma onda cinzenta inundou a mente de Harry.

Depois, tudo escureceu.

40

Quando ele acordou, nuvens do tipo *mammatus* pairavam sobre ele. Bolsas cinzentas pendiam no céu, redondas como seios. Nuvens mamárias. Ele só as tinha visto uma vez antes, quando visitara um amigo em Colerne. O céu estava repleto de enormes orbes, uma visão que o deixou sem fôlego. Uma gota de água respingou em sua bochecha.

Ele abriu os olhos novamente e percebeu que não estava olhando para nuvens. Era um teto. As formas redondas eram grandes protuberâncias de umidade e mofo. Ele virou a cabeça para perceber que estava deitado no chão do que parecia ser uma espécie de cela feita com tijolos. Quadrada, oito por oito, com uma única janela estreita e horizontal em uma parede. Não havia luzes. Nem eletricidade, nem aquecimento. Tinha um balde no canto. Ele estava tremendo de frio e se perguntava há quanto tempo estava ali. Olhou para o pulso, mas seu relógio tinha sido tirado.

Sua boca estava incrivelmente seca.

Lentamente, ele se levantou e colocou a mão na parede de tijolos frios. Lutou contra uma onda de tontura.

Concentrando-se intensamente, conseguiu chegar ao balde, mas estava vazio. Não tinha água para beber. Nem papel higiênico. Nada para ajudá-lo a se manter aquecido. Embora estivesse com seu suéter grosso de lã, não tinha gorro ou luvas e estava quase congelando lá dentro.

Harry se abaixou e olhou por uma fenda estreita na parede. Pela qualidade da luz baixa e cinza do lado de fora, imaginou que fossem por volta das quatro da tarde. Sua cela dava para um campo. Um campo lamacento e encharcado de grama invernal. Além disso, ele conseguia enxergar várias árvores enfileiradas e, depois delas, mais campos. Não dava para ver nenhuma casa. Nem mesmo um celeiro.

Onde ele estava?

Ele esticou o pescoço, olhando ao redor, mas não conseguiu mais pistas. Olhou de volta para a sala e percebeu que era um caixote de tijolos. Piso, paredes e teto do mesmo material.

Então, percebeu que a janela horizontal não era uma janela de verdade, mas sim uma lacuna, a partir da qual alguém poderia disparar uma arma. Havia mais três buracos — um em cada parede —, mas os outros tinham sido fechados com tijolos.

Ele estava em uma casamata. Pequenas estruturas fortificadas construídas na Segunda Guerra Mundial como parte dos preparativos anti-invasão dos britânicos, as casamatas eram postos de guarda. Elas foram projetadas para abrigar armas antitanque, e algumas tinham paredes com mais de um metro de espessura.

Engenhoso, pensou ele.

Impiedoso.

Querendo interromper seu pânico crescente, ele desviou sua atenção para procurar uma saída. Andou até a porta, mas não tinha maçaneta. Era uma vasta estrutura de madeira sólida e, quando tentou empurrá-la com o ombro, não cedeu um milímetro. Nem se moveu quando ele a empurrou com força em um canto. Não só era imóvel como obviamente estava trancada por fora. Harry checou as paredes com cuidado, procurando por quaisquer fraquezas enquanto tentava ignorar a voz irritante em sua cabeça dizendo que tinha sido construída de acordo com padrões à prova de bombas. *Cale a boca*, ele disse. Sabia que era importante manter o ânimo. Não iria morrer ali. Se recusava a satisfazer aquele desgraçado que o havia colocado naquele lugar.

Ele checou o piso. Sólido. Cada centímetro.

Voltou sua atenção para o teto, mas a luz da brecha havia se apagado. A noite estava chegando, e era quase impossível ver qualquer coisa. O teto era baixo, o que facilitava que o delimitasse com as mãos, mas não havia chaminé por onde passar, nenhum buraco por onde saísse fumaça. Em pouco tempo ficou escuro. Ele não conseguia ver as mãos na frente do rosto. Ele se moveu até a brecha, mas não viu uma única luz brilhando a distância. Havia um brilho laranja fraco à esquerda, indicando uma vila ou uma cidade bem longe, mas, fora isso, nada.

Ele tremia incontrolavelmente de frio. Tentou não pensar na neve que tinha sido prevista. Fez força para se manter aquecido, andando de um lado para outro com os braços em volta do corpo. Não parava de pensar em Theo e Libby, que já estariam ficando loucos de preocupação.

Será que já tinham encontrado o carro dele?

Ele se lembrou do medo na voz de Nick, e do seu rosto, cheio de terror. *Estou com tanto medo.*

Quem era aquele mascarado? Por que tinha matado Guy? Por que tentara matar Fianna? E quanto a Eddie e Lucas, e Jessie, que estava preocupada com as pessoas que vinham de Londres?

Sua mente deu voltas e mais voltas até que de repente ele viu os rostos de seus filhos: Lottie tagarelando, Ben sorrindo e Tim olhando para eles com seus olhos castanhos. Harry não havia atualizado seu testamento desde que Nicole fora embora. Ela ainda não havia sido nomeada como sua principal beneficiária, o que seria ótimo se ela usasse o dinheiro apenas para as crianças e sua educação, mas e se Dave quisesse passar férias na Flórida? Dave sempre quisera pescar em alto-mar em Key West, e, com a casa de Harry vendida e Nicole com o dinheiro, o que o impediria de convencer sua nova esposa de que aquele seria um feriado maravilhoso?

A raiva ajudou a impulsionar Harry de um lado para o outro na casamata, mas não por muito tempo. Ele era um cara da cidade, acostumado a camas confortáveis e aquecimento central. Quanto tempo duraria naquele frio? Estava peculiarmente silencioso. Estava nevando? Alguém viria alimentá-lo ou trazer água? E quem estava procurando por ele? Theo e Libby teriam percebido que algo estava errado no minuto em que ele não apareceu, como planejado. Ele apostou que teriam encontrado seu carro e procurado testemunhas. *Alguém viu o dono deste Rover, um homem de trinta e poucos anos, usando uma calça casual e um suéter de lã, no posto de gasolina de Swanwick hoje?*

Harry pensou que o mascarado o havia seguido — como tinham planejado — e, quando o viu estacionar, decidiu agarrá-lo. Isso mostrou que seu carcereiro era engenhoso e adaptável, além de oportunista, e Harry desejou ter continuado dirigindo. Que idiota. Ele pensou que estivesse fazendo a coisa certa sendo *natural*, mas tudo que ele fez foi dar ao mascarado a chance de sequestrá-lo. Por que o homem não tinha simplesmente seguido Harry para ver onde Nick estava escondido? Ele não podia saber sobre a armadilha, não é mesmo?

O amanhecer rompeu, e Harry estava curvado na casamata. Ele

lutou para ficar em pé e caminhar para manter sua circulação em movimento, mas seus membros estavam rígidos e dormentes. Ele se sentia um pouco enjoado e muito cansado.

Quando ouviu um motor, pensou que estivesse imaginando coisas.

Mas depois ficou mais alto. Estava vindo em sua direção.

Ele foi até a brecha e viu que tinha nevado durante a noite. Uma capa branca cobria o campo.

Quando o veículo se aproximou, ele reconheceu o motor. Tinha um som distinto: um Land Rover. Ele foi imediatamente arrastado para o passado, vendo o sr. Evans chegando com seu Land Rover ao pátio da fazenda, enxergando Lucas, de nove anos, no portão.

O Land Rover parou rugindo nas proximidades.

O silêncio caiu.

Harry gritou.

— Me ajude! Socorro, socorro!

Ele fez uma pausa, mas não conseguiu ouvir nada; então, gritou mais um pouco, rezando para ser um fazendeiro vindo olhar suas ovelhas, um passeador de cães, um viajante, um fotógrafo tirando fotos da neve.

— AJUDA! — Harry gritou.

Uma garrafa de plástico foi empurrada para dentro por um dos buracos. A garrafa de água com um litro e meio rolou pela alvenaria e Harry a agarrou antes que caísse no chão.

Se você me disser onde Nick Lewis está, eu te solto.

Uma voz de homem. Era irregular e mecânica. Era uma gravação.

Harry tentou desatarraxar a tampa. Seus movimentos eram lentos e desajeitados, mas acabou conseguindo. Levou a garrafa aos lábios e engoliu devagar.

Se não disser, vai ficar aqui até eu voltar amanhã de manhã.

Harry limpou a boca com as costas da mão.

Onde está Nick Lewis?

— Quem é você? — Harry gritou.

Se você me disser onde Nick Lewis está, eu te solto.

— Se eu te disser onde Nick está — disse Harry —, você vai matá-lo.

Se não disser, vai ficar aqui até eu voltar amanhã de manhã.

— Posso nem estar vivo até amanhã de manhã. Além de estar congelando aqui, estou com uma dor no peito e...

Onde está Nick Lewis?

— Se eu morrer, você nunca vai descobrir onde Nick está.

Se você me disser onde Nick Lewis está, eu te solto.

A voz manteve as mesmas inflexões em cada ponto. Quem quer que fosse, estava tocando a mesma gravação, indefinidamente. O que significava que ou Harry sabia quem era o seu carcereiro ou a voz do homem tinha uma característica identificável, como um sotaque carregado.

— Me leve para um hospital, por favor — suplicou Harry, quase chorando. — Estou muito preocupado com o meu coração. Fui diagnosticado...

Se você me disser onde Nick Lewis está...

— ... com doença arterial coronariana no mês passado, e estar aqui está dando ao meu coração uma carga extra de trabalho...

Harry mentiu o melhor que pôde, pelo tempo que achou prudente. Não queria parecer complacente demais, mas também não queria irritar seu sequestrador. Ele precisava ganhar tempo.

— Tudo bem, tudo bem. — Harry acabou cedendo. — Vou te dizer onde ele está. Mas você tem que me deixar sair primeiro.

Silêncio.

— Como vou saber se, ao te contar onde Nick está, você não vai me deixar aqui para morrer?

Mais silêncio.

— Não vou te dizer se não tiver garantias. Você entende o meu ponto de vista, né? Eu seria muito idiota se te contasse. Perderia minha única moeda de troca, e para quê? Para ficar aqui e morrer de hipotermia? — Ele deu um gemido. — Isso se o meu coração não desistir antes...

Onde está Nick Lewis?

— Não vou dizer mais nada até você me deixar sair.

Se você me disser onde Nick Lewis está...

A voz mecânica continuou por um tempo, pausando de vez em quando, como se estivesse esperando Harry dizer algo, mas Harry não falou.

Finalmente, a gravação parou.

Quando ele ouviu o Land Rover dar a partida e ir embora, pensou: *Por favor, não me deixe aqui mais uma noite.*

41

Harry achava que a segunda noite não poderia ser muito pior do que a primeira, mas estava errado. Sem comida e apenas com um pouco de água, lentamente estava ficando com hipotermia. Seus movimentos estavam se tornando mais difíceis, sua mente mais lenta. Ele tentou manter seus pensamentos vivos e reais, mas a tentação de sonhar com a família, e as últimas férias na Cornualha, quando alugaram uma casa no topo de um penhasco com vista para o mar, aos poucos se tornou mais e mais atraente.

Pare com isso, disse a si mesmo. *Volte ao trabalho.*

Estendendo a mão, ele agarrou outro punhado de tijolos danificados pela água do teto e os jogou no chão. Ele havia percebido a densidade do molde em uma área da casamata mais cedo, e, em uma exploração posterior, notou que o telhado havia sido danificado com o tempo e ficado um pouco enfraquecido.

Ele lentamente puxou outro punhado. E outro.

Pouco depois do amanhecer, ouviu o som de um motor.

O Land Rover tinha voltado, como prometido.

A adrenalina aguçou seus sentidos. Ele parou o que estava fazendo e foi até a brecha na parede.

Se você me disser onde Nick Lewis está, eu te solto. Se não disser, vai ficar aqui até eu voltar amanhã de manhã. Onde está Nick Lewis?

Harry não conseguia acreditar. O homem estava usando a mesma gravação. Ele pensou que poderia ter mudado, tentado uma mensagem mais negociável, mas eram as mesmas palavras, com as mesmas inflexões.

A gravação tocou novamente. E de novo.

Harry olhou para o teto. Depois voltou para a brecha.

Ele permaneceu em silêncio.

Se não disser, vai ficar aqui até eu voltar amanhã de manhã.

Harry sentiu uma onda de desespero tomar conta dele, transtornado de horror, mas, mesmo assim, não disse nada.

A gravação parou.

Sua pulsação se acelerou quando ouviu um ferrolho sendo puxado de volta na porta. Depois outro, e outro.

Com o coração batendo tão forte e alto quanto um motor de pistão, Harry esqueceu totalmente o cansaço e o frio intenso, e se posicionou de maneira que pudesse correr para a porta.

Ele esperou que a porta se abrisse.

Nada aconteceu.

Harry ficou em silêncio, ouvindo.

Nada.

Passaram-se alguns minutos. Cinco, dez, era difícil dizer. Tudo o que sabia era que havia sido forçado a alterar sua posição. Quando a adrenalina diminuiu, ele começou a tremer de novo. Queria se mexer e se manter aquecido, mas não conseguia. Ele tinha que ficar em modo de espera. Esperar pelo mascarado.

Harry tentou não se distrair e se concentrar na porta, mas, depois de um tempo, começou a se perguntar se havia imaginado o homem chegando. Será que estava alucinando? Ele sabia que isso acontecia quando as pessoas ficavam gravemente hipotérmicas. Elas passavam para um estado imaginativo e, depois de um tempo, acabavam morrendo.

Harry olhou fixamente para a porta.

Ele imaginou ou ela havia se movido?

Ele prendeu a respiração quando uma fenda de luz surgiu.

A porta estava se abrindo.

No segundo seguinte, ela se abriu por completo e o mascarado estava lá. Vestido de preto. Ele estava agachado. Com os joelhos dobrados, seu centro de gravidade estava baixo. A atenção de Harry foi diretamente para as mãos do homem.

A arma apontando diretamente para ele.

— Diga — o homem murmurou.

Harry abriu e fechou a boca.

O mascarado disparou.

O barulho era incrivelmente alto em um espaço tão pequeno quanto aquele. Os ouvidos de Harry zumbiram, mas ele não estava morto. Nenhuma ferida que pudesse sentir.

— Diga — o homem falou novamente.

Ele voltou a apontar a arma para Harry, tão firme como se apontasse para um alvo de tiro, e foi nesse momento que ele percebeu que o homem não teria dúvida em atirar nele.

— *Daisy Mae* — disse Harry. — Ele está ancorado em Bosham. Agora, me deixe sair. Eu disse a você onde eles estão. Não vi seu rosto, então não posso identificá-lo ou...

O homem recuou e bateu a porta.

Harry deixou os ombros caírem e correu para a porta. Colocou cada grama de energia para trás, impulsionando-se para a frente, imaginando que a porta não estava lá e visualizando que estava invadindo um campo de rúgbi.

Ele ouviu um *baque* de fora quando bateu na madeira.

Ele se afastou e bateu contra ela uma segunda vez.

Tru-tru-tru.

O homem tinha reajustado os parafusos.

Harry ficou ouvindo o Land Rover se afastar. Suas pernas estavam fracas. Bater na porta o fez sentir violentos tremores pelo corpo. A casamata começou a girar. Ele apoiou as costas na parede e ordenou que o rodopio parasse.

Depois de mais ou menos um minuto, ele desacelerou o suficiente para levantar-se sem assistência.

Ele podia ter ganhado algum tempo, mas Nick não. Quando o mascarado descobrisse que Chris e Nick não estavam no *Daisy Mae*, voltaria para pegar Harry e mandaria bala nele até dizer a verdade, ou faria o que Harry tinha feito — pesquisar sistematicamente todos os contatos de Chris até encontrar o barco certo.

Ele tinha que rezar para que o mascarado fosse direto para o *Daisy Mae*, e, enquanto ele estivesse na busca inútil, Harry precisava fugir. Encontrar uma maneira de chegar ao *Scheherazade* para proteger Nick. Harry calculou que tinha um mínimo de quatro horas e meia para fugir. O mascarado levaria duas horas para dirigir até Hamble, no mínimo meia hora para chegar ao *Daisy Mae* e descobrir que Harry havia mentido, e outras duas para dirigir de volta.

Tempo suficiente, esperava Harry, para que ele saísse de lá.

Ele atacou o teto com a energia renovada. Estendendo a mão, continuou tirando pedaços de tijolos e argamassa em decomposição. Deixou que formasse uma pilha e, em intervalos regulares, empurrava tudo com os pés, levantando-se quando precisava de mais alavancagem. Bateu em pedaços de pedra com os lados das mãos e os pulsos, e sua pele e unhas começaram a rasgar e a sangrar, areia e poeira cobrindo seu rosto e seu cabelo, mas ele continuou.

A certa altura, uma onda de tontura o fez parar. Ele se sentou na pilha de escombros e colocou a cabeça entre os joelhos. Precisava comer alguma coisa e de mais água.

Quando a tontura passou, ele se levantou e voltou ao trabalho.

Devia estar perto do meio-dia quando um tufo de terra caiu sobre seu rosto, que estava virado para cima. Seu espírito se alarmou. Ele havia quebrado o telhado até a terra acima. Tentou não pensar no fato de que algumas casamatas eram cobertas por um metro de terra comprimida como camuflagem. Ele rezou para que aquela tivesse apenas alguns centímetros de terra. Uma camada fina.

Harry continuava a escavar, puxando e arrancando raízes e lama para dentro da casamata, cobrindo-se de grama e sujeira. Cuspiu terra e tentou manter os olhos limpos, afastando a poeira e a lama.

Ele viu um raio de luz.

Uma fenda, uma pequena fenda, mas era o céu.

— Sim! — A euforia cresceu dentro dele. Ainda venceria aquele desgraçado.

Harry calculou que levaria pelo menos mais uma hora para abrir um espaço grande o suficiente para conseguir passar. Ele trabalhou mais arduamente, usando o pensamento de que o mascarado retornaria para lhe dar forças. Finalmente, a lacuna parecia grande o suficiente.

Ele estava suando muito — a água escorria pela sujeira de seu rosto — quando forçou a cabeça e os ombros pelo telhado para o ar fresco e frio.

Chutando e se contorcendo, Harry subiu no telhado da casamata.

Olhou ao redor.

Para o oeste, nada. Essa era a visão da brecha. A leste havia mais campos e um celeiro em ruínas. Ao sul, porém, a história era outra. Do outro lado do vale, dava para ver casas. Talvez um quilômetro e meio se ele voasse como um corvo, uns três se andasse. Mas o que o empolgou foi a estrada do outro lado do vale. Um veículo passava por ela a cada dois segundos. Não era uma estrada rural abandonada. Parecia uma via principal.

Por um momento, ele não conseguiu acreditar no que seus olhos estavam vendo.

Ele reconheceu a estrada.

Ele reconheceu o vale.

A Fazenda do Eddie ficava a uns cinco quilômetros dali.

Harry sabia de assaltantes que retornavam para casas que tinham assaltado porque se sentiam confortáveis por terem estado lá antes. Este parecia ser o caso de um sequestrador levando sua vítima para uma área onde também se sentia confortável e no controle.

Harry se mexeu e escorregou para fora da casamata. Rumou na direção sul. Pegou alguns punhados de neve limpa para comer enquanto caminhava, matando aos poucos sua sede. Isso não devia fazer mal. A neve estava relativamente fresca, e o vento ainda não tinha depositado uma camada de sujeira ou poluentes — era tão bom quanto beber água da torneira.

Ele estava usando sapatos próprios para andar na cidade — de couro, razoavelmente resistentes —, mas eles logo ficaram encharcados. Ele olhou para trás. Suas pegadas o denunciariam. Ele precisaria andar mais rápido e buscar ajuda, chamar a polícia, antes que o mascarado retornasse. Harry aumentou o ritmo. Não precisava ir tão longe; chegaria à A4 em trinta a quarenta minutos se não caísse ou desmaiasse antes.

Harry tropeçou e cambaleou pelo vale; lama e neve espirrando por suas pernas e coxas. No vale, seguiu o rio até encontrar uma estrada estreita que levava a uma ponte, que atravessou. Harry seguiu o ziguezague subindo a encosta e, no topo, calculou que seria mais rápido pegar uma rota mais direta através dos campos. Ele começou a longa caminhada para cima, escorregando na neve úmida, seus sapatos lutando para se firmar, e continuou a se esforçar.

Depois de um tempo, parou para recuperar o fôlego e olhou para trás, sem esperar ver nada nem ninguém, e então viu um Land Rover estacionar do outro lado da ponte. Suas veias se encheram de pavor quando uma figura vestida de preto saiu e olhou para ele.

42

O tempo se esticou, tornou-se elástico.

A encosta era muito íngreme e escorregadia para o Land Rover, apesar de ter tração nas quatro rodas. Ele nunca subiria.

Mas, a pé, o mascarado conseguiria.

Harry se virou e começou a correr cambaleando.

Tenho que ir para a estrada. Tenho que buscar ajuda.

Ele ouvia o tráfego à frente. Não precisava ir muito longe. Talvez uns oitocentos metros, mas poderia ter sido mais um quilômetro e meio para todas as reservas de energia que Harry tinha.

Ele olhou para trás e viu que o mascarado estava em seu encalço. Cabeça baixa, braços e pernas bombeando com precisão mecânica, o mascarado estava se movendo mais rápido que Harry. Muito mais rápido. O homem estava bem alimentado e descansado, e não tinha passado as últimas quarenta horas em uma cela congelante sem comida e com pouca água. Ele alcançaria Harry em minutos.

O lugar ficava mais íngreme à medida que Harry subia a colina. Ele foi forçado a encurtar os passos. Sua respiração estava quente na garganta, o suor escorrendo. Seus pés continuavam a escorregar e deslizar na lama e na neve.

Ele estava tão lento!

Cambaleou para a frente. O som do tráfego aumentou.

Com os músculos da panturrilha queimando, ele rastejou até a extremidade do campo e se jogou por cima da cerca. Ele se viu meio correndo, meio cambaleando por uma estrada estreita. No topo da pista, viu um caminhão passar.

Uns vinte metros. Só isso.

Harry abaixou a cabeça e correu o mais forte que pôde.

Não parou quando chegou ao topo; continuou correndo, bem no meio da estrada.

Um caminhão desviou dele, buzinando.

Harry olhou para trás.

O mascarado estava a trinta metros. Vinha direto para cima dele.

Harry entrou na frente de um carro que se aproximava e acenou com os braços.

O carro diminuiu a velocidade até se aproximar, depois acelerou.

O mascarado chegava rapidamente.

Harry ficou no meio da estrada acenando loucamente.

O carro seguinte diminuiu a velocidade, acendeu o pisca-alerta e encostou. O próximo fez o mesmo.

No lado oposto, uma van também havia parado.

Um homem saiu de um Fiesta vermelho e correu até Harry.

Mais pessoas começaram a sair de seus carros.

Harry correu em direção ao homem do Fiesta.

— Socorro — falou ele, engasgando-se. Apontou para o mascarado, que estava na estrada. — Ele tentou me assaltar. Ele me espancou. Eu tentei lutar... — Harry estendeu as mãos, em carne viva e sangrando.

— Jesus — disse o homem.

Uma multidão se formou rapidamente ao redor de Harry.

— Estou ligando para a polícia — alguém disse.

Todos estavam olhando para Harry e o mascarado, que flexionou os punhos. Harry quase podia sentir a frustração e a raiva queimando através da máscara de látex do homem. Lentamente, o mascarado recuou.

— Devemos prender o cara? — perguntou o homem do Fiesta. — Somos muitos. Ou não?

Não havia nada que Harry gostaria mais, e confirmou que sim.

Três homens assentiram, mas, assim que começaram a caminhar em direção ao mascarado, ele saiu correndo pela pista. Mas os homens não pararam, e foram atrás dele.

Nas profundezas secretas de sua alma, Harry se considerava um homem pacífico. Quieto e compassivo, um estudioso da humanidade, um homem que desejava nada mais que o amor da família e dos amigos, um uísque de vez em quando e uma boa refeição. Mas fugir daquele mascarado uma segunda vez havia mostrado uma falha irreparável do seu caráter. Harry imaginou os homens derrubando ele, dando socos e chutando-o, e sentiu uma onda de exultação. Queria que ele fosse linchado, pura e simplesmente. Ele era como qualquer outra pessoa quando a situação fica crítica de verdade.

— Harry? — Uma voz de mulher, incrédula. — É você?

Ele se virou e viu Jessie parada atrás da multidão, olhando fixamente para ele, de boca aberta.

Ele tentou sorrir, mas estava tão exausto que mais pareceu uma careta.

— Caramba! — Ela se aproximou. — Que merda aconteceu?

Ele estava coberto de lama, pó de tijolo e terra, além de cortes e hematomas, arranhões e sangue, e nunca havia ficado tão contente de ver alguém que conhecia.

— Longa história — disse ele. — Posso usar seu celular?

Ela lhe passou o aparelho. Harry se afastou e ligou para o Lymington Yacht Haven, o único número de que conseguia se lembrar. Depois de falar com um dos funcionários deles e conseguir o número que queria, digitou. No instante em que Meyer Stanton respondeu, Harry disse:

— Esta é uma questão de vida ou morte. Por favor, não desligue. Por favor, escute com atenção. Está entendendo?

Meyer Stanton não hesitou.

— Sim. Continue.

— Ele sabe que eles estão em um barco. Leve-os para outro lugar seguro. Agora.

— Pode deixar — Stanton foi rápido.

Harry desligou sentindo-se um pouco aliviado. Ele estava certo. Chris Rossi tinha escondido Nick no barco do ex, e Stanton ia resgatá-los, mantê-los seguros. Harry acenou para Jessie e então ligou para Theo, deixando-a ouvir enquanto explicava o que tinha acontecido. Quando chegou à parte em que o mascarado o tinha deixado por mais de 24 horas, ela pareceu horrorizada, mas não se mexeu, não o distraiu. Por fim, ele desligou e devolveu o telefone de Jessie.

— Você precisa ir para o hospital? — O rosto dela estava enrugado de tanta ansiedade.

— Não, estou bem. Só exausto. — Ela deu um passo à frente como se fosse abraçá-lo, mas ele recuou com as mãos levantadas. — Estou imundo.

— Não me importo. Coitadinho! Não posso acreditar pelo que você passou. Tem certeza de que não precisa de um médico? — Ele meneou a cabeça.

Ao longe, ele ouviu uma sirene se aproximando. A polícia, sem dúvida. De repente ele sentiu como se pudesse se deitar na estrada e dormir por uma semana.

— Posso te dar uma carona para casa? — ela perguntou.

Ele olhou para a sirene.

— Na verdade eu deveria ficar, sabe? Eles vão querer falar comigo.

Ele sentiu vontade de desmoronar. Queria não ser tão comprometido com o dever. Queria poder pular no carro de Jessie e ir para casa, tomar um banho quente, uma sopa encorpada e deixar a polícia rastrear o mascarado. Mas algo que Harry não conseguia explicar o impediu. Ele não sabia de onde havia tirado esse imenso senso de responsabilidade e obrigação, mas fazia parte dele, e não podia negá-lo.

Ele disse:

— Posso te ver mais tarde? Quero dizer, quando eu estiver limpo, é claro. Depois que tomar banho.

— Não. Não vou te deixar aqui.

43

Harry conversou longamente com Theo, que, por sua vez, falou com os dois policiais que apareceram. Eles não apenas chamaram mais homens pelo rádio da polícia como entraram em suas viaturas e voltaram ruidosamente para a estrada, indo atrás dos três homens e do mascarado.

Harry observava tudo da parte de trás do carro de Jessie com a sensação de que estava sonhando. Ela o tinha colocado lá firmemente antes de a polícia chegar, e lhe disse para ficar parado até que ela o mandasse sair. Ele não sentiu vontade de discutir.

Quando mais dois carros da polícia chegaram, Jessie foi falar com os oficiais. Um carro desapareceu na pista, enquanto o outro estacionou atrás do Fiesta vermelho. Ele viu Jessie se juntar à polícia no meio da multidão, que ainda pairava à beira da estrada, fascinada pelos acontecimentos. Os policiais faziam anotações antes de passarem para outros motoristas. Sem dúvida, obtiveram seus dados de contato. Declarações de testemunhas.

Os olhos de Harry se fecharam. Ele não queria adormecer, mas não conseguiu evitar. Seu corpo insistia em descansar. Ele estava vagamente consciente das vozes, dos veículos que passavam e, depois, nada.

• • •

Ele acordou assustado e encontrou Jessie sentada no banco do motorista. Ela deu a partida.

— Tem certeza de que não precisa de um médico?

Ele olhou para o relógio no painel. Era uma hora da tarde. Poderiam ser quatro da manhã do jeito que estava se sentindo.

— Não — disse ele. — Casa. Descanso. Só preciso disso.

— Você precisa fazer uns exames.

— Estou bem.

— Mesmo assim...

— Jessie... — começou ele.

Ela o interrompeu.

— Tudo bem, tudo bem. Eu te levo para casa. A polícia pode te interrogar mais tarde.

Em seu estado de cansaço, ele não percebeu que a polícia não tinha falado com ele, mas tinha conversado com Jessie e, ele supôs, com Theo sobre a versão deles dos fatos.

— Ótimo.

Quando chegaram à casa dele, Harry mal podia esperar para entrar pela porta da frente e desabar, mas Jessie não. Primeiro, ela o fez verificar se a casa estava realmente trancada, incluindo travas nas portas da frente e de trás, e depois lhe preparou um banho.

Enquanto ele se lavava, ela ligou para uma amiga médica, que chegou justo quando Harry estava se secando lentamente. A médica, uma mulher com mais ou menos a mesma idade de Jessie, mediu sua pressão arterial, verificou suas pupilas, seus reflexos, hematomas e feridas, e disse que ele estava bem.

— Descanse — disse ela. — É tudo do que você precisa agora.

— Eu te disse. — Ele olhou para Jessie, que revirou os olhos, sem remorso.

— Não vou enfaixar. — A médica indicou suas mãos dilaceradas. — Elas vão se curar mais rápido ao ar livre. Mas mantenha as mãos limpas e use luvas se fizer algo que possa sujá-las.

Depois que ela saiu, Jessie preparou ovos, feijões e bacon com torradas, que ele comeu em frente à lareira na sala de estar. Ela se sentou de pernas cruzadas ao lado dele no sofá com uma caneta e um papel. Quando lhe contou sobre os grampos, ela disse que eles deveriam falar normalmente, mas, se tivessem algo que não quisessem que o mascarado ouvisse, deveriam escrever no papel.

Harry comia seu segundo ovo enquanto Jessie atendia uma chamada em seu celular.

— Você está brincando. — Depois ela escutou um pouco. — Entendo... Merda, gostaria que a polícia tivesse mandado um helicóptero...

Sim. Sim, ele está bem. — Ela olhou para Harry. — Sim, vou dizer a ele que alguém está a caminho. Ainda vou estar aqui... Sim, até logo.

Ela desligou e guardou o telefone de volta no bolso do jeans.

— Era o policial encarregado de coordenar a caça ao seu sequestrador.

— Eles o perderam de vista. — Harry gemeu.

— Ele se mandou com o Land Rover antes que alguém pudesse detê-lo. Ele atravessou o país. As viaturas não puderam segui-lo. — Daí o fato de ela ter mencionado o helicóptero. — Que merda! — disse ela. — Estávamos tão *perto*.

— Nenhum sinal do Land Rover, acredito.

— Não.

Harry se perguntava onde estava o mascarado, o que ele estava fazendo. Devia estar planejando outro ataque, sem dúvida. Ele parecia determinado a encontrar Nick, custasse o que custasse. Harry decidiu que talvez valesse a pena fazer Theo divulgar algumas fotos de suspeitos potenciais para um círculo mais amplo, incluindo Meyer Stanton e Damian Allen, aquele que tinha brigado com Guy durante a palestra, todos na casa de Eddie, assim como o pai de Lucas. O assassino de Guy era da região, e Harry poderia muito bem conhecê-lo. Caso contrário, por que disfarçaria a voz? Não que Harry tivesse reconhecido quando o homem tinha realmente falado, mas, como tudo o que ele disse foi um simples *Diga*, não o surpreendia.

Harry acabou com a última de suas torradas e empurrou o prato vazio para o lado.

— Obrigado.

— Foi um prazer. — Jessie sorriu para ele, exalando luz e carinho, e, se ele não estivesse tão exausto, ficaria muito tentado a beijá-la.

Um som na janela fez os dois se virarem.

— São os arbustos — disse Harry em um meio bocejo. Ele queria aparar os filamentos de glicínias que riscavam o vidro quando ventava, mas não tinha conseguido fazê-lo. Mais uma coisa para cuidar no fim de semana. Isso quando o mascarado tivesse sido pego e jogado na cadeia.

Mas depois veio um som fraco da porta da frente abrindo e fechando. Muito silenciosamente. Eles não tinham ouvido a chave girar na fechadura.

— Pensei que você tivesse trancado tudo... — Jessie sussurrou.

— Eu tranquei! — sibilou Harry. Ele já estava se deslocando do sofá quando Jessie trouxe o celular dela para chamar a polícia, ele presumia.

Harry foi até a lareira e pegou um fole, segurando-o com as duas mãos. Jessie deslizou para ficar fora da vista imediatamente ao lado da porta.

Passos suaves vieram do corredor, acompanhados por sons que Harry reconheceu imediatamente. Sua mandíbula suavizou.

— Querido! — cantou Nicole. — Sou eu!

Jessie olhou para Harry. Ela repetiu *Querido?* apenas com a boca e com um olhar de incredulidade.

— Ah, que lindo — disse Nicole. — Você acendeu a lareira.

Sua ex-mulher entrou na sala de estar. O cabelo loiro-branco dela estava preso em um coque, e ela usava um vestido de caxemira marrom que ia até o tornozelo bem agarrado ao corpo e longas botas de camurça cor de chocolate. Um lenço de seda vermelho e amarelo adicionava um toque perfeito de cor, como se tivesse sido jogado ali posteriormente, mas Harry sabia que tinha sido meticulosamente escolhido.

Ela estava segurando uma garrafa de seu uísque favorito e um grande livro de capa dura que ele sabia que era do último vencedor do Man Booker Prize. Ela olhou para Jessie como se estivesse assustada, mas para Harry pareceu exagerado.

— Meu Deus do Céu — disse ela. — Sinto muito, querido. Não sabia que você estava acompanhado.

— Nicole. — Ele percebeu que ainda estava ali segurando o fole e o colocou rapidamente na prateleira. — Esta é Jessie. Ela está...

— Indo para casa — disse Jessie bruscamente. Ela não olhou para Nicole ou Harry enquanto falava. Simplesmente se virou e saiu da sala.

— Ei! — Harry correu atrás dela, mas ela já estava atravessando o corredor e abrindo a porta da frente. — Jessie, espere!

Ao sair, ele percebeu que não estava usando nada nos pés além de meias. Mas não parou. Ele alcançou Jessie.

— Ela é minha ex-mulher — disse ele. — Ela...

— Ainda tem a chave — completou Jessie. — Apenas pessoas que querem a ex em suas vidas é que as deixam ter acesso, Harry. Você, acima de todas as pessoas, deveria saber disso. É psicologia básica.

Ela apertou a chave para destravar o carro, abriu seu Mini e entrou.

— Não é nada disso — disse ele. *Não agora que te conheci.*

— Tchau, Harry.

44

Harry observou Jessie se afastar e voltou para a casa. Não seguiu em direção a Nicole, mas subiu a escada e vestiu outro par de meias junto com os sapatos, dando a si mesmo um momento para pensar.

Na sala, Nicole se acomodara bem onde Jessie estava sentada. O livro e a garrafa de uísque estavam na mesinha ao lado do sofá. Harry escolheu ficar em frente à lareira.

— Gostaria que você devolvesse as chaves desta casa. Junto com as chaves da minha clínica.

Nicole levantou-se rapidamente.

— Não faça isso, Harry. Se eu soubesse que você tinha companhia, não teria entrado. Isso não vai se repetir, prometo.

Ele estendeu a mão.

— Chaves, por favor.

Os olhos dela foram do rosto dele até os nós dos dedos maltratados de Harry.

— Minha nossa! Parece que você esteve brigando. O que aconteceu?

— É uma longa história.

— Você está bem?

— Estou bem, Nicole. — Ele manteve a mão estendida. — Pode dar as chaves?

Ele a viu fazer uma pausa e mudar sua atitude.

— Querido, tem certeza de que isso é sensato? — Ela se aproximou o suficiente para que ele conseguisse sentir um odor que misturava o aroma de flores de verão com a vivacidade do sândalo. Seu perfume preferido, que ele sempre comprava para ela. — E se as crianças precisarem de mim e você não estiver aqui? Você não acha que seria prudente eu poder entrar? Para o caso de os meninos precisarem de mim. — Sua cabeça estava inclinada em um ângulo atraente, sua pele impecável, seus lábios macios e ligeiramente separados. Ele se revoltou contra sua beleza dolorosamente familiar. Caramba, tinha sentido falta dela.

— Se estiverem em perigo e eu não estiver aqui — disse ele —, eles podem ligar para a emergência.

— Harry — ela advertiu gentilmente —, não sou sua inimiga.

— Não, mas nós estamos divorciados. E você está morando com meu ex-melhor amigo.

Ela desviou o olhar brevemente. Mexeu no brinco. Ficou nervosa de repente, o que ele percebeu com surpresa.

— O que está acontecendo? — Ele franziu a testa, desconfiado dos motivos dela.

Ela respirou fundo, como costumava fazer antes de precisar abordar um assunto incômodo.

— Tentei te dizer antes. Quando fui à sua clínica. Mas você teve que ir jantar... Você provavelmente esqueceu. — Ela deu um sorriso triste.

Como ele poderia esquecer? Ela tinha dito que estava com saudade. Ele não ia dizer que tinha rezado para ouvir essas mesmas palavras desde que Nicole tinha ido embora, e que havia sonhado com a volta dela para casa. Do nada, ele ouviu a voz de Lucas, avisando-o para não a aceitar de volta. *Não importa o que ela diga.*

Ele viu a maneira como ela se vestia de forma tão precisa, aparentemente casual, mas com cada item projetado para exibir sua beleza. Decidiu não a ajudar. Não depois do seu falso pedido de desculpas por ter de se despedir de Jessie.

— Eu queria dizer que cometi um erro terrível, terrível. — Nicole implorou. — Nunca deveria ter te deixado. Não sei o que aconteceu comigo... Dave parecia que ia me dar alguma coisa que eu havia perdido, mas não era real. *Você é* real. *Nós* éramos reais. Quero outra chance, Harry. Ainda te amo. Sempre te amei. Só me perdi um pouco. Se você puder me perdoar, juro que vou ser fiel e amorosa pelo resto da minha vida. Quero me casar com você de novo. — Nicole ergueu a cabeça. — Quer se casar comigo, Harry?

A voz de Lucas na sua cabeça. *Ela vai fazer de novo... A vida é muito curta para ser tratado como um capacho velho.*

Quando Harry não respondeu imediatamente, um lampejo do que poderia ter sido incerteza cruzou seu rosto. Ou era perplexidade por não estar se precipitando a fazer o que ela queria?

— Sério, Harry. Não acredito que você queira jogar fora a vida que nós construímos juntos nos últimos dezesseis anos. Eu cometi um erro. Um erro estúpido e imprudente, de que me arrependo do fundo do meu coração. Não estamos mais velhos e mais sábios agora? Eu sei que você está extremamente irritado e chateado, mas, sinceramente, acredito que podemos resolver isso.

Ela tinha estragado tudo, era culpada de muita coisa, ele sabia, e, embora parte dele sentisse pena, a outra ainda se sentia amargamente traída. Será que poderiam recomeçar? Será que ele poderia confiar nela de novo? Ele conhecia casais que tinham conseguido superar a infidelidade, mas será que *ele* conseguiria? Ele pensou em Jessie e em sua atitude séria, a luminosidade que carregava com ela. Mas e as crianças? Ter a família unida novamente... Seu coração se elevou.

— Não — respondeu ele.

Nicole piscou.

Harry também piscou. Ele nem imaginava que ia lhe dar uma recusa tão categórica, mas sua percepção imediata era de que tinha sido bom. Sentiu-se bem com ele mesmo. Mais do que bem. Ele se sentiu no comando. Estranhamente livre. Tinha chegado ao ponto crítico de quando as coisas ficam cada vez mais claras, e sabia que tinha tomado a decisão certa.

— Não? — riu Nicole. E gesticulou para a porta. — Por causa *dela*?

— Não. Por nossa causa.

— Mas... — Nicole parecia nervosa. — Pensei que você ainda me amasse.

Harry a viu com clareza, provavelmente pela primeira vez na vida. Ele viu a maneira como ela usava a aparência para conseguir o que queria. A maneira como ela se vestia, sempre para obter algum efeito. Ele viu a beleza dela contrabalançada pelo medo de perder a aparência. Ela tinha usado Dave — o que Harry conseguia enxergar agora — para dar apoio às suas ansiedades, e, quando Dave não pôde mais dar aquele primeiro fluxo de excitação sexual, de juventude, voltou ao bom e confiável Harry.

— Dave está sabendo disso?

O olhar dela deslizou para o lado. Harry quase riu. Pobre Dave. Seus dias estavam contados e ele nem imaginava. Harry se perguntou se ela havia tido casos anteriores e percebeu que provavelmente sim.

— Você ainda me ama, né, Harry? — Sua voz era suave, sedutora.

Ele nem precisava pensar sobre isso.

— Não da mesma forma como quando nós éramos casados. — Ele sentiu a verdade de suas palavras ressoar no estômago, nos pulmões e no coração.

Ela fez um gesto abrupto em direção à porta, por onde Jessie tinha saído.

— Você não pode estar falando sério. — bufou Nicole. — Ela é australiana. — Nicole sempre considerou os australianos grosseiros e mal-educados.

— Eu gosto dela.

— Por que ela faz um café *fantástico*?

Ele se lembrou de Jessie ligando assim que ele chegou em casa depois do pub, e o leve raspar de cascalho atrás dele que soava como passos. Alguém tentando ficar quieto.

— Foi você? — perguntou ele, incrédulo. — Estava me espiando?

— Desculpe — disse Nicole, mas ele sabia que ela só estava pedindo desculpas porque tinha sido pega.

Ele viu o brilho dos faróis pela janela. A polícia tinha chegado.

— Olha, Nicole, você me pegou em um momento muito ruim. As coisas têm estado um pouco loucas por aqui e...

— Ei... — Uma faísca de raiva a acendeu. — Você não é o único que tem uma vida ocupada.

Ele levantou a mão quando alguém bateu na porta.

— Espere. — Ele a abriu para a detetive Libby Harding.

— Harry — disse ela. No minuto seguinte, ela se aproximou e jogou os braços ao redor dele. — Caramba, estou feliz em ver essa sua cara feia! Ficamos malucos quando você não apareceu. — Ela deu um passo para trás e o olhou de cima a baixo. — Puta merda! Já te vi com uma cara melhor.

— É superficial, aparentemente.

Libby endureceu de repente, avisando Harry de que Nicole obviamente o seguira até o hall.

— Libby — disse Nicole, com cautela.

— Estou aqui a serviço da polícia — disse Libby. Seu corpo inteiro ficou tenso como se ela estivesse em uma exibição pública. — Se Harry e eu pudéssemos conversar em particular, por favor.

O olhar de Nicole passou rapidamente entre os dois.

— O que está acontecendo?

Harry se virou e voltou para a sala de estar. Pegou o uísque e o livro de Nicole e os devolveu a ela.

— Eu te explico outra hora. — O rosto de Nicole ficou sem expressão, seu olhar distante. — E, por favor, devolva minhas chaves — disse ele. — Senão vou trocar as fechaduras.

— Vá se foder, Harry.

Ele parecia incomodar as pessoas e colecionar palavrões em um ritmo preocupante. Só o fato de estar se sentindo tão aniquilado, psicologicamente falando, explica por que ele achou aquele pensamento obscuramente divertido.

— Não tem graça, porra!

Nicole bateu a porta com tanta força ao sair que as janelas balançaram.

45

Harry acordou cedo com uma sensação de urgência. Havia algo que ele precisava fazer, algo crucial. Ainda estava escuro e, quando ele se virou para checar a hora no telefone, seu corpo protestou. Suas mãos estavam muito machucadas e com hematomas, seus músculos rígidos e infernalmente doloridos.

As memórias dos eventos do dia anterior voltaram com tudo.

A escavação para sair da casamata. A corrida até a A4. O cara do Fiesta e os outros dois perseguindo o mascarado. Jessie levando Harry para casa.

Jessie.

Ele acendeu a luz da cabeceira. Eram seis e meia. Ele fez a barba e se vestiu. Olhou para fora para ver se havia algum jornalista. Felizmente, Libby tinha ficado com ele naquela noite, afugentando uma enxurrada de repórteres, dizendo que ele estava muito cansado para responder às perguntas e que faria uma declaração pela manhã se quisessem. Ele não conseguia avistar nenhum repórter, não tanto por causa do frio — parecia que tudo estava congelado —, mas sim por causa da viatura estacionada lá fora.

No andar de baixo, ele cumprimentou o policial de plantão. *Para o caso de o mascarado tentar novamente*, Theo havia dito. O policial concordou em se juntar a Harry na cozinha, onde ele preparou mingau, café e torradas. Algo bem fortificante para um homem até então faminto e seu protetor. Ele leu as notícias na internet. Foi direto para o primeiro item no site da BBC nas abas "Reino Unido", "Inglaterra" e "Notícias locais":

Homem sequestrado no Oeste do país.

Um psicoterapeuta de 38 anos foi supostamente sequestrado e mantido em cativeiro em uma casamata histórica em Box Valley.

Harry Hope, de Batheaston, supostamente escapou quebrando o telhado, que estava apodrecido.

Ele colocou os pratos na lava-louças, pegou seu casaco de esqui e foi até o carro, agradecido por seu Rover estar estacionado debaixo de um alpendre e por não precisar limpar as janelas com neve. Ajustou o desembaçador para "total" e deu ré na estrada.

Enquanto ele saía, o policial o seguia, liberado de seu serviço noturno.

As crianças estavam tomando o café da manhã quando ele chegou à Fazenda do Eddie. Harry aceitou uma caneca de chá e mais uma fatia de torrada. Ele se sentia como se nada que comesse fosse o bastante depois daqueles dois dias de jejum forçado. Perguntou onde poderia encontrar Jessie.

— Ela está alimentando os cavalos — disse uma mulher. — Se fosse você, esperaria por ela na cozinha, que é para onde ela costuma ir depois. Ela não deve demorar.

Harry caminhou ao longo da passagem que ligava o celeiro convertido à sede da fazenda, olhando para o escritório enquanto passava. Não havia ninguém lá, mas um item adicionado à bagunça chamou sua atenção. Uma mala com cara de muito usada estava aparentemente pronta para partir, junto com uma mochila pequena. Em cima da mala havia alguns papéis. Normalmente Harry nunca invadiria a privacidade de outra pessoa, muito menos tocaria em algo que pertencesse a outro sem permissão, mas ele não estava vivendo em circunstâncias normais e não teve dúvida em dar uma olhada rápida, quando viu um bilhete de trem da Eurostar para Paris junto com um passaporte que guardava um punhado de euros entre suas páginas. Mas o que mais lhe interessou mesmo foi a passagem de Paris para a Nova Zelândia.

Ele voltou pelo corredor, ficando alerta ao ouvir vozes altas. Dois homens discutindo. Harry aumentou o passo.

— Você não pode simplesmente se irritar assim!

— Posso sim!

Harry se postou do lado de fora da porta da cozinha e encontrou Eddie e Lucas parados a apenas alguns metros de distância. O rosto de Eddie estava vermelho. Lucas, por sua vez, estava um pouco pálido, indicando que estava em um grande estado de fúria.

— Mas e as crianças? — Lucas perguntou, gesticulando na direção da cantina. — Você não pode deixá-las na mão de uma hora para outra! Abandoná-las como um monte de lixo!

— O que vai adiantar para as crianças se eu estiver preso?

Com a menção à prisão, Harry recuou e saiu da vista antes que pudessem vê-lo.

— Você é um velho idiota! — gemeu Lucas. — Quantas vezes tenho que te dizer? Você não vai para a cadeia. Eu te garanto. Apenas confie em mim.

— Mas essas pessoas ficaram aqui durante a noite. — O tom de voz de Eddie subiu. — Além disso, eles já se encontraram aqui três vezes antes para planejar essa coisa. Eu os ajudei e encorajei. Dei a eles um ponto de partida para hoje. A polícia vai acabar com um por um, Lucas. *Com um por um*. E eu tenho toda a intenção de estar do outro lado do mundo quando isso acontecer.

— Os britânicos têm acordos de extradição com a Nova Zelândia — disse Lucas, maliciosamente. — Eles podem te mandar de volta sem problemas.

— Mas, se alguém morrer, não vou estar lá, correto?

— Quantas vezes tenho que te pedir para parar de ser tão melodramático, ninguém vai morrer...

— Você está atacando o SCTA, Lucas! — Eddie de repente pareceu se assustar. — O Serviço de Controle de Tráfego Aéreo! Você realmente acha que, quando soltar a sua bomba, não haverá acidentes? Eles orientam milhares de voos todos os dias...

— Pelo amor de Deus, eu já disse que o SCTA tem cópias de segurança, mil planos de contingência, nada vai acontecer com nenhum turista feliz indo para a Espanha, é um...

— É a distância entre você explodir o lugar e o primeiro plano de contingência ser colocado em prática que me assusta. Serão centenas de aviões lá em cima *sem nada que os oriente*. Eles não vão ter nenhum aviso se estiverem muito perto de outro avião. Nenhum alerta se outra aeronave mudar de altitude e se dirigir diretamente a eles no mesmo nível. Vocês estão brincando com centenas de vidas. Dá para entender isso? Um único avião transporta mais de trezentos passageiros. Tudo isso é uma loucura irresponsável. Pessoas vão morrer, e eu não quero TER NADA A VER COM ISSO!

Harry sempre achou que fazia um bom trabalho em governar suas próprias defesas, mas nada o tinha preparado para isso. Enquanto estava no corredor, sentiu como se as palavras de Eddie tivessem vindo de uma grande altura, esmagando-o.

Lucas ia explodir o Controle de Tráfego Aéreo do Reino Unido.

— Então — disse Lucas, sarcástico. — Você está feliz em deixar aviões carregados de beagles chegarem sem aviso prévio ao Reino Unido, a partir de hoje. Você está feliz por eles serem usados em experimentos?!

— Você sabe que eu odeio vivissecção tanto quanto você — Eddie retrucou. — Mas você não poderia encontrar outra maneira de divulgar isso sem colocar em perigo a vida de pessoas inocentes?

— Tipo o quê? Ficar do lado de fora do aeroporto de Heathrow com um cartaz? Ninguém vai prestar atenção, você sabe disso. O público em geral é imune a qualquer coisa que não seja uma decapitação pública. Precisamos de algo grande para chamar a atenção da mídia. Algo dramático, algo *digno de notícia*. Você sabe que estou certo, mas não tem coragem para admitir, não é isso, Eddie?!

— Sério, pessoal! — Outro homem falou. — Parem de brigar, será possível? Estou ficando com dor de cabeça. Eddie, você tem sido ótimo, nos deixando ter nossas reuniões. Estamos muito gratos. Mas está na hora de pegar a estrada. O relógio está correndo.

Harry sentiu um formigamento. Ele deu um passo à frente, esticando o pescoço, querendo ver quem era, sem perceber que estava prestes a pisar em algum grão.

Croc.

No silêncio repentino, aquilo soou chocantemente alto.

— Jessie — o homem chamou —, é você? — Harry prendeu a respiração.

— Charlie, vá para o micro-ônibus — ordenou Lucas. — Confira tudo.

— Tá bom.

Passos pesados saíram da cozinha. Harry estava prestes a se afastar quando, de repente, Lucas estava lá, enchendo a porta.

— Harry? — Ele parecia surpreso. — Que merda você está fazendo aqui?

— Vim ver Jessie.

— Ela está limpando os cavalos.

— Eu sei. Disseram para esperar por ela na cozinha.

Uma longa pausa.

— Então é melhor você entrar e esperar.

Lucas o olhou de cima a baixo.

— Ouvi dizer que você foi sequestrado. Você está bem? Você está com uma cara horrível.

— Estou bem.

— Há quanto tempo você estava ouvindo?

— Não estava — mentiu Harry, balançando a cabeça e estendendo bem as mãos, esperando que Lucas acreditasse em seu comportamento inocente. Ele tinha toda a intenção de sair dali e alertar a polícia sobre o mais recente e horrivelmente perigoso esquema de Lucas.

Lucas fez que não com a cabeça.

— Eu sei muito bem quando você está mentindo, Harry. — Ele se voltou para Eddie. — Ele ouviu tudo. Acredite em mim. Cada palavra. Nada passa pelo maldito Harry Houdini. — Eddie olhou para Harry, consternado.

— Você ouviu?

Harry engoliu em seco.

Eddie murmurou:

— Merda. Isso está ficando cada vez melhor.

Harry ficou com mais raiva.

— Você vai mesmo deixar ele fazer isso? Colocar centenas de vidas em risco? — Eddie evitou os olhos de Harry. — Pelo amor de Deus, *por quê*? — Harry não podia acreditar que Eddie ia virar as costas para toda aquela merda.

Lucas cruzou os braços enquanto enfrentava Eddie.

— Sim, Eddie. Por quê?

Eddie lançou a Lucas um olhar de tamanho ódio que Harry ficou surpreso por Lucas não ter recuado, mas este sempre teve a carcaça de um rinoceronte.

— Pobre Eddie. — Lucas deu um suspiro dramático. — O que ele teve que aturar. Flagrado com a calça abaixada e o pau na metade da garganta de uma das suas criancinhas vulneráveis e problemáticas!

Quantos anos ela tinha?

— Quinze para dezesseis...

— Menor de idade, Eddie — Lucas continuou provocando. — E estava sob os seus cuidados.

— Nós estávamos noivos. — Eddie cerrou os punhos. — Nós nos amávamos.

— Você tem trinta e cinco anos! *Vinte anos a mais do que ela!* Você acha que os pais dela iriam pagar pelo casamento? Recebê-lo de braços abertos? Eles confiaram em você para cuidar da filha deles, e não para transar com ela por todos os orifícios, seu pervertido!

Eddie ficou vermelho como uma beterraba, e Harry não sabia se era por raiva ou por vergonha.

— Então, Harry — Eddie rosnou —, agora você sabe por que eu deixei Lucas passar por cima de mim. Ele ameaçou ir a público. A fazenda estaria acabada se ele fizesse isso. Ninguém mais mandaria seus filhos para cá.

— E com razão! — desafiou Lucas.

— Agora, entenda. Não a vejo desde...

— Porque você foi pego — Lucas concordou —, e eu a mandei de volta para casa.

O olhar de Eddie se fixou em algo atrás de Harry. Sua expressão mudou para uma de alarme. Harry começou a se virar quando dois braços o agarraram por trás e o apertaram de uma maneira que prendeu sua respiração. A voz em seu ouvido disse:

— Quem diabos é você, cara? Me diga agora mesmo ou eu vou quebrar a porra do seu pescoço.

46

Harry plantou os pés no chão e deu uma torção vigorosa para testar a força do homem, mas o cara simplesmente apertou mais até que seus braços rígidos fizessem as costelas de Harry rangerem.

— Ei, Charlie — disse Lucas. — Vá com calma. Harry é meu amigo. — O homem relaxou um pouco o aperto, e Harry respirou fundo. No segundo seguinte, uma mulher apareceu na frente de Harry. Cabelo roxo e comprido de um lado da cabeça, e o outro lado raspado. Muitos piercings nas orelhas, e mais dois nos lábios. Ela analisou Harry com seus olhos estreitos cor de água suja.

— Que tipo de amigo? — perguntou ela, desconfiada.

— Um tipo de amigo do projeto SCTA — respondeu Lucas.

Seu rosto assumiu uma expressão absoluta de incredulidade.

— Ele sabe sobre o SCTA?

— Desde o primeiro dia.

Ela se virou para encarar Lucas.

— *O quê?* Você disse que ninguém sabia disso a não ser o grupo central!

— Eu menti. — O olhar predatório dele a encorajou a desafiá-lo.

— Que ótimo, Lucas! — Ela jogou as mãos no ar. — O que mais você tem na manga?

— Que ele vai com a gente.

— Caralho! — explodiu ela. — Vamos fazer piquenique também? Um churrasco para grelhar nossas salsichas? Um cooler cheio de cerveja?

— Nossa, por que não pensei nisso?! — Lucas falou lentamente. — Acho que deve ser porque sou um homem que faz coisas mais elevadas do que o plano básico.

O rosto dela corou.

— Você é um merda às vezes.

— Eu sei. — Lucas sorriu, sem arrependimento. Ele se virou para Charlie. — Pelo amor de Deus, coloque o Harry no chão, tá?

Quando Charlie o soltou, Harry tropeçou. Apoiando-se na mesa da cozinha, ele viu que Charlie era tão grande quanto pensava, bem mais de um metro e oitenta e muito forte. Ele usava um moletom de Glastonbury e tinha dreadlocks que chegavam aos ombros.

— Oi — disse Harry. Ficou aliviado por sua voz ter saído relativamente normal, e não o guincho estridente que ele temia.

— Oi.

— E essa é a Kay — disse Lucas. — Diminutivo de Kayleigh, mas ela não usa o nome completo porque não quer que as pessoas pensem que é uma caipira, certo, querida?

Por uma fração de segundo, o rosto de Kay se contraiu de fúria. Lucas simplesmente lhe deu uma piscadela descarada.

— Você me ama de verdade — disse ele. Lucas virou-se para Harry. — Kay está na lista negra de Carrigan desde que jogou ácido na cara da irmã dele. Ela não tem um pingo de remorso pelo que fez.

Kay fez uma careta.

— Por que eu deveria? Ela mereceu.

Harry sentiu sua alma estremecer. Eram pessoas excepcionalmente perigosas. Ele tinha que pisar com cuidado.

— Ele é de boas? — perguntou Charlie, que estava observando Harry por seus pequenos olhos marrons cheios de suspeitas.

— Cem por cento — garantiu Lucas.

— Ele já cumpriu pena?

— Quatro anos.

— Por quê?

— O mesmo que você. Agressão grave. — O olhar de Lucas estava em Harry, advertindo-o para se alinhar com o que estava falando.

— Charlie — disse Lucas a Harry — tentou matar uma pessoa que se infiltrou no nosso grupo. Por sorte ele não teve sucesso, ou ainda estaria na cadeia.

— Quem dera! — Charlie rosnou. — Teria valido a pena ter visto o crânio daquele desgraçado explodir.

— Ele colocou a cabeça dele em um torno — disse Lucas. — Mas alguém o interrompeu e, para encurtar uma longa história, nosso espião fugiu. No final, porém, foi a palavra do espião contra a do Charlie e, graças a um advogado gerenciador de crises que eu encontrei, o juiz foi fácil.

Charlie olhou para Harry por um longo momento.

— Nós não gostamos de espiões. — A boca de Harry estava seca, as palmas das mãos úmidas.

— Nem de enroladores. — Lucas olhava diretamente para Eddie enquanto falava.

— Não vou — protestou Eddie. — Já prometi. — Ele deu um sorriso fraco. — Você já me disse que tem amigos na Nova Zelândia. Não vou dizer uma palavra, juro.

A mente de Harry disparou. Eddie seria corajoso o suficiente para ligar para a polícia do aeroporto? Corajoso o suficiente para arriscar a represália do grupo se ele os delatasse? A mente de Harry deu outro salto. Será que alguém do grupo tinha matado Guy porque ele os traíra de alguma forma?

Lucas consultou o relógio.

— Tudo isso é muito legal, mas está na hora de ir. O resto dos meninos e meninas deve estar na van, só esperando. — Ele fez gestos como de enxotar para Charlie e Kay, indicando que deveriam sair. — Nos vemos lá fora em dois minutos.

Surpreendentemente obedientes, Charlie e Kay saíram em seguida.

Lucas estendeu a mão para Harry.

— Seu celular, por favor.

Harry o entregou a Lucas, que o desligou antes de guardá-lo no bolso de trás de sua calça jeans.

— Você entende que eu não confio em você e que posso te entregar, não é Harry? Mas não quero te perder de vista caso se meta em problemas novamente. Só que essa não é a única razão para você se juntar a nós. Você deve ter percebido que os caras com quem estamos lidando não são muito bonzinhos. Eles levam a sério o que fazem. São fanáticos. E, se eles acham que você é uma ameaça, não vão pensar duas vezes antes de te foder.

Harry fez uma careta.

— Se você está me pedindo para te agradecer, isso não vai acontecer.

— Certinho como sempre. — Lucas fingiu estar exaltado.

Enquanto passavam pela porta, Lucas fez uma pausa e olhou por cima do ombro para Eddie com piedade, dizendo:

— Covarde.

A van era um micro-ônibus Ford Transit de catorze lugares com teto branco, carroceria amarela e as palavras "ÔNIBUS-FESTIVAL" estampadas acima do para-brisa. As laterais exibiam decalques de flores em estilo hippie.

— Festival? — perguntou Harry a Lucas.

— Tudo para parecer inofensivo. Não ameaçador. — Abrindo a porta deslizante, Lucas cumprimentou os ocupantes. Apenas sete assentos estavam preenchidos. Cinco homens e duas mulheres. Dois dreadlocks, duas cabeças raspadas. Muitas tatuagens e piercings. Como Lucas, eles tinham cerca de trinta e poucos anos, e pareciam ativistas endurecidos pela batalha.

Ele viu vários cartazes: "Proíbam as importações de beagles", "Viagem ao inferno", "Parem com o transporte de animais de laboratório".

— Este é Harry — Lucas o apresentou. — Um amigo meu. Um grande amigo. Nós nos conhecemos há muito tempo.

Lucas estava se apropriando dele. Advertindo os demais.

— Oi, cara — disse um homem com um parafuso na sobrancelha.

— Harry vai se juntar a nós hoje. Ele vai comigo no meu carro.

— Legal.

Lucas fechou a porta.

— Charlie e Kay vão sentar na frente. Charlie vai dirigir. Você pode dirigir o meu carro. Assim eu fico de olho em você.

Harry tirou o Touareg de Lucas do estacionamento, e diminuiu a velocidade quando Jessie apareceu. Ela estava conduzindo um pequeno cavalo cinza com a crina e a cauda pretas. *Olhe para mim*, ele implorou. *Me veja.*

Era como se ela o tivesse ouvido. Ela olhou de relance e seus olhos se arregalaram.

— Não fale porra nenhuma — avisou Lucas.

— Vai se foder — disse ele, e mandou um beijo para Jessie.

47

Harry passou a primeira metade da viagem tentando dissuadir Lucas de seguir em frente com sua trama, sem sucesso.

— Você sabe quanto tempo leva para planejar uma coisa desse tipo? Caramba, Harry! Mesmo que eu quisesse desistir agora, não tenho como fazer isso. São muitas pessoas envolvidas. Muita gente confiando em mim. Além disso, como isso ia parecer para todos os meus fãs? — Ele sorriu. — Eles me amam, você sabe. Algumas garotas chegam a me mandar calcinhas pelo correio.

Harry tentou todas as cartas na manga que tinha, desde a empatia pelas vítimas em potencial até a provável pena de prisão de Lucas, mas ele estava irredutível. Em algum momento, Lucas se cansou.

— Cala a boca, Harry! Estou entediado com essa sua palhaçada de bom moço. Você é *chato* pra caralho!

Harry sabia quando recuar.

Um pouco mais tarde, para sua descrença, Harry se viu dirigindo o Touareg de Lucas pela M3 antes de entrar na M27 em direção a Portsmouth. Foi como ter uma dose ruim de *déjà-vu*, por ter estado lá no sábado anterior.

— Por favor, não me diga que vamos parar no posto de gasolina de Swanwick — gemeu Harry.

— Sim, ouvi dizer que foi lá que ele te pegou — disse Lucas. — Desgraçado esperto. Também ouvi que você tentou armar para ele. — A cabeça de Harry girou rapidamente. — Cuidado com a estrada — avisou Lucas.

— Como você ficou sabendo?

— Adivinha.

Harry lançou um olhar para Lucas e seu rosto presunçoso. Harry ficou arrepiado.

— Você não.

— Ah, então você os encontrou?

— Caramba, Lucas! O que você estava fazendo grampeando a minha casa? — Sua mente imaginou os sete dispositivos. — De que tipo eram? Onde foram feitos?

— Alemanha. Os outros, cinco deles que eu encontrei, foram fabricados na China. Baratos, mas eficazes. — Lucas apontou para a frente. — Pegue a próxima saída.

Cruzamento oito.

Uma onda de incredulidade percorreu Harry.

— Você viu os outros grampos?

— Sim. Eu os deixei intactos para o cara não pensar que eu sabia o que ele estava fazendo.

A mente de Harry estava tão sobrecarregada de perguntas que a única coisa que conseguiu dizer foi:

— *Por quê*?

— Eu precisava saber onde Nick Lewis estava. — Lucas olhou pelo retrovisor. — Pode ir.

— Nick? — Harry repetiu, em um tom estrangulado.

— Sim. Você sabe onde ele está, não sabe?

— Não. — O que era verdade. Meyer Stanton já o teria movido para outro lugar naquele momento.

— Isso provavelmente é uma coisa boa para Nick — disse Lucas —, mas não para você, se um certo alguém não acreditar que você está dizendo a verdade.

— Mas eu estou dizendo a verdade.

— Eu sei. — Lucas virou a cabeça para olhar para o perfil de Harry. — Eu sempre sei quando você mente. — Harry dirigiu ao longo da rampa de acesso. — Saia na rotatória — continuou Lucas. — Depois pegue a próxima.

Harry engoliu em seco.

— Por que você quer saber de Nick?

— Para ajudá-lo, é claro... Quem você acha que te ligou quando você saiu da casa de Fianna? Que mandou você *correr*. A fada do dente?

— Foi *você*?

— Estou sempre cuidando de você, Harry.

— Mas... isso significa que você estava vigiando a casa de Fianna?!

— Quem você acha que chamou a ambulância?

Ele tinha esquecido que Theo ainda não havia descoberto quem ligara para a emergência dizendo que uma mulher tinha sofrido uma overdose, falando para *ser rápido ou ela poderia morrer.* Harry dirigiu sobre o rio Hamble sem se dar conta da água ou das filas de iates atracados.

— Próxima à esquerda — disse Lucas.

Harry seguiu a instrução.

— Você esteve me seguindo.

— Acho que pode parecer assim.

— Quem matou Guy? Você sabe?

— Você precisa virar a terceira à esquerda. Na direção do museu dos tijolos.

— Lucas...

— O micro-ônibus está vindo?

Quando eles perderam o ônibus na rodovia, Lucas havia ordenado que Harry diminuísse a velocidade, mas, como eles estavam conversando, Harry havia se esquecido de prestar atenção. Ele checou o retrovisor, mas não conseguia ver o ônibus amarelo.

— Não.

Lucas enviou uma mensagem de texto, que foi respondida quase imediatamente.

— Eles não estão muito atrás — disse ele a Harry, guardando o celular no bolso. — Vamos estar no ponto de encontro em menos de cinco minutos. Eles vão nos encontrar lá.

O estômago de Harry apertou. Mais uma vez, ele perguntou:

— Quem matou Guy?

— Não nesta, na próxima à esquerda.

Percebendo que Lucas não iria responder, Harry mudou de estratégia.

— Por que ele tentou matar Fianna?

— Ela sabe com quem Guy ia se encontrar no momento em que foi assassinado. Ela sabe tudo sobre o assassino, o que o deixa extremamente desconfortável, para dizer o mínimo. Ele gosta de ficar abaixo do radar. Ficar invisível. Basta dizer que, se Fianna falar com a polícia, ele vai ser o principal suspeito, pois seu DNA seria encontrado para combinar com as evidências na casa de Guy e no corpo dele, e ele seria preso e, provavelmente, condenado... Por aqui.

Harry sentiu o estômago embrulhar.

Fianna sabia quem era o assassino.

Harry virou à esquerda mais uma vez e passou por cima de uma pequena ponte de mão única. Arbustos escondiam parcialmente a ferrovia abaixo.

— É a perda de memória da Fianna que a mantém viva — prosseguiu Lucas. — Falsificada, é claro. Ideia minha, e que está funcionando. Mantendo-a segura.

Harry apertou o volante com mais força.

— Você consegue entender... — Lucas continuou explicando. — O problema de Nick é que ele pode identificar o assassino, e, se Fianna der uma declaração, ele está condenado. Portanto, os dois estão correndo um grande perigo. Mas não você, Harry. Vou garantir que ele não se aproxime de você.

A mente de Harry repassou o que Lucas havia dito. Seu uso da palavra "*ele*". O conhecimento de Lucas sobre o assassino, como ele trabalhava, como pensava. Sua sensação de estar no controle, aquele que tudo vê e tudo sabe. Harry sentiu os pelos do corpo se arrepiarem. Será que Lucas poderia estar falando de si mesmo? Será que havia se desassociado de alguma forma? Será que ele se via como duas pessoas separadas?

Lucas era egocêntrico e megalomaníaco, manipulador e traiçoeiro, e se achava superior a todos os outros, mas o que encaixava psicologicamente, na visão de Harry, era a constante necessidade de Lucas por excitação. O momento em que Lucas se sentia mais feliz era quando estava no comando de algo perigoso, no limite. Ele se daria conta, Harry percebeu, de que gostava desse tipo de situação, correndo em círculos ao redor da polícia, grampeando Harry, seguindo seu carro, estando sempre um passo à frente, sabendo de tudo o que estava acontecendo, quase como se fosse um deus. Que inteligente da parte dele assumir o controle de Fianna, depois que Harry o pegara tentando encenar o suicídio dela!

— Quem diria... — continuou Lucas. — Você é muito útil em uma briga, não é? Ele ficou um pouco surpreso pela sua reação em Bosham.

Eu disse a ele que você não é um banana, mas ele não acreditou em mim. Ele só via um psiquiatra sentimental que não mataria uma mosca — um verdadeiro animal de estimação —, mas você se transformou na porra de um leão, cara. Foi um choque, para ser honesto. Mas, quando você era criança, apesar de quieto, nunca desistiu... Vire à direita aqui. Por dentro do museu dos tijolos...

Embora a placa dissesse "Fechado", o portão estava aberto. Não havia carros dentro do museu, e ninguém por perto. Com camadas de neve ininterrupta cobrindo os prédios e o chão, o lugar parecia abandonado e deserto. Lucas conduziu Harry por um pátio coberto por neve e vários galpões de tijolos. Uma chaminé estava no centro, quebrada.

— Continue.

Harry passou por meia dúzia de mesas e bancos de piquenique à esquerda, incrustados de neve. No fim do pátio, uma pequena placa dizia "Estacionamento", direcionando o trânsito para a direita. À frente, havia uma ponte de concreto desativada, com quatro pilares vermelhos, impedindo o acesso de veículos.

Cada um tinha um cadeado na base.

— Pare aqui. O ônibus vai nos alcançar. Deixe o motor ligado. — Harry podia sentir seu coração batendo, um *baque* constante.

— Tá bom — disse Harry. — Então por que ele matou Guy?

— Porque ele sabia.

— Sabia o quê?

Os olhos de Lucas estavam inexpressivos.

— Sobre aquele dia.

48

— Você está falando da Fazenda Highfield? — Apesar de Harry ter tentado manter o tom de voz, soou várias oitavas mais alto que o normal. — A morte do sr. Evans no incêndio?

— Sim.

— O que aconteceu? — Harry lambeu os lábios. — Nós vimos você entrar no porta-malas do carro de Carrigan e...

— Eles já chegaram.

Por um momento, Harry pensou que Lucas o estivesse distraindo novamente, sem querer responder, mas então ele viu o micro-ônibus amarelo parando atrás do carro.

Lucas agarrou o braço de Harry.

— Eu te conto mais tarde. Direto para cima. — Harry assentiu com a cabeça.

Lucas estendeu a mão.

— A chave do carro, por favor.

— Quer deixar o motor desligado?

— Sim.

Harry a entregou e viu Lucas saltar e caminhar até os postes de amarração. Embora estivesse ansioso para tentar algum tipo de ação, se ele fugisse Lucas o pegaria. Ele era a pedra no meio do caminho de Harry. Além disso, havia sete fanáticos atrás dele, que não hesitariam em derrubá-lo. Lucas destravou cada poste de amarração e deixou que cada um caísse no chão. De volta ao carro, ele devolveu a chave.

— Atravesse a ponte.

Harry passou por cima da ponte e da M27. Ouviu os pneus rangendo na neve e no gelo. Enquanto seguia pela estrada, ele se inclinava para a direita; então, ele o viu. Um grande edifício semicircular moderno com muitas janelas e um estacionamento na frente. Degraus rasos levavam à entrada principal. SCTA. O estacionamento estava danificado em alguns lugares, com a neve derretendo. Mais de cem carros estavam estacionados. Todos estavam no trabalho. Um dia normal.

Entre eles e o estacionamento do SCTA havia um portão reforçado de arame metálico, sem dúvida coberto por câmeras de segurança e vigilantes 24 horas por dia.

— Saída de emergência — disse Lucas. — Eles têm outra do outro lado do prédio.

Mais uma vez, Lucas pegou a chave do carro das mãos de Harry. Ele saiu, andou até o portão e o destrancou, abrindo-o bem para que o Touareg e o micro-ônibus pudessem passar.

Quando voltou para o carro, Lucas apontou para a direita.

— Dirija para a parte de trás do prédio.

Enquanto Harry dirigia, observou o micro-ônibus ir para a esquerda, passando pelo estacionamento.

— Onde você conseguiu as chaves do portão e dos postes de amarração? — Harry perguntou.

— Onde você acha?

— Alguém que trabalha aqui.

— Sempre em cima do lance, Harry. — Lucas deu a ele uma saudação rápida com o dedo indicador.

Harry olhou para o outro lado e viu o micro-ônibus estacionar ruidosamente na frente do prédio. O medo se espalhou pelo seu coração.

— Cheio de explosivos, o suficiente para derrubar o reino inteiro — disse Lucas, entusiasmado. — Isso deve significar um chute na bunda da mídia britânica. Já consigo ver as manchetes.

— Lucas — disse Harry com urgência. — Por favor, você...

— Cala a boca, Harry. — Lucas lançou-lhe um olhar de aviso. — E, por favor, não tente foder com nada porque tudo está saindo perfeitamente como o planejado. Confie em mim. Os caras vão sair em um momento e mostrar seus cartazes, tirar algumas fotos e depois vão correr como em uma orgia.

— O dispositivo é controlado remotamente? — perguntou Harry. — Ou já está armado?

— Vejamos dessa forma: você vai saber exatamente ao meio-dia. — Harry olhou para o relógio do painel.

Eram 11h33.

Ele sentiu um grande horror.

Como poderia impedir isso?

No espelho retrovisor, ele viu os ativistas saindo do micro-ônibus. Estavam agitando seus cartazes e gritando. Harry pensou ter visto alguém acenar com um rifle de assalto.

— Eles estão *armados*?

— Estão sempre armados, porra. — Lucas parecia irritado. — É por isso que são tão perigosos.

— E você?

Lucas abriu o porta-luvas e retirou uma pistola de ponta achatada. Verificou as balas. Ele a manuseava com habilidade, como se o tivesse feito mil vezes.

— Caramba! — Harry sentiu que ia desmaiar.

— É para autodefesa — disse Lucas. — Não vou atirar em ninguém sem motivo. Não sou como eles. Todos têm zero integridade.

Harry não conseguiu se segurar. Diminuiu a velocidade do carro. Tinha que tentar impedir a explosão.

— Continue, Harry — advertiu Lucas. — Vá para a parte de trás do prédio, onde estaremos protegidos.

O pulso de Harry disparou. Ele estava se perguntando se poderia dar um soco na cabeça de Lucas, pegar seu celular e ligar para a emergência, pular do carro e correr para avisar alguém...

Ao passarem por uma área cheia de lixeiras industriais, Lucas disse:

— Eles esperam que os aguardemos aqui. Podemos colocar todos neste carro. Nós já testamos. É apertado, mas é possível. Só que não vamos esperar. Vamos dar o fora daqui.

— O quê? — O pé de Harry vacilou no acelerador.

— Continue.

Harry respirava com dificuldade, zumbindo de tensão. Ele se encolheu quando o telefone de Lucas tocou.

Lucas atendeu e ouviu por um momento.

— *O quê?* — Seu rosto foi tomado pelo horror. — Porra! Tudo bem. Estou a caminho. — Ele desligou.

Pela primeira vez, Lucas parecia abalado. Ele estava distraído, preocupado.

— Qual é o problema?

— Maldita Kay... Caramba, estamos quase lá e então ela... PORRA! — Ele bateu as mãos contra o painel. Respirou fundo. — Merda, merda. Tudo bem.

Harry viu que foi preciso um esforço imenso para que ele se controlasse.

— O que Kay está tramando?

— Você tem que confiar em mim, Harry. — Ele falou rápido. — Não tenho tempo para explicar... — Lucas pegou outra chave. E começou a abrir a porta. Já estava saindo do carro quando se aproximaram de uma segunda saída de emergência. — Dirija e eu te tranco. Assim, você vai ficar seguro.

Harry sentiu pontadas de suor por todo o corpo. Lucas o estava deixando com o veículo?

No último segundo, Lucas lançou a Harry um olhar urgente.

— *Confie em mim.* — Harry deu um aceno.

Lucas saiu, deixando a porta entreaberta. Correu para o portão.

A boca de Harry secou.

Assim que as mãos de Lucas tocaram o portão, Harry se inclinou e fechou a porta do passageiro. Em seguida, bateu com o punho no centro do botão de bloqucio, deu ré, virou o Touareg e meteu o pé no acelerador.

49

Como Harry imaginava, Lucas respondeu rapidamente. Ele explodiu em uma corrida até o carro, mas Harry foi mais rápido. Ele girou o volante com força, fazendo o carro girar 180 graus. No instante em que o carro parou, de frente para o prédio do SCTA de novo, Lucas estava lá, agarrando a maçaneta da porta do passageiro, tentando abrir a porta.

— Harry, não! — Lucas gritou.

Harry pisou no acelerador e, mais uma vez, o motor rugiu. O carro disparou de volta para a garagem. Passou pela parte de trás do prédio. Pouco antes de virar a esquina, ele olhou no espelho retrovisor para ver Lucas correndo atrás dele.

Olhou para o painel.

Eram 11h47.

Quando Harry se aproximou da área das lixeiras, viu seis ativistas correndo em sua direção. Onde estava o sétimo? Onde estava Kay?

Harry apertou a buzina, sem desacelerar. Os ativistas permaneceram no meio do pátio. Charlie diminuiu a velocidade, no entanto, e acenou com os braços.

Harry fez menção de passar direto por eles, esperando que sairiam do caminho. Ele não tinha certeza do que iria fazer.

Atropelá-los? Ir até o micro-ônibus e empurrá-lo para o lado? Tentar empurrá-lo para longe do prédio? Tudo o que ele sabia era que não podia ficar parado e deixar uma catástrofe acontecer.

No entanto, quando ele se aproximou das lixeiras, tudo mudou.

Em um segundo, havia seis ativistas correndo em sua direção. No próximo, uma dúzia de homens vestidos de preto apareceu. Eles usavam capacetes e coletes à prova de balas e seguravam submetralhadoras. Estavam gritando.

Charlie sacou uma pistola. Tudo enlouqueceu.

Pá!

Charlie girou e caiu no chão.

Os ativistas se dispersaram.

Harry freou até parar. Deixou o motor ligado. Saiu do carro.

Uma bala passou raspando sobre sua cabeça.

Um megafone gritava:

— Você está cercado! Ponha as mãos para cima e se renda ou nós vamos atirar!

Harry se jogou no chão e, de quatro, subiu por cima de Charlie.

— Ei, cara — gemeu Charlie.

— Obrigado. — Ele deu um sorriso. Uma gota de sangue apareceu em seu lábio inferior e deslizou pelo queixo.

— Ei... — Harry passou as mãos sobre o casaco de lã e o jeans do homem. Sentiu uma protuberância no bolso frontal direito. Ele puxou as chaves do micro-ônibus. Guardou-as no bolso e correu de volta para o Touareg.

Lucas estava se aproximando. Correndo como um desesperado, jogava a cabeça para trás, os braços e pernas balançando como pistões. Ele parecia estar correndo para a linha de chegada das Olimpíadas.

Harry correu para o carro.

Mais tiros foram disparados.

Uma bala atingiu o painel lateral do Touareg enquanto ele saltava para o banco do motorista. Estava puxando a porta para fechar quando a porta do passageiro foi aberta. Lucas entrou.

— Vai! — gritou ele.

Não houve tempo para empurrar Lucas para fora ou lutar com ele.

Harry pisou fundo no acelerador.

Lucas fechou a porta com força.

Harry desceu correndo pela lateral do prédio. Estava prestes a virar para a direita, para a frente do SCTA, quando, com um *golpe* de estilhaço, uma bala atingiu o vidro de trás.

— Mais rápido, Harry! — Lucas gritou.

No segundo seguinte, o painel se espatifou. Um pedaço de plástico atingiu o rosto de Harry. Ele se encolheu, mas manteve as mãos no volante.

Outra *pancada*.

E outra. Desta vez o vidro de trás explodiu em um jato de estilhaços.

Harry se abaixou. Ele dizia "merda, merda" repetidamente, e Lucas gritava "Mais rápido"!

Harry virou o carro na esquina e rugiu em direção ao micro-ônibus. Sua respiração estava ficando difícil e mais rápida, sua pulsação acelerando.

— Acha que consegue? — disse Lucas ofegante.

— Vou tentar. — Não havia tempo para frases longas. E não havia tempo para pensar por que Lucas não o estava impedindo.

Harry colocou o Touareg ao lado do micro-ônibus.

— Quatro minutos — disse Lucas enquanto descia do carro.

Harry se atirou atrás dele.

Uma bala zunindo foi parar no ônibus.

— Traga-a para baixo! — gritou um homem.

Harry olhou em volta. Por um momento bizarro, ele congelou. Era Carrigan. Ele estava agachado, meio protegido pelo capô de um carro. Segurava uma submetralhadora, sua bochecha estava como que se aconchegando contra a coronha. Ele usava uma jaqueta preta e um capacete, mas Harry não o confundiria.

Então, Carrigan atirou novamente no micro-ônibus.

Para horror de Harry, ele viu que Kay estava no banco do passageiro do micro-ônibus. Ela usava uma pistola, atirando em Carrigan pela janela quebrada antes de se abaixar novamente.

Harry correu atrás de Lucas até a traseira do ônibus.

Kay havia colado um cartaz na janela de trás. Ele mostrava a foto de um filhote de beagle com sangue escorrendo dos olhos.

EU REPRESENTO OS DIREITOS DOS ANIMAIS

O estômago de Harry ficou embrulhado.

Kay não ia deixar o ônibus. Ela ia permitir ser explodida. Será que ela tinha planejado isso? Para aumentar a publicidade, martirizando-se?

— Destranque as portas — disse Lucas a Harry. — Rápido! — Seu rosto estava tenso.

Clack. Harry se encolheu quando outra bala atingiu o ônibus.

Suas mãos pareciam rígidas e descoordenadas enquanto colocava a chave na fechadura. Logo que ele a virou, Lucas o empurrou de lado e agarrou a chave.

— Quando eu gritar — disse ele —, abra as portas e distraia Kay. — Lucas puxou a pistola da cintura e correu até a porta do motorista.

Harry ouviu tiros e uma gritaria, e a rajada sendo disparada pela arma de Carrigan.

— Agora! — Lucas gritou.

Harry abriu as duas portas e gritou:

— Kay!

Ela girou a arma em linha reta. Ela lhe deu um olhar insano. E atirou.

Harry já estava se esquivando quando ouviu um *estalido* lento. Acertou a porta.

Harry fechou uma das portas, depois a abriu e gritou novamente.

— Kay!

Ele a ouviu gritar. Parecia que um coelho havia levado um tiro. Um grito agudo e interminável de dor e terror.

Harry se arriscou e acabou vendo Lucas e Kay trancados juntos.

Chocado demais para pensar direito, Harry correu ao redor do micro-ônibus — para fazer o quê, ele não sabia. *Ajude Lucas. Pare a bomba.*

Um único tiro.

O motor foi ligado.

Harry estava com a mão na maçaneta da porta quando ela foi aberta.

— Leve-a!

Lucas estava empurrando a forma amassada de Kay para fora do ônibus. Seu rosto e pescoço estavam cobertos de sangue.

Harry agarrou-a pelas axilas e lutou com ela para fora. No instante em que ela estava no chão, Harry saltou para a porta, mas Lucas já a havia fechado e trancado.

Harry gritou:

— Lucas!

Lucas olhou para ele do outro lado. Então, virou a cabeça para olhar para a frente.

Com um solavanco, o micro-ônibus começou a se mover, acelerando rapidamente. Harry correu ao lado, mas o veículo rapidamente avançou.

— Lucas! — ele gritou.

O micro-ônibus continuou acelerando, ganhando velocidade no estacionamento. Harry continuou correndo. Ele observou o micro-ônibus se movimentando ao redor das filas de carros estacionados, em direção à saída de emergência. Lucas estava indo o mais rápido que podia sem tombar o veículo. Desviou tão bruscamente em um ponto que a parte traseira do ônibus saiu e atingiu um carro, girando-o para o lado, mas ele não diminuiu a velocidade.

Harry tentou gritar mais alto. *Lucas, pule! Pule!*

Lucas correu com o micro-ônibus pela saída de emergência. Em um declive íngreme, o veículo aumentou a velocidade.

— Pule! — gritou Harry.

O micro-ônibus virou violentamente para a esquerda, sumindo na pista e se afastando da ponte de concreto desativada, longe da M27. Harry o perdeu de vista enquanto Lucas dirigia atrás de uma parede alta de tijolos.

A explosão foi violenta e intensa.

Uma bola de fogo branca brilhou, depois estalou um som ensurdecedor no ar como se fossem mil raios. Uma enorme bola de fogo — laranja, amarela, vermelha e preta — se abriu em direção ao céu.

Harry sentiu o choque como um soco no peito, tomando sua respiração e fazendo-o cair de joelhos.

Ele lutou para ficar em pé. Sua cabeça estava girando. O rugido não parava, deixando-o desorientado.

— Lucas! — ele gritou, mas sua voz estava rouca e não saiu.

A parede de tijolos desmoronou em uma confusão fumegante irregular. Harry meio que corria, meio que tropeçava. O único pensamento que lhe passava pela cabeça era: *Por favor, que ele tenha pulado.*

A explosão da bomba consumiu o ônibus. Harry se aproximou o máximo que ousou dos destroços em chamas. O calor o envolveu. Ele levou as mãos ao rosto e tentou se aproximar. Ouviu um som crepitante e percebeu que era seu cabelo começando a chamuscar. Ele recuou, o cheiro acre de queimado sem fazer nada para aliviar seu horror. Desesperadamente, cambaleou pelos destroços, para o caso de Lucas estar por perto.

Nada.

Harry começou a tremer.

Carrigan correu até ele. Seu rosto estava manchado de suor, tomado de tensão.

— Você está bem?

Harry assentiu. Se o ônibus não tivesse dobrado a esquina e ido para trás da parede, ele poderia não estar mais lá.

Carrigan olhou fixamente para a massa em chamas, o fogo ainda alto, engolfando o céu com chamas alaranjadas, brilhando por meio de grandes jatos de fumaça negra.

— Lucas?

Harry negou com a cabeça.

— Ah, merda! — Carrigan enxugou o rosto com a mão. — Ele era um dos meus melhores homens.

50

— O quê? — A visão de Harry vacilou.

— Mais tarde — disse Carrigan. Ele se virou enquanto mais policiais corriam em direção ao fogo, horrorizados.

Harry agarrou o braço de Carrigan, mas o policial o afastou com raiva.

— Eu disse "mais tarde", Harry.

— Não. — Harry agarrou seu braço novamente. — Me diga o que isso significa.

Como Carrigan parecia perceber que Harry não ia deixá-lo em paz, disse:

— Ele tem trabalhado disfarçado para mim há muito tempo. Informante, *agente provocador*, como quiser chamar, ele era *meu*. — Harry abriu a boca, mas não saiu nenhum som. — Depois — disse Carrigan mais uma vez, soltando seu braço. — Isso foi um incidente de grandes proporções. Não posso deixar para depois.

Harry o deixou se afastar. Enquanto Carrigan fazia algumas ligações, Harry foi se sentar ao lado de uma árvore, na beira de uma borda de concreto que cercava suas raízes. Ele ficou quieto, em uma espécie de choque, ele supunha, assistindo às cenas ao redor. Mais policiais chegaram, gritando por carros de bombeiros, ambulâncias e paramédicos, bem como equipes da perícia e policiais de relações públicas para lidar com a mídia.

Ele não tinha certeza de quanto tempo ficou ali sentado. Poderia ter durado minutos ou horas, mas, depois de um tempo, uma ambulância chegou ao estacionamento, e os paramédicos o examinaram antes de envolvê-lo em um cobertor de primeiros socorros de papel-alumínio.

— Não precisa. — Ele o afastou. — Mas obrigado.

Dois sargentos da Unidade de Inteligência da Ordem Pública, oficiais destacados da Polícia de Southampton, aproximaram-se dele, levando-o para sua unidade móvel de incidentes graves, e lhe deram café e biscoitos enquanto o interrogavam. Nenhum deles sabia que Lucas trabalhava disfarçado para a UIOP.

— Sabíamos que havia alguém envolvido, mas não *ele* — disse um dos homens, balançando a cabeça. — Pensei que ele fosse um idiota. Sempre apontando o dedo para nós.

— Acho que isso explica por que ele nunca foi preso — comentou o outro oficial. — Porque ele estava sempre um passo à frente. Caramba! E pensar que sempre acreditei que era porque ele era mais inteligente.

— Ele era — disse Harry. — Ele enganou não só vocês, mas também seus companheiros ativistas.

— Todos os sete tinham sido presos e agora estavam sob custódia, exceto Kay, que estava no hospital, sob guarda. Acontece que Kay resolvera agir por conta própria quando ficou com o micro-ônibus, e Carrigan — que tinha um molho de chaves reserva para o ônibus — tinha planejado levá-lo para fora do local, onde um esquadrão antibomba estava esperando. Mas o plano deu errado quando ela ficou para trás para defendê-lo.

Kay tinha descoberto o disfarce de Lucas? Harry se perguntou. *Ou será que ela simplesmente queria se tornar uma mártir?* Aparentemente, Carrigan e a UIOP haviam recebido poucos avisos sobre a bomba.

— Nem tivemos tempo de evacuar o prédio — o primeiro policial disse. — Tudo o que conseguimos antes de você chegar foi fazer os funcionários correrem para os fundos. Não deixamos ninguém sair, não só porque não tínhamos tempo, mas também porque a última coisa que queríamos era alertar os ativistas de que estávamos atrás deles. Não queríamos deixar eles escaparem para que pudessem voltar com algo ainda pior. Do jeito que está, nós os pegamos praticamente com tudo acertado. Nenhum tribunal vai amolecer com eles com as provas que temos. — Ele sorriu de satisfação.

Assim que eles tomaram o depoimento de Harry, o deixaram ir.

— Provavelmente você quer ir para casa — disse o segundo sargento, compreensivo. — Você parece arrasado.

— Sim — concordou Harry.

— Steve disse que vai te dar uma carona. Ele precisa voltar para Bath, que não fica longe de onde você mora. — O policial se concentrou em algo atrás de Harry.

— É isso mesmo, não é, senhor?

— Sim. — Carrigan apareceu. Ele havia tirado a roupa de proteção e estava de volta com uma calça comum, camisa e jaqueta.

— Tudo bem por você, Harry?

Carrigan tinha terminado por aqui? Harry olhou pela janela para ver que a luz já estava diminuindo. Checou o relógio na parede e viu que eram quatro da tarde.

Harry disse:

— Não quero te tirar daqui. Vou pedir a um amigo para me buscar.

— Não tem problema.

— Isso seria gentil da sua parte.

O carro de Carrigan era idêntico ao de Lucas, com tração nas quatro rodas, exceto pelo fato de que era azul-escuro. Tinha as mesmas janelas com película, interior em couro e sistema de som Bose.

— Todos os membros da UIOP dirigem um desses? — Harry perguntou.

— Bem que gostariam.

O que Harry interpretou como um não.

Carrigan colocou o destino deles no GPS. Pegou a saída principal do SCTA e seguiu para a M27.

— Há quanto tempo Lucas... Lucas trabalhava para você? — indagou Harry.

— Anos.

— Quantos?

Carrigan não respondeu.

— Sério — Harry pressionou —, quero saber.

— O que isso importa? — A voz do homem endureceu. — Ele está morto. Caramba, de todas as pessoas que poderiam morrer hoje... Nunca encontrarei outro como ele. Ele era único. Ninguém mais vai ser capaz de ir tão fundo.

A mente de Harry começou a juntar todas as peças. Ele se lembrou de quando o pai de Lucas foi preso pela primeira vez. Lucas tinha nove anos.

— Você fez um acordo com ele — disse Harry. — Naquele dia. — Carrigan permaneceu em silêncio. — Em troca de deixá-lo escapar por iniciar o incêndio que matou o sr. Evans, você o fez espionar seus próprios pais.

— Achei que era um acordo justo.

— Ele tinha *nove anos de idade.*

O rosto de Carrigan se contraiu em uma expressão de quem não dá a mínima.

— Ele era um merdinha.

— Ele era uma *criança.*

— Uma criança útil pra cacete. — Carrigan se virou para Harry. — Você sabe quantos incidentes violentos nós interrompemos? Quantas vidas salvamos? Ele não hesitou, sabe? Pode ser que fosse apenas um garoto, mas ele agarrou a chance de denunciar os pais. Ele não via a hora de mandar o pai para a cadeia.

Harry se lembrou do rosto assustado de Lucas quando era menino, de como ele não queria sair mais com ele e Guy. Tinha ficado envergonhado e assustado. E preocupado que também pudessem se envolver naquela situação. O típico Lucas, cuidando deles.

— Você o manipulou e usou.

— Ah, vá procurar o que fazer! Ele adorava isso.

— Como um adulto — Harry concordou —, porque Lucas obviamente tinha prosperado em seu papel duplo. Mas e quando criança? Foi uma coisa terrível de se fazer com um menor, forçando-o a espionar os pais.

— Sem Lucas, não teríamos pego Kayleigh Lawrence hoje. — Carrigan deu um tapa no volante, exultante. — Deu resultado!

— Ela é a mulher que jogou ácido na sua irmã — disse Harry.

— E nós levamos dezoito anos para pegá-la. — Ele olhou para Harry. — Era isso que nós estávamos fazendo depois de todo esse tempo, Lucas e eu. E finalmente a pegamos... — Um tremor cruzou o rosto de Carrigan. Ele parecia não saber se ria ou chorava. — Queria que Lucas estivesse aqui para comemorar.

Carrigan acelerou o Touareg para ultrapassar uma van antes que a faixa de rodagem se dividisse e eles se juntassem à A34.

— Por que ele não me disse que estava disfarçado? — disse Harry. — Eu nunca o teria trancado para fora do carro se eu soubesse.

— Ele não podia. Porque, se algum ativista descobrisse, Lucas não teria vivido por muito tempo.

— Eu não teria contado a ninguém.

— Ele não podia arriscar, Harry. — Carrigan balançou a cabeça. — Isso é o que significa estar disfarçado. Não contar a ninguém. Nem à sua esposa, nem aos seus pais ou seu melhor amigo. — Ele olhou pelo retrovisor ao se aproximarem de uma pista cheia de caminhões lentos, indicando que, depois, ele faria uma ultrapassagem. — Ele era apaixonado pelos direitos dos animais. Isso era absolutamente verdadeiro. Mas do que ele não gostava mesmo era dos ativistas que intimidavam as pessoas que só estavam fazendo o trabalho delas.

— Como a sua irmã — disse Harry.

— Como Belinda — concordou Carrigan. — Lucas acreditava na educação, e não na perseguição. Mas ele era louco. Ele sumia por semanas a fio sem me mandar notícias. Uma vez ele passou três meses na Austrália. Nem se deu ao trabalho de me contar. Um dia estava morando em um trailer com uma namorada no País de Gales, no outro estava em alguma floresta tropical no meio do mato australiano. E nunca me explicava nada. Ele tinha suas próprias regras, sua própria maneira de fazer as coisas. Ele era arrogante e rude, e o informante mais difícil com quem já trabalhei. Ele me deixava maluco.

Harry ouviu os sentimentos por trás das palavras.

— Você gostava dele.

Carrigan virou a cabeça para olhar para Harry. Suas palavras foram sufocadas quando ele disse:

— Ele era como o filho que eu nunca tive.

51

Harry pediu para Carrigan o deixar onde Fianna estava morando. Ele queria ser o primeiro a lhe contar sobre a morte de Lucas, antes que a questão chegasse ao noticiário.

Enquanto Carrigan dirigia pela Julian Road, ele disse:

— Acho que Nick Lewis pode voltar para casa agora.

Uma onda de gelo inundou as veias de Harry.

— Lucas matou Guy?

— Foi um acidente. — Carrigan suspirou. — Eles estavam brigando por causa da esposa de Guy. Guy não queria que Lucas a rodeasse, e Lucas o estava enrolando como só ele sabia fazer. Guy perdeu o controle. Ele começou a socar Lucas, quero dizer, realmente acabando com ele... Lucas não queria machucá-lo... ele deu um soco em Guy uma vez. *Uma vez*. Mas foi o suficiente porque, quando Guy caiu, ele bateu com a cabeça na quina de uma lajota. E isso esmagou o crânio dele. — Carrigan fez uma cara feia. — Lucas me ligou imediatamente. Pela primeira vez desde que era criança, ele não sabia o que fazer.

A respiração de Harry parou. Ele estava pensando em Lucas ligando para ele. *Corra. Ele está atrás de você.*

Ele estava pensando em Lucas alertando Fianna para alegar perda de memória. *Ideia minha... Para mantê-la segura.*

Ele estava pensando nos três grampos de fabricação alemã em sua casa, e nos cinco chineses.

Carrigan parou na esquina da Praça St James's. Estava caindo uma chuva leve, criando halos laranja enevoados ao redor dos postes de luz da rua. Apesar do tempo sombrio, a rua estava cheia de gente caminhando pela calçada, indo para casa ou para a mercearia da esquina.

Harry abriu a porta e se inclinou para sair. Com a porta ainda aberta, ele se aproximou de Carrigan para lhe olhar nos olhos.

— Você tentou matar Fianna — disse Harry baixinho, sem acusação em seu tom, sem condenação. — Assim ela não poderia entregar Lucas.

A raiva passou pelo rosto de Carrigan.

— Ela queria que Lucas se entregasse — sibilou ele. — Confessar! Você pode imaginar isso? Nós estávamos a *dias* da operação SCTA. *A dias* de colocar Kayleigh Lawrence atrás das grades...

— Você esfolou a cabeça de Guy para assustar Nick e fazê-lo ficar calado. Você foi até Bosham para matá-lo para que ele não pudesse entregar Lucas. Você me sequestrou para tentar descobrir onde Nick estava.

— Só fiz isso para proteger Lucas.

— E ele fez o que fez para proteger os amigos dele.

52

O funeral de Lucas foi realizado em uma pequena igreja escondida na zona rural de Gales, a noroeste dos Brecon Beacons. Era cercada por tojos e samambaias com grandes montanhas escuras que se assomavam ao redor. Era remota e deserta, e, quando Harry descobriu que o funeral estava sendo realizado lá, ficou intrigado quanto à conexão de Lucas com o lugar.

— Ele amava o País de Gales — disse Carrigan quando Harry o viu pela última vez. — Ele passava todos os seus momentos de lazer lá. Ele até mesmo comprou um chalé em algum lugar nas colinas, mas nunca o vi.

Harry tinha visitado o pequeno chalé de pedra e encontrara uma casa confortável com fogão a lenha e móveis rústicos. Pilhas de livros adornavam todas as superfícies. Sem eletricidade, mas havia lampiões e uma geladeira movida a gás. O jardim estava limpo, com uma horta arada e pronta para o plantio na primavera. Vistas estendidas de todas as janelas, de campos, céu e espaço.

— Você não passava férias no País de Gales com ele quando eram crianças? — perguntou Carrigan.

— Só uma vez.

Carrigan parecia surpreso, mas não disse mais nada. Ele parecia não acreditar que Harry iria à polícia com o que sabia. Fosse porque Carrigan pensava que estava acima da lei, ou simplesmente porque pensava que podia assustá-lo, Harry não tinha certeza. Tudo o que Carrigan disse quando Harry fechou a porta do carro dele em frente à casa de Fianna foi:

— Não se volte contra mim, Harry. Você sabe o que vai acontecer se fizer isso. No meu mundo, eu sou Deus.

Foi por isso que Harry não foi à delegacia. Em vez disso, ligou para Theo. Contou tudo para ele.

— Temos que ser muito cuidadosos — disse Theo. — Mesmo com os depoimentos de Nick e Fianna, não quero que ele se esquive dizendo que foi tudo culpa de Lucas.

Então, Harry convidou Theo para uma cerveja.

Mais uma vez, Theo e Harry usaram os aparelhos de escuta de Carrigan contra ele. Theo procedeu com cuidado enquanto coletava evidências contra Carrigan, e, nesse meio-tempo, Harry ficou quieto. Não conversou com nenhum repórter. Não visitou a Fazenda do Eddie. Manteve a cabeça baixa.

Theo e sua equipe encontraram as impressões digitais de Carrigan na arma que ele havia usado na casa de Chris Rossi. Eles encontraram DNA não apenas no fole que Chris usou para bater nele, mas também na cena do assassinato de Guy. Também havia uma infinidade de provas na cozinha, onde ele tinha atacado Fianna. Havia mais evidências dentro e ao redor da casamata, e, quando Theo finalmente conseguiu um mandado de busca, encontrou a máscara de látex escondida na garagem de Carrigan. Mas o argumento decisivo foi o celular de Guy, também escondido em sua garagem, que Carrigan havia usado para mandar uma mensagem de texto para Nick logo no início.

Fique calado e não vou precisar te matar.

— Para um policial, ele é muito estúpido — comentou Theo. Mas Harry não pensava assim. Carrigan tinha simplesmente caído no truque mais antigo do mundo, a desinformação, e na crença de que o que ele estava ouvindo em seus próprios dispositivos era verdade. A suposição de Harry era que, em sua arrogância, Carrigan acreditava piamente que era intocável. "*No meu mundo, eu sou Deus*". Ele tinha guardado a máscara de látex e o telefone para o caso de precisar deles para ameaçar Nick no futuro.

Apesar da prisão de Carrigan, Nick ainda estava nervoso e, depois de identificá-lo como o assassino de Guy, Harry estava trabalhando duro para encorajar o garoto a lembrar e processar as emoções e sensações que tinha vivenciado.

— Você não tem permissão para guardar nada — ele lhe disse. — Precisa compartilhar.

— Mas me sinto tão *culpado*.

Eles haviam trabalhado em todos os sentimentos de Nick — incluindo culpa e desconfiança — e estavam começando a restaurar seu senso de controle, com sorte reduzindo o poderoso domínio de suas memórias para que não o impedissem de viver normalmente. A melhor notícia sobre Nick, no entanto, foi que seu pai perguntou se poderia participar da terapia familiar.

— Depois que Nick desapareceu... — Quando ele olhou para o filho, Harry enxergou uma profusão de emoções: raiva, alegria e alívio. — Isso me fez sentar e fazer um balanço. Nunca mais quero que algo assim aconteça novamente. Quero que Nick sinta que pode me procurar a qualquer hora, com qualquer problema que tiver, por mais terrível que seja. Quero passar mais tempo com ele. Talvez possamos fazer uma escalada juntos. Sempre quis fazer isso.

— Claro, pai. — Nick revirou os olhos. — Até parece que pessoas que sofrem de vertigem podem fazer escaladas. — Mesmo com o comentário sarcástico, Harry pôde perceber que o garoto estava radiante por dentro. Tudo o que ele queria era o amor do pai e, agora, parecia que havia conseguido.

Já a mãe de Nick permaneceu fria, distante e desinteressada, mas Harry se consolou que meio final feliz para o menino era melhor do que nenhum. Ele não se preocupava muito com a falta de apoio materno porque Nick agora tinha Chris Rossi em sua vida, e sua presença estava tendo um impacto extremamente positivo. Nick estava treinando para competir na Regata Bosham Junior, mantendo o vício em adrenalina satisfeito.

Harry ligou para Chris Rossi, e, embora ela tivesse sido perfeitamente educada, não manifestou nenhum desejo de vê-lo. Ele tinha sido o prenúncio da morte de seu amado labrador, trazendo perigo à sua porta, e achava que ela jamais o perdoaria de verdade. Ele não tinha certeza sequer se conseguiria perdoar a si mesmo. Pobre Mogga.

E quanto a Eddie? Aquilo tinha significado uma grande reviravolta. Eddie cancelou suas férias improvisadas na Nova Zelândia e parecia não ter sido afetado com a investigação graças ao fato de ter ido às autoridades e relatado o ataque ao SCTA antes que acontecesse.

— Eu fiz a denúncia — Eddie tinha dito ao Harry. — Liguei para a Unidade de Inteligência Pública. Liguei para a emergência. Liguei para todos em que pude pensar. Então, fui até a delegacia e contei a eles pessoalmente. Eu não entrei no trem para Paris. Não fui para a Nova Zelândia.

Fiz tudo que pude para detê-los. — Sua boca se contorceu. — E durante todo aquele tempo... Lucas nunca iria deixar o ataque acontecer.

Harry disse baixinho:

— E?

Eddie pigarreou.

— Vou me entregar. Confessar o que aconteceu entre Leanne e eu. Ela ainda quer se casar, mas... Lucas estava certo. Eu posso até amá-la desesperadamente... — A voz de Eddie falhou. — Mas ela é nova demais.

Eddie prosseguiu dizendo que tinha que enfrentar as consequências de suas ações.

— Não quero passar o resto da vida esperando que algum verme apareça do nada e me acuse de abuso infantil. Não quero mais viver com medo. E, quando tudo acabar, vou me mudar para a Nova Zelândia. Começar de novo.

O que ia acontecer com a fazenda ninguém sabia, mas Harry esperava que, com ou sem Eddie, a instituição beneficente continuasse.

Uma brisa fria soprou e Harry entrou na igreja, juntando-se a uma pequena congregação de cerca de vinte pessoas. Ele reconheceu cinco policiais da equipe de incidentes graves do SCTA, sem dúvida membros da UIOP prestando suas condolências. De um lado, viu o vigário falando baixinho com Fianna.

Fianna compreendeu a morte de Lucas com particular dificuldade, e ainda era difícil para ela aceitar o fato de que ele tinha matado seu marido, mesmo que por acidente. Ela amara os dois homens, e agora ambos estavam mortos. Ela admitiu a Harry que o bilhete que havia escrito, aquele que Carrigan usara como bilhete de suicídio, era para Lucas. Harry adivinhou que Carrigan o tinha encontrado nas investigações de Lucas e enxergado a oportunidade perfeita.

— Você não vai contar para ninguém, vai? — perguntou ela, ansiosamente. — Não quero que as crianças pensem que eu não amava o pai delas sinceramente.

Harry prometeu manter seu segredo. Ele estava feliz por saber que ela ficara na casa da irmã, e que seus filhos estivessem junto com ela. Ela precisaria de todo o apoio e normalidade que uma vida familiar pode trazer.

Harry procurou o pai de Lucas, mas ele estava ausente. Harry não podia culpá-lo. Tinha se orgulhado do filho, encantado com suas conquistas pelos direitos dos animais, mas agora era do conhecimento geral que Lucas tinha delatado o pai não apenas uma, mas várias vezes ao longo dos anos. Harry presumiu que John Finch estaria fervendo de ódio e humilhação.

Parados de um lado estavam Libby e Theo. Theo fez uma saudação a Harry, e este retribuiu, agradecido por nada ter mudado entre eles desde sua confissão.

Eles estavam no bar, as pernas esticadas em frente à lareira, quando Theo disse:

— O que fez Lucas espionar sua própria família? Ele era uma criança, né? Isso não é normal, concorda?

Tinha sido a deixa perfeita, mesmo assim foi preciso um grande esforço para Harry falar.

— Há trinta anos — disse ele —, Lucas, Guy e eu estávamos brincando de fazer fogueira em um celeiro na Fazenda Highfield. Isso matou o fazendeiro, sr. Evans. Ele morreu queimado.

Quando Harry terminou a história, Theo não olhou para ele, mas para sua cerveja.

— Você carregou isso todo esse tempo?

— Sim.

Uma tora pousou no fogo, lançando uma chuva de faíscas pela chaminé. Ainda assim, Theo não olhou para ele.

— Devo ir à delegacia para fazer uma declaração? — perguntou Harry.

— Para quê? — Theo parecia assustado. — Não vai trazer o sr. Evans de volta, vai?

Eles conversaram um pouco sobre expiação e culpa, como o passado influenciava o presente, até que finalmente Theo concordou em investigar o caso e, por fim, deu a Harry um endereço em Bristol.

A casa ficava no meio de um terraço de tijolos vermelhos com um belo jardim frontal. Uma cerca viva de frutas vermelhas dava um bem-vindo respingo de cor em um dia cinzento e sem brilho. Depois de bater, a porta da frente foi aberta por uma mulher de aparência ágil para seus sessenta anos.

— Olá! — disse ela.

— Olá — respondeu Harry. — Meu nome é Harry Hope.

Ela sustentou o olhar dele por um longo momento e, depois, abriu totalmente a porta.

— É melhor você entrar.

A sra. Evans havia se tornado a sra. Woods, e, embora Harry estivesse muito nervoso para beber ou comer qualquer coisa, ele a deixou fazer um bule de chá, sabendo que agir como anfitrião ou anfitriã fazia as pessoas se sentirem mais confortáveis. Ele viu quando ela trouxe canecas e um prato de biscoitos. Eles se sentaram à mesa da cozinha.

— Desculpe. — A voz dele falhou. Ele não conseguiu dizer mais nada. Tinha nove anos novamente e estava apavorado, cheio de angústia e medo. Ele estava tremendo.

Ela estendeu o braço e agarrou a mão dele.

— Eu sei. Lucas me contou.

Harry mexeu a boca, mas não conseguiu encontrar as palavras, e ela parecia entender isso, porque continuou a falar:

— Ele me disse um pouco antes de entrar para a polícia. Não que eu pudesse contar a alguém, mas ele trabalhava disfarçado e tudo mais. Ele me contou o que aconteceu naquele dia. Não fiquei surpresa, você sabe. Vocês, meninos, estavam sempre bagunçando a fazenda, nos enlouquecendo.

— Por quê... — Sua voz tremeu. — Por que você não disse nada? Ou foi à polícia?

— Para quê? — Ela suspirou. — Dez anos tinham passado. Você e Guy estavam indo para a universidade, Lucas para a polícia e sua carreira secreta.

— Estou surpreso que ele tenha contado à senhora.

Ela deu um sorriso triste.

— Ele fez isso como penitência. Ele disse que aquilo me daria poder máximo sobre ele e que eu poderia usá-lo a qualquer momento como uma espécie de vingança, se eu quisesse. Mas é claro que eu nunca fiz isso. O incêndio foi um acidente, até eu percebi isso. Por que fazer qualquer um de vocês sofrer mais do que já havia sofrido? Quero dizer, olhe para vocês.

Harry ainda estava tremendo, mas conseguiu sorrir.

— Sim. Olhe para mim.

Quando se despediram, ela tocou em seu ombro e disse:

— Sinto muito por Lucas. De verdade. Ele era um homem corajoso.

Corajoso não apenas por viver a vida no fio da navalha, mas por dar à viúva do sr. Evans a verdade de sua vida.

— Harry — uma voz de mulher o chamou suavemente, trazendo-o para o tempo presente. O funeral de Lucas.

Ele se virou e viu Jessie, seu cabelo bagunçado e suas bochechas rosadas por causa do vento. Usava um terno preto elegante e um par de sapatos sexy de salto alto com um brilho dourado no peito do pé. Ela afastou uma mecha de seu cabelo ruivo do rosto para que ele pudesse beijá-la.

— Você está linda — disse ele.

— É porque eu estou de preto. Para ser adequado.

— Você poderia usar um saco de lixo e ficaria linda.

Ela deu um sorriso.

— Acho que você precisa melhorar seus elogios. — Ela pegou o braço dele e os dois caminharam até um banco, escolhendo uma das duas fileiras da frente.

Não havia caixão para ser trazido para a igreja porque não havia restos. A força da explosão, junto com a bola de fogo que a acompanhou, significou que o corpo de Lucas tinha sido obliterado. Tudo o que havia sido encontrado no local foi a fivela de seu cinto, que, aparentemente, ficou derretida em uma dobra de metal de formato estranho.

Harry ouviu o vigário ler a homilia. Ele tinha contribuído para o tributo a Lucas, mas suas emoções ficaram ainda mais à flor da pele quando ouviu as palavras:

— Lucas podia ser inconstante, exigente e irritante, mas ele também foi um amigo leal para alguns, que sentirão muito a falta dele.

53

Era sábado de manhã, quatro dias depois do funeral, e Harry estava cozinhando bacon e ovos para os meninos. Eles tinham vindo na noite anterior e ficaram jogados no sofá, como sempre faziam, para comer pizza na frente da lareira e assistir a um filme. Agora, estavam em seus quartos, nas redes sociais ou no videogame, mas Harry sabia que, no instante em que gritasse que o café estava pronto, eles desceriam em um piscar de olhos.

Depois de verificar o bacon no fogão, bem crocante, Harry abriu sua caixa de correio. Uma carta o lembrou de que o seguro do carro estava vencido. Outra era uma conta de luz, que o faria gemer. Mas foi a terceira que o obrigou a pensar duas vezes.

Era de uma firma de advogados.

Aparentemente, Harry havia sido nomeado o testamenteiro de Lucas Finch.

Harry ligou para o número no topo do papel timbrado, sem esperar que alguém estivesse trabalhando em um sábado, e teve uma agradável surpresa quando uma alegre voz masculina atendeu:

— Worthing and Brown, como posso ajudá-lo?

— Acredito que o sr. McIntyre não esteja, correto? — perguntou Harry.

— É ele falando.

Harry explicou quem ele era, e sobre a carta.

— Ah, sim. — O tom do advogado ficou sóbrio. — Sinto muito por sua perda. Parece que o sr. Finch, Lucas, foi um verdadeiro herói.

— Obrigado — disse Harry.

— Agora... — Harry ouviu alguns cliques do que considerou serem de um teclado de computador. O advogado pigarreou. — Lucas nos procurou há dez dias e atualizou seu testamento. Ele afirmou que...

— *Há dez dias*?

— Humm, sim. Quarta-feira, dia 20. — Um dia antes do atentado.

A mente de Harry se tornou um borrão. Será que Lucas sabia que ia morrer? Ou aquilo tinha sido uma coincidência oportuna? Afinal, Lucas tinha um trabalho bastante perigoso e estaria ciente das repercussões se não mantivesse seu testamento atualizado.

— Com que frequência ele atualizava o testamento? — perguntou Harry. — Você pode me dizer?

— Não vejo nenhuma razão para não dizer. Um momento, vou verificar... — Mais cliques. — Ele o atualizou pela última vez há seis meses. E cinco anos antes disso. E, ainda antes, aproximadamente a cada cinco anos.

— Então, ter atualizado na semana passada foi algo fora do normal.

— Eu não diria isso necessariamente. — A voz do advogado era cautelosa. — A situação de muitas pessoas muda da noite para o dia, e o desejo de mudar sua vontade pode ter refletido isso.

Harry pensou no que teria acontecido se o plano de Lucas tivesse funcionado. Se os ativistas tivessem sido presos, a bomba desativada. Será que Lucas planejava ser preso também?

Ele nunca foi preso. A voz do oficial da UIOP ecoou dentro da cabeça de Harry.

Com uma operação tão grande, teria sido quase impossível manter o papel de Lucas em segredo. Se se descobrisse que Lucas era um informante, seus dias estariam contados. Ele sabia disso.

Lucas havia planejado outra coisa?

Mas a bola de fogo... quem poderia sobreviver àquilo? Harry percebeu que, na verdade, não tinha realmente visto o micro-ônibus explodir porque o veículo já havia virado a esquina e estava atrás da parede de tijolos. Será que Lucas conseguiu sair do ônibus e correr? Ele teria tido tempo? Harry rodou o filme de sua memória da detonação várias vezes, mas não conseguia ver como aquilo seria possível.

— Você é o único testamenteiro. — O advogado continuou explicando quais eram as funções de Harry, o que parecia demorado e oneroso, até que realmente resolvesse os assuntos de Lucas.

Tudo, incluindo suas contas bancárias, estava em meticulosa ordem. Cada um dos arquivos de papel e de computador de Lucas era facilmente acessível graças ao fato de ele ter dado ao sr. McIntyre seus códigos e senhas. Cada caixa que Harry via já havia sido marcada por Lucas e, quanto mais ele via, mais se perguntava que história Lucas estava contando.

Ele conhecia pessoas que tinham sobrevivido a um trauma grave, como um acidente de trem ou de carro, que não podiam sair de casa a menos que tudo estivesse impecável, para o caso de não voltarem. Elas não suportavam a ideia de um estranho entrar sem que tudo estivesse na mais perfeita ordem. Era isso que Lucas tinha feito? Será que ele pensava que poderia não sobreviver à operação SCTA? Ou será que o oportunista estava procurando outra solução — começar outra vida, talvez — e o SCTA a havia fornecido para ele?

Harry não tinha como saber.

Lucas não era rico, mas também não era pobre. Ele tinha feito uma quantidade razoável de investimentos, era dono de um trailer e de seu carro, junto com sua casa de campo.

Todo o dinheiro fora deixado para os filhos de Fianna, para ser mantido em custódia até completarem dezoito anos. O trailer e o carro com tração nas quatro rodas foram doados para a Fazenda do Eddie.

O chalé de Lucas foi deixado para Harry.

Quando Harry finalmente foi para o chalé, era um dia brilhante de primavera. O sol vivo inundava os pântanos, e o canto dos pássaros enchia o ar. As margens estavam cobertas de narcisos e flocos de neve, as bordas circundantes com um brilho de prímulas amarelas.

Ao destrancar a porta da frente, ele entrou. Pisos e paredes de pedra faziam o lugar parecer excessivamente frio, o que o fez estremecer. Quanto antes ele ligasse o fogão a lenha, melhor. Ele se movia sem tocar em nada, apenas olhando. O ambiente estava parado e denso, indicando que ninguém tinha estado lá por algum tempo.

Harry entrou na cozinha.

Sobre a mesa, estava uma garrafa do uísque preferido de Harry. E um bilhete apoiado contra ela. Harry pegou-a. Uma única linha escrita à mão.

Cuide deste lugar para mim, Harry.

Harry se serviu de um gole de uísque e ergueu o copo bem alto.

— Para você, Lucas. — brindou ele. — Onde quer que você esteja.

Sucessos

UBK
Publishing House

Doze dias

Em um castelo remoto, na Itália, velhos amigos se reencontram em um retiro para comemorar o Natal. Seria uma reunião para recordar os velhos tempos, quando o grupo se encontrava para estudos bíblicos sob o olhar vigilante do reverendo James. Mas feridas do passado ainda estão abertas e cada um deles parece ter um assunto pendente para esclarecer.

Uma nevasca sem precedentes, paredes tão grossas que nenhum grito pode ser ouvido do lado de fora e um museu da tortura, com os mais terríveis instrumentos à disposição, formam o cenário perfeito para um acerto de contas. À medida que a tensão aumenta, e os convidados se tornam vítimas, os sobreviventes precisam descobrir quem é o assassino entre eles... antes que se tornem o próximo alvo.

Na mente de um assassino

Esfaqueamento relatado no parque Brunswick Square Gardens.

A chamada no rádio interrompe a corrida matinal da sargento Alice Parr. A dois minutos do local, ela é uma das primeiras a chegar à cena do crime. O que a detetive não esperava era encontrar a vítima ainda consciente, lutando pela vida. As chances de sobrevivência são mínimas e, pouco antes de ser transportada para a ambulância, a mulher parece sussurrar algo para Alice...

A informação desencadeia uma corrida pela identidade do autor do crime. E, de um dia para o outro, a experiente sargento da Polícia Metropolitana de Londres se vê dentro de uma intricada caçada, sem saber se está prestes a capturar um criminoso internacional ou se está jogando exatamente da forma como ele planejou.